rowohlts monographien

HERAUSGEGEBEN

VON

KURT KUSENBERG

CHARLES BAUDELAIRE

IN SELBSTZEUGNISSEN UND BILDDOKUMENTEN

DARGESTELLT VON PASCAL PIA

ROWOHLT

Aus dem Französischen übertragen von Christine Muthesius
Den dokumentarischen und bibliographischen Anhang bearbeitete Paul Raabe
Umschlagentwurf Werner Rebhuhn

1.–25. Tausend	Mai 1958
26.–30. Tausend	Mai 1965
31.–35. Tausend	August 1967
36.–40. Tausend	Februar 1970

Veröffentlicht im Rowohlt Taschenbuch Verlag GmbH, Hamburg, Mai 1958
Mit Genehmigung des Verlages Éditions du Seuil, Paris

Gesetzt aus der Linotype-Aldus-Buchschrift und der Palatino (D. Stempel AG)
Gesamtherstellung Clausen & Bosse, Leck/Schleswig
Printed in Germany
ISBN 3 499 50007 8

INHALT

DIESES GRÄSSLICHE BUCH

Ein Unbekannter, Maurice Barrès, schrieb 1884 über die *Blumen des Bösen:* «Es fehlt nicht viel, daß ich sagen würde, es handelt sich hier um ein einfaches und allen zugängliches Buch.» Barrès schlug einen etwas hohen Ton an, um gehört zu werden. Ein einfaches Buch? Allenfalls. Allen zugänglich? Nein. Viele, die Baudelaire nur aus den *Blumen des Bösen* kennen, wissen dort alles mögliche zu entdecken: Charme, Überspanntheit, Künstelei, Gotteslästerung — wahrhaftig alles, außer der Einfachheit. Es ist so einfach, wie es das Bekenntnis eines Dichters, den alles wund schlägt, eben sein kann. Und da dieser Dichter ein Sensualist, ein systematischer Interpret von Gefühlen ist, der sich beschuldigen durfte, «seine Hysterie mit Genuß und Entsetzen gepflegt» zu haben, erweist sich sein Bekenntnis letzten Endes als so komplex und überladen, daß die grundechte Aufrichtigkeit nicht immer durchscheint. *Die Blumen des Bösen* sind in Wahrheit nur denen zugänglich, die Baudelaires Geschmack teilen. Ich glaube, daß Maurice Saillet die Situation des Dichters vor dem Publikum glücklich definiert hat, indem er sagt, daß «der Geschmack Baudelaires nicht nur eine Art von Einführung oder Eingewöhnung verlangt», sondern daß er auch noch «einem so tiefen, so grenzenlosen und unerklärlichen Bedürfnis entsprechen muß, wie es das Bedürfnis nach Luxus und Gefahr ist. Wenn dieses Bedürfnis nicht vorliegt», fügt Saillet hinzu, «dann kann es durch nichts ersetzt werden.»

Die Geschichte der *Blumen des Bösen* bestätigt diese Schlußfolgerung. Viele Zeitgenossen Baudelaires, und häufig solche, die ihn am richtigsten hätten einschätzen müssen, scheinen sich über den Charakter und die Bedeutung seines Buches ungemein getäuscht zu haben. Weder Théophile Gautier noch Sainte-Beuve haben wahrgenommen, daß in diesem blitzenden und leuchtenden Werk die französische Poesie dem empfindsamsten und schmerzensreichsten ihrer Dichter begegnet war. Das Farbenspiel der *Blumen* ist ihnen wahrscheinlich nicht entgangen, aber sie haben ihren Duft nicht empfunden. Sie waren beide keine Dummköpfe, aber neben Baudelaire, der gewiß weniger gelehrt war als sie, wirken sie wie grobe Klötze. Durch ihre Wissenschaft und all ihre Kenntnisse waren sie weniger geeignet, in die Poesie Baudelaires einzudringen, als der junge Swinburne, der junge Mallarmé oder der junge Verlaine, die mit leeren Händen, aber mit vollem Herzen zu Baudelaire kamen.

Baudelaire ist ohne Zweifel durch den Skandal, den das Buch im Augenblick seiner Veröffentlichung 1857 erregt hat, und dann durch seinen postumen Erfolg in ein falsches Licht geraten. Wahrscheinlich war er, der verkündete, daß der Künstler nichts Gültiges schaffen kann, wenn er es nicht darauf ablegt, zu überraschen, der sich schmeichelte, nur geheimnisvolle und raketenartige Titel für seine Bücher zu wählen, selbst einer der Miturheber dieses Mißverständnisses. Wir müssen hier zugestehen, daß seine Leser etwas zu sehr in die Falle des Erstaunlichen und Wunderlichen gegangen sind. Das Leuchten der *Blumen des Bösen* drängt den Reichtum von *Art romantique* oder *Spleen de Paris* immer wieder in den Schatten. Angesichts der Unterbewertung dieser beiden Werke kann man auf Baudelaire eine Prophezeiung von Shelley anwenden. «Ich weiß», sagte Shelley in einer Ode, die er am Ufer des Golfs von Neapel verfaßt hat, «daß ich zu denen gehöre, die von den Menschen nicht geliebt werden, aber ich gehöre zu denen, an die sie sich erinnern!»

Baudelaire sollte die Ungnade des Publikums mit Shelley teilen. Die Menschen haben sich seiner erinnert; aber wenn sie ihn wirklich liebten, würden sie ihn dann nicht besser kennen?

Er hatte sich vorgenommen, in einem Vorwort zur zweiten Auflage eine Erklärung über *Die Blumen des Bösen* abzugeben, in der er das «Mißverständnis» beseitigen wollte, das die Verurteilung von sechs Gedichten nach sich gezogen hatte. Aber in dem Augenblick, in dem er dieses Vorwort abfassen wollte, hielt ihn die Nutzlosigkeit aller Erklärungen zurück. In einem seiner Entwürfe sagt er:

«*... Ich war heute morgen unklug genug, einige öffentliche Blätter zu lesen; plötzlich legte sich eine Schlaffheit von zwanzig Atmosphären Druck auf mich, und vor der entsetzlichen Nutzlosigkeit, irgend jemandem irgend etwas zu erklären, hielt ich inne. Die Wissenden erraten mich, und für diejenigen, die mich nicht verstehen können oder nicht verstehen wollen, würde ich nur fruchtlose Erklärungen auftürmen.*[1]»

In einem anderen Vorwort-Entwurf, in dem die gleiche Ablehnung, sich zu kommentieren, deutlich wird, mengt er Ironie und Frechheit zu gleichen Teilen:

«*‹Dieses Buch wird auf Ihrem ganzen Leben wie ein Fleck haften bleiben›, prophezeite mir von Anfang an einer meiner Freunde, der ein großer Dichter ist. All mein Mißgeschick hat ihm bis jetzt tatsächlich recht gegeben. Aber ich gehöre zu jenen glücklichen Charakteren, die aus dem Haß einen Genuß machen und die sich in der Verachtung verherrlichen. Mein sich teuflisch an Dummheiten berauschender Geschmack läßt mich ein besonderes Vergnügen am Travestieren der Verleugnung finden. Keusch wie Papier, nüchtern wie Wasser, zur Ergebung bereit wie eine Abendmahlsgängerin, ungefährlich wie ein Opfer, würde es mir nicht mißfallen, als ausschweifender Lüstling, als Trunkenbold, Gotteslästerer und Mörder zu gelten.*»

---

1 Die Gedichte aus den *Fleurs du mal* wurden nach der Übersetzung von Carl Fischer (Söcking 1949) zitiert. Auszüge aus den Tagebüchern (*Fusées; Mon cœur mis à nu*) nach derjenigen von Friedhelm Kemp (München 1946) wiedergegeben. Die übrigen Prosaübersetzungen gehen auf die Ausgaben von Max Bruns (5 Bde. Minden 1901—1905) und von Franz Blei (3 Bde. München 1925) zurück. Die dort fehlenden Aufsätze, ferner die Briefe, wurden von der Übersetzerin dieses Bandes übertragen.

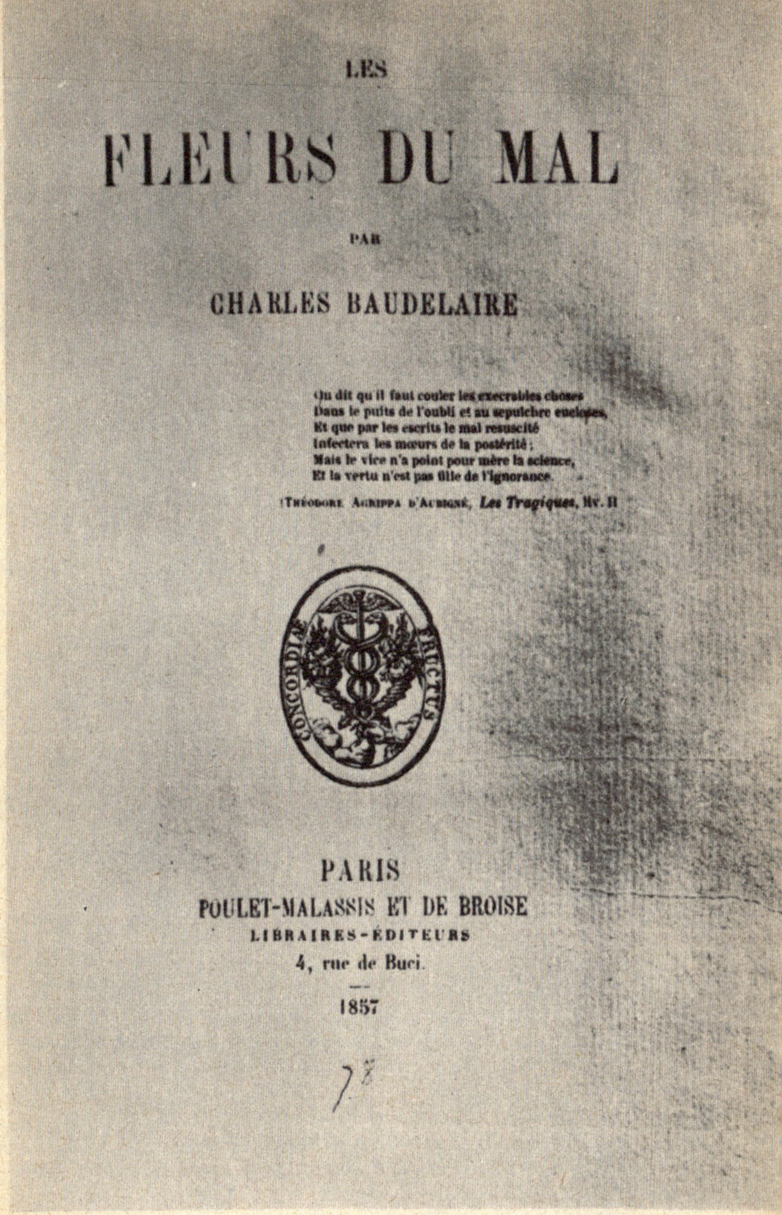

LES

FLEURS DU MAL

PAR

CHARLES BAUDELAIRE

On dit qu'il faut couler les execrables choses
Dans le puits de l'oubli et au sepulchre encloses,
Et que par les escrits le mal resuscité
Infectera les mœurs de la postérité;
Mais le vice n'a point pour mère la science,
Et la vertu n'est pas fille de l'ignorance.

(Théodore Agrippa d'Aubigné, *Les Tragiques*, liv. II)

PARIS
POULET-MALASSIS ET DE BROISE
LIBRAIRES-ÉDITEURS
4, rue de Buci.

1857

Erstausgabe der «Fleurs du Mal»

Wenn das Wünsche sind, so sind zum mindesten einige davon in Erfüllung gegangen. Aber trotz des Unverständnisses, an dem er sich von Anbeginn gestoßen hat, ist Baudelaire doch niemals an der Zukunft seines Werkes verzweifelt. Schon am 9. Juli 1857, d. h. vierzehn Tage nach Erscheinen der *Blumen des Bösen* und noch ehe die Verfolgungen seines Buches eingesetzt hatten, schreibt er an seine Mutter:

Baudelaire als Zwanzigjähriger

«Sie wissen, daß Literatur und Künste für mich moralfremde Ziele verfolgen und daß die Schönheit des Entwurfs und des Stils mir genügen. Aber das Buch, dessen Titel Blumen des Bösen *alles sagt, ist, wie Sie sehen werden, von einer finsteren und kalten Schönheit; es ist mit Raserei und Geduld geschrieben worden. Überdies liegt der Beweis für seinen positiven Wert in dem Bösen, das man von ihm sagt. Dieses Buch bringt die Leute zur Raserei.*

... Man spricht mir alles ab, Erfindungsgeist und sogar die Kenntnis der französischen Sprache. Ich lache über alle diese Schwachköpfe, und ich weiß, daß mein Band mit seinen Vorzügen und seinen Fehlern seinen Weg in das Gedächtnis des gebildeten Publikums machen wird und neben den besten Dichtungen von V. Hugo, Th. Gautier und sogar Byron stehen wird.»

Kein Verdruß kann diese Überzeugung aus dem Geist Baudelaires vertreiben. Bis zu seinem Lebensende hört er nicht auf, diese Ansicht seiner Mutter, seinem Vormund, seinem besten Freund Malassis gegenüber zu vertreten:

«*Meine* Blumen des Bösen *werden bleiben.*» (An Poulet-Malassis, 1. Mai 1859)

«*Ich bin davon überzeugt, daß ein Tag kommen wird, an dem alles, was ich geschrieben habe, sich sehr gut verkaufen lassen wird.*» (An seine Mutter, 11. Oktober 1860)

«*Zum ersten Mal in meinem Leben bin ich beinah zufrieden. Das Buch* [die zweite Auflage der ‹Blumen des Bösen›] *ist fast gut und es wird als Zeugnis meines Ekels und meines Hasses auf alles bestehen bleiben.*» (An seine Mutter, 1. Januar 1861)

«*Die* Blumen des Bösen ... *In einigen Jahren wird man vielleicht anfangen, sie zu verstehen.*» (An Ancelle, 18. Februar 1866)

In diesem Brief an Ancelle, einem der letzten, den er schrieb, hat sich der Dichter vielleicht am freiesten und ungezügeltsten über sein Buch geäußert. Er hatte früher zu seiner Mutter über die *Blumen des Bösen* als von einer Sammlung gesprochen, in der er *etwas von seinem Zorn und seiner Melancholie* hatte bringen wollen. (25. Dezember 1857) Das war nur eine vertrauliche Mitteilung. Im Februar 1866, kurz ehe er sich der Schrift und des Wortes beraubt sah, richtet er eine Erklärung an Ancelle, den Schrei eines geschundenen Herzens:

«*Muß ich Ihnen sagen, Ihnen, der Sie es ebensowenig erkannt haben wie alle anderen, daß ich mein ganzes Herz, meine ganze Zärtlichkeit, meine ganze Religion (verschlüsselt) und meinen ganzen Haß in dieses gräßliche Buch gelegt habe? Es ist wahr, daß ich das Gegenteil schreiben werde, daß ich mich hoch und teuer verschwören werde, es sei ein Buch der reinen Kunst, der Äfferei, der Gaukelkunst, und ich werde lügen wie ein Kurpfuscher.*»

DIE GUTE ZEIT

Dieser Brief aus dem Jahre 1866 ist ohne Zweifel der Brief eines ernstlich bedrohten Kranken. Aber die zwischen 1841 und 1857 geschriebenen *Blumen des Bösen* waren bereits das Werk eines unheilbaren Melancholikers, wenn nicht eines Verzweifelten. Wir wollen hier nicht seine ganze Biographie aufrollen [1], aber wir wollen doch daran erinnern, daß der im Jahre 1827 erfolgte Tod seines Vaters seine Kindheit schon früh verdunkelt hatte. Baudelaire war damals noch nicht sechs Jahre alt. Sein Vater, François Baudelaire, ehemali-

---

1 Sie findet sich in der Zeittafel am Ende des Bandes.

Baudelaire. Zeichnung von Manet, 1862

ger Chef des Büros der Pariser Kammer, war ein Pensionär, der sehr behaglich lebte. Er war siebenundsechzig Jahre alt, als er starb. Als Witwer und Vater eines bereits fünfzehnjährigen Jungen hatte er sich 1820 wieder verheiratet und zwar mit Caroline Dufays, deren bürgerliche Ehrenhaftigkeit und gänzliche Mittellosigkeit ohne ihn eine zur Mittelmäßigkeit verdammte alte Jungfer aus ihr gemacht hätten. Aus dieser Ehe hervorgegangen ist Charles Baudelaire, er wurde am 9. April 1821 geboren.

Man hat sich gefragt, ob der Ursprung der krankhaften Reizbarkeit des Dichters, seines beständigen Schwankens, ja selbst des unartikulierten Stammelns seines Endes in dem großen Altersunterschied zwischen seinen Eltern zu suchen ist. Diese Hypothese ist schwer zu widerlegen, sie wird jedoch durch das Ende seines Halbbruders, Claude-Alphonse Baudelaire, der auch halbseitig gelähmt starb und aus besser zueinander passenden Gatten hervorgegangen war, nicht gerade bestärkt.

Die Erinnerung an den Vater, auf den er so früh schon verzichten mußte, hat Baudelaire immer verfolgt. Er hat viele Jahre hindurch trotz ständigen Wohnungswechsels ein Porträt von ihm bei sich gehabt, das dem Pinsel Regnaults zu verdanken ist.

Unter der Herrschaft von Karl X. war François Baudelaire ein Mensch des XVIII. Jahrhunderts geblieben, ein Schüler der Philosophen, denen er in Auteuil im Salon von Madame Helvétius begegnet war, der von Condillac, Cabanis und Chamfort besucht wurde. Er war der Erzieher der Kinder von Antoine César, dem Herzog von Choiseul-Praslin und Abgeordneten der Generalstände von 1789 gewesen, der, obschon Grand-Seigneur, neue Ideen keineswegs zurückwies. Und schließlich hat er sich immer leidenschaftlich für die Malerei interessiert. Er hat ein ganzes Album *Leçons de choses*, gezeichnet, um die ersten Elemente des Lateinischen zu illustrieren, die er seinem kleinen Sohn selbst beibrachte. Er malte aus Liebhaberei und hat die Mauern des kleinen Erkerhauses ausgemalt, das er in der Rue Hautefeuille bewohnte. Was taugten diese Malereien? Nicht viel, hat Baudelaire gesagt, der sich trotz der Verehrung, mit der er das väterliche Andenken umgab, in dieser Hinsicht keine Illusionen machte. Aber der Dichter hatte eine Gefühlsbindung an sie, so mittelmäßig sie auch gewesen sein mögen. Er erregte sich, als er 1857 ein Bild von François Baudelaire zum Verkauf bei einem Trödler ausgestellt sah. In einem Brief, der im Ton des Vorwurfs gehalten ist, macht er seiner Mutter davon Mitteilung:

«Ich habe Ihnen eine kleine, unangenehme Angelegenheit mitzuteilen, die ich Ihnen gerne verborgen hätte, wenn sie nicht das Anzeichen dafür wäre, daß vielleicht andere, ähnliche Irrtümer begangen worden sind. Vor einigen Monaten habe ich bei einem Händler in der Passage des Panoramas ein Bild von meinem Vater entdeckt (eine nackte Gestalt, eine liegende Frau, die im Traum zwei nackte Figuren sieht). Ich hatte überhaupt kein Geld, nicht einmal zum Anzahlen, und die unerträgliche Flut täglicher Nichtigkeiten hat mich diese Angelegenheit seither vernachlässigen lassen. Glauben Sie, daß noch andere Versehen dieser Art begangen worden sind? Mein Vater war ein schlechter Maler, aber dieser alte Trödel hat einen moralischen Wert.» (30. Dezember 1857)

Caroline Dufays hielt dem Andenken ihres ersten Gatten offenbar nicht die gleiche Treue wie sein Sohn. Die Trauerzeit, die der Anstand gebot, war kaum verstrichen, als sie sich 1828 mit einem forschen Offizier, dem Major Aupick, wieder verheiratete, der nur vier Jahre älter war als sie. Kein Zweifel, daß diese rasche Wiederverheiratung dem kleinen Charles als eine Art Unheil erschienen ist, kein Zweifel, daß er sie als tragische Untreue empfunden hat. In den *Blumen des Bösen* finden wir zwei Gedichte, die Baudelaire etwa in seinem zwanzigsten Lebensjahr geschrieben hat; sie bewahren die Erinnerung an jene ersten Monate der Trauerzeit, die er zwischen seiner Mutter und Mariette, dem Dienstmädchen, verlebt hat. Im Sommer 1827 hatte sich Madame Baudelaire, die seit Februar Witwe war, mit ihrem Sohn für einige Wochen in die Randbezirke von Ternes und Neuilly in ein kleines Landhaus in der Nähe des Bois de Boulogne zurückgezogen.

In den beiden Stücken aus den *Blumen des Bösen*, die ausnahmsweise keine Titel tragen, finden wir dieses kleine Haus und Mariette wieder:

Das kleine weiße Haus bleibt immer unvergessen,
Das wir so friedlich einst am Rand der Stadt besessen;
Pomona auch aus Gips, die Venus marmorkalt,
Verbergend im Gebüsch die nackte Prachtgestalt;
Und auch die Sonne, die des Abends herrlich glühend,
Die Strahlengarben vor dem Fensterglas versprühend,
Gleich einem großen Aug des Himmels so vertraut
Auf unser Nachtmahl lang und schweigend niederschaut:
Sie breitet wunderbar den holden Kerzenflimmer
Aufs schlichte Tischtuch und des Vorhangs Seidenschimmer.

Die Magd, der dir zum Neid ein treues Herz beschieden,
Mit schlichtem Rasen gibt ihr Schlummer sich zufrieden:
Wir sind ihr wohl ein paar bescheidne Blumen schuld.
Die armen Toten, ach! sie leiden mit Geduld;
Wenn der Oktober stürmt die Bäume umzulegen,
Die Winde trauernd um die Gräbersteine fegen,
Wie scheint der Lebende voll Undank da zu sein,
Schläft er nach seinem Brauch in warmen Decken ein,
Indessen jene von den Träumen schwarz umschlossen,
Um ihr Gespräch gebracht und ohne Bettgenossen,
Als frierendes Gebein, an dem Gewürme frißt,
Nur spüren, wie der Schnee des Winters rieselnd fließt,
Und wie die Zeit verrinnt ... Es läßt kein Freund sich sehn,
Die Fetzen zu erneun, die an dem Gitter wehn ...

Und wenn zur Abendzeit das Holzscheit singt und sprüht,
Sah ich dann wie sie still zum Sessel sich bemüht;
Wenn die Dezembernacht in blauer Kälte schauert,
Fand ich im Winkel sie des Zimmers hingekauert,
Ganz stumm: wann aus dem ewgen Schlaf sie steigt
Und dem erwachsenen Sohn ihr Mutterantlitz zeigt:
Der frommen Seele, ach! was könnte ich erwidern,
Seh ich die Tränen in den hohlen Augenlidern?

In dieser Heraufbeschwörung der stillen, aber schmerzvollen Tage, in dieser Erinnerung an die langen und schweigenden Abendmahlzeiten, in dieser Klage gegen die Undankbarkeit, die Baudelaire vorgibt, an die Toten zu richten, die er jedoch nicht vergißt, wäre

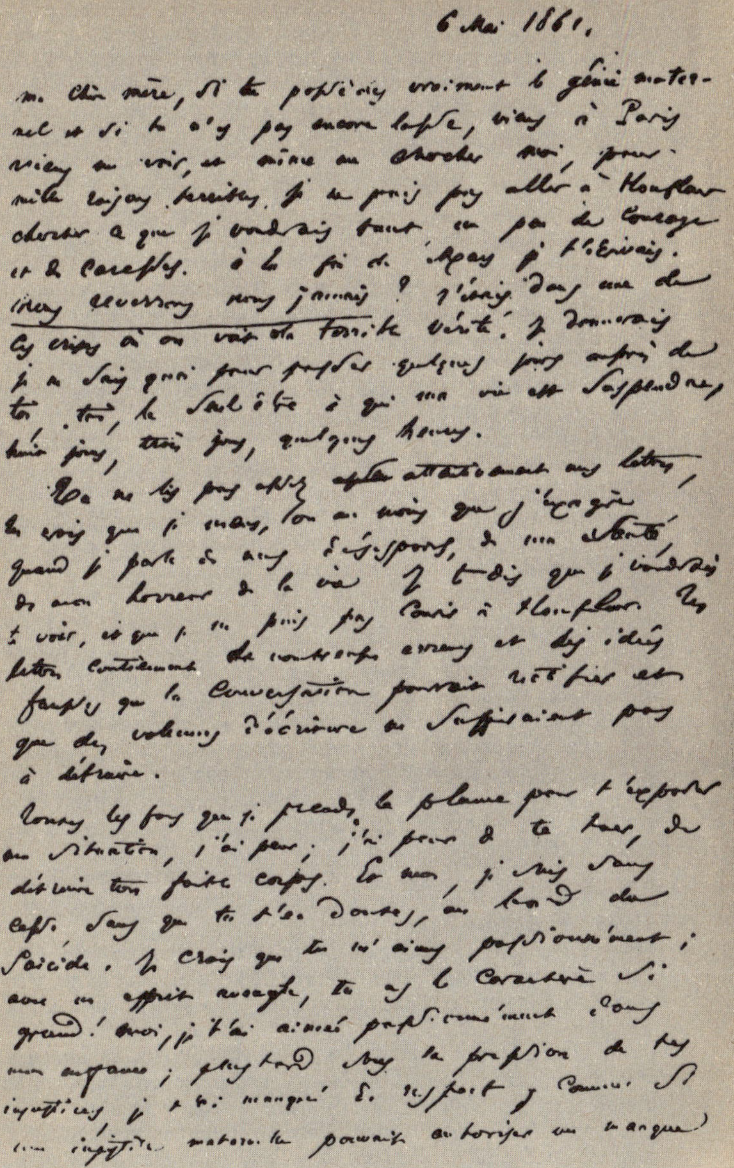

6 Mai 1861.

Ma chère mère, si tu possèdes vraiment le génie maternel et si tu n'es pas encore lassée, viens à Paris, viens me voir, et même me chercher, moi, pour mille raisons terribles. Je ne puis pas aller à Honfleur chercher ce que je voudrais tant, un peu de courage et de caresses. À la fin de mars je t'écrivais : Nous reverrons-nous jamais ? J'étais dans une de ces crises où on voit la terrible vérité. Je donnerais je ne sais quoi pour passer quelques jours auprès de toi, toi, le seul être à qui ma vie est suspendue, huit jours, trois jours, quelques heures.

Tu ne lis pas assez attentivement mes lettres, tu crois que je mens, ou au moins que j'exagère, quand je parle de mes désespoirs, de ma santé, de mon horreur de la vie. Je te dis que je voudrais te voir, et que je ne puis pas courir à Honfleur. Tes lettres contiennent de nombreuses erreurs et des idées fausses que la conversation pourrait rectifier et que des volumes d'écriture ne suffiraient pas à détruire.

Toutes les fois que je prends la plume pour t'exposer ma situation, j'ai peur ; j'ai peur de te tuer, de détruire ton faible corps. Et moi, je suis sans cesse, sans que tu t'en doutes, au bord du suicide. Je crois que tu m'aimes passionnément ; avec un esprit aveugle, tu as le caractère si grand ! Moi, je t'ai aimée passionnément dans mon enfance ; plus tard, sous la pression de tes injustices, je t'ai manqué de respect, comme si une injustice maternelle pouvait autoriser un manque

Baudelaire an seine Mutter; Anfang des Briefes vom 6. Mai 1861

es schwer, den Vorwurf nicht zu fühlen, den er seiner Mutter macht, weil sie nicht die gleiche Anhänglichkeit gezeigt hat und weil sie zu Gunsten eines Eindringlings einen Teil ihrer Liebe veruntreut hat.

1858, also sehr viel später, berichtet er seiner wieder zur Witwe gewordenen Mutter von den beiden Gedichten, die wir soeben gelesen haben, und wundert sich, daß sie gar nichts darüber zu ihm gesagt hat:

«Sie haben also gar nicht bemerkt, daß in den ‹Blumen des Bösen› zwei Gedichte sind, die Sie betreffen oder die zum mindesten intime Einzelheiten unseres alten Lebens andeuten, das wir in jener Zeit Ihrer Witwenschaft verbracht haben, und das mir besondere und traurige Erinnerungen gelassen hat — das eine: Das kleine weiße Haus bleibt immer unvergessen ... (Neuilly) und das andere, das folgt: Die Magd, der dir zum Neid ein treues Herz beschieden ... (Mariette?) Ich habe diese Gedichte ohne Titel und ohne klaren Hinweis gelassen, weil ich es verabscheue, intime Familienangelegenheiten zur Schau zu stellen.» (11. Januar 1858)

Noch später, nachdem er zu seiner Mutter ein wirklich zärtliches Verhältnis und auch das Du wiedergefunden hatte, schickt er ihr die folgenden Zeilen, die gleichzeitig zärtlich und herzzerreißend sind:

«Wer weiß, ob ich Dir noch einmal meine ganze Seele öffnen kann, die Du niemals weder ermessen noch erkannt hast! Ich schreibe das, ohne zu zögern, so sehr weiß ich, daß es wahr ist.

In meiner Kindheit habe ich eine Zeit leidenschaftlicher Liebe zu Dir gekannt; höre und lies ohne Furcht. Niemals habe ich es Dir so offen gesagt. Ich besinne mich auf eine Spazierfahrt im Fiaker; du kamst gerade aus einer Klinik, in der Du einige Zeit hattest verbringen müssen, und um mir zu beweisen, daß Du an Deinen Sohn gedacht hattest, zeigtest Du mir Federzeichnungen, die Du für mich gemacht hattest. Glaubst Du, daß ich ein entsetzliches Gedächtnis habe? Später der Platz Saint-André-des Arts und Neuilly. Lange Spaziergänge, endlose Zärtlichkeiten! Ich besinne mich auf die Kaianlagen, die abends so traurig aussahen. Ah! das war für mich die gute Zeit mütterlicher Zärtlichkeit. Ich bitte Dich um Verzeihung, weil ich eine Zeit gut nenne, die für Dich zweifellos schlecht war. Aber ich war immer lebendig in Dir; Du gehörtest ausschließlich mir. Du warst gleichzeitig ein Idol und ein Kamerad. Vielleicht wirst Du erstaunt sein, daß ich mit Leidenschaft von einer Zeit sprechen kann, die so weit zurückliegt. Ich bin selbst erstaunt darüber. Vielleicht zeichnen sich die vergangenen Dinge so lebhaft in meinem Geist ab, weil ich wieder Sehnsucht nach dem Tode empfinde.» (6. Mai 1861)

MEIN LEBEN WAR VERFLUCHT...

Die vergangenen Dinge und besonders Ereignisse aus der frühen Kindheit haben im Geist Baudelaires tatsächlich häufig die lebhaften Farben bewahrt, unter denen sie ihm damals erschienen sind. Müssen wir darin das Privileg einer vom Tod versuchten Seele sehen, wie er uns zu glauben auffordert? Vielleicht, denn der Tod schien ihm oft das einzig mögliche Mittel, ihn von seinem Elend zu befreien. Auf jeden Fall haben die Eindrücke seiner frühen Kindheit ihn häufig inspiriert, sei es in seinen Versen, in seinen Prosadichtungen oder in seiner *Moral des Spielzeugs*, die wir später zitieren werden. Dagegen hat die Erinnerung an die ersten, im Hause Aupick verlebten Jahre unendlich weniger gehaftet; es scheint, daß Baudelaire aus dieser Zeit nur Mißbehagen zurückbehalten hat. Angeblich soll er am Abend der zweiten Hochzeit seiner Mutter den Schlüssel des ehelichen Schlafzimmers aus dem Fenster geworfen haben. Die Anekdote stimmt wahrscheinlich nicht, aber seine Freunde hatten sie von ihm, und alles, was er uns über seine Kindheit im Hause Aupick vermittelt hat, beschränkt sich auf diese sarkastische Erfindung.

Von seinen Internatsjahren im Gymnasium Lyon und später Paris hat er ebenfalls wenig gesprochen, aber das wenige, was er uns darüber sagt, läßt erkennen, daß er kein gutes Andenken daran bewahrt hat. In einer autobiographischen Notiz heißt es: «*Nach 1830 das Gymnasium in Lyon, Schläge, Streit mit Lehrern und Kameraden, tiefe Schwermut.*»

Mit achtzehn Jahren, nachdem er sein Abiturientenzeugnis in Händen hielt, geriet er in Konflikt mit seinen Angehörigen. Aupick, der inzwischen General geworden war, wollte, daß er sich für die diplomatische Laufbahn entscheide. Baudelaire versicherte mit lauter Stimme, daß er Schriftsteller und nur Schriftsteller sei. In Erinnerung an diese Unstimmigkeit gestand Madame Aupick 1868 Charles Asselineau, der gerade das Werk seines verstorbenen Freundes sammelte: «Zu unserer größten Bestürzung lehnte Charles alles ab, was wir für ihn tun wollten, er wollte mit seinen eigenen Flügeln fliegen und Autor werden! Welche Enttäuschung in unserem bisher so glücklichen Leben! Welcher Kummer! ...»

Ohne es zu wissen, unterstrich Madame Aupick an diesem Tag den autobiographischen Charakter des Gedichtes, mit dem, nach den Versen *An den Leser*, die Sammlung der *Blumen des Bösen* beginnt:

Segen

Wenn nach dem Urteilspruch der obersten Gewalten
In diese graue Welt der Dichter niedersteigt,
Ringt seine Mutter wild die Hände, die geballten,
Und hadert laut zu Gott, der selber Mitleid zeigt:

Federzeichnung Baudelaires zu seinem Gedicht «Les Yeux de Berthe» und Handschrift des Gedichtes

*— «Ach! lieber hätte ich ein Schlangennest geboren,
Als daß ich obendrein dies Spottgebild ernährt.
Verwünschte Nacht und Lust, so flüchtig und verloren,
Die meinem Leibe solch verhaßte Frucht beschert!*

*Was wähltest du mich aus vor allen andren Frauen,
Daß ich der Abscheu des betrübten Mannes bin,
Und warum gebe ich das mißgestalte Grauen,
Wie einen alten Brief, nicht selbst den Flammen hin!*

*Nun übertrage ich den Haß, dem ich verfallen,
Auf dieses Werkzeug, das dein scheeler Neid verflucht;
Doch dieses Bäumchen will ich fest und fester schnallen,
Daß nie es tragen wird die faule, schlechte Frucht!»*

*Und so erstickt sie fast an ihres Hasses Geifer,
Weil für der Himmel Rat ihr jeder Sinn gebrach;
Und auf der Hölle Grund türmt selber sie voll Eifer
Sich einen Holzstoß für solch mütterliche Schmach.*

*Doch seiner hat sich still ein Engel angenommen:
Am Sonnenschein berauscht sich das enterbte Kind,
Und jede Speise wird ihm, jeder Trank bekommen,
Die wie Ambrosia und süßer Nektar sind.*

*Mit Winden spielt er und mag sich der Wolken freuen,
An jedem Kreuzweg singt ein trunkener Übermut;
Die Geister sind gerührt, die seinen Pfad betreuen,
Weil er, den Vögeln gleich im Wald, so froh und gut.*

*Doch die er lieben will, betrachten ihn mit Schrecken,
Und seine Sanftheit macht sie stark und dreist;
Und sie versuchen, wie sie seinen Unmut wecken,
Sie proben ihre Wut, bis die Geduld ihm reißt.*

*Und Wein und Brot, bevor er sie zum Munde führte,
Vermischen sie mit Ruß und mengen Speichel drein;
Die Heuchler werfen fort, was seine Hand berührte,
Sie fluchen seinem Pfad und stellen ihm das Bein.*

*Es läuft sein Weib hinaus und schreit durch alle Gassen:
— «Sein Wahn ist, ich sei schön und ihm begehrenswert,
So will als Götzenbild ich mir gefallen lassen,
Daß man von nun an mich mit purem Golde ehrt;*

*Ich will in Weihrauch mich, in Narde, Myrrhe baden,
Am Kniefall will ich mich erfreuen, an Fleisch und Wein;
Dem Herzen, das mich so bestaunt, kann es nicht schaden,
Nehm lachend ich darin die Stelle Gottes ein.*

Baudelaire. Radierung nach dem Gemälde von Émile Deroy

Will mir das Narrenspiel alsdann nicht mehr gefallen,
So lege ich an ihn die schwache, starke Hand,
Denn meine Krallen sind wie der Harpyie Krallen,
Und sie durchbrechen leicht auch seines Herzens Wand!

Und einem Vogel gleich, der ängstlich zuckt und zittert,
Reiß ich sein rotes Herz aus seiner offnen Brust;
Und meinem Lieblingstier, das schon die Beute wittert,
Werf ich's zum Fraße hin, verächtlich und mit Lust!»

Allein der Dichter hebt zum Himmel seine Hände,
Sein frohes Auge sieht dort einen hehren Thron!
In seinem reinen Geist die lichten Feuerbrände
Verhüllen seinem Blick des Volkes lauten Hohn.

«Gepriesen seist du, Gott, der uns das Leid gegeben
Als himmlische Arznei in unsrer Dürftigkeit:
Sie wird am besten uns, am ehesten erheben,
Und für den geistlichen Genuß macht sie bereit.

Ich weiß, der Dichter auch ist einer deiner Gäste
In heiliger Legion glückseligem Verein;
Und einstmals ladest du ihn zu dem hohen Feste
Der Throne, Kräfte und der Mächte selber ein.

Ich weiß, es ist allein der Schmerz von wahrem Adel,
den nie die Erde, nie die Hölle unterwarf;
Und daß es — flichtst du mir die Krone ohne Tadel —
Des ganzen Weltalls und der Ewigkeit bedarf.

Palmyras Schätze aus verschütteten Ruinen,
Das seltenste Metall, die Perlen aus dem Meer:
Von deiner Hand gefügt — sie könnten doch nicht dienen
Für solch ein Diadem, so sonnenhell und hehr.

Denn nur aus reinem Licht kannst du die Krone weben,
Dem heiligen Born entschöpfst du seinen keuschen Strahl;
Ein sterblich Aug, mag es der hellste Glanz beleben,
Ist wie ein Spiegel nur, voll Finsternis und Qual!»

Es ist kein Irrtum möglich: Baudelaire zwingt uns, in diesem verfluchten Dichter, so idealisiert er auch sein mag, ihn wiederzuerkennen. Aber für Baudelaire ist der Dichter nicht notwendigerweise verflucht. Am 21. Januar schrieb er in einem Brief an Alphonse Toussenel: «*Seit langem sage ich, daß der Dichter von höchstem Geist ist, ja, daß er Geist an sich ist. Der Geist ist nicht immer mit dem Unglück verbunden.*» Banville, in dem Baudelaire einen Lyriker begrüßt, dessen «*Poesie die schönen Stunden des Lebens darstellt, das heißt, die Stunden, in denen man glücklich ist, zu denken und zu leben*», ist kein verfluchter Dichter. Den Fluch, den er anklagt, empfindet er als eine endgültige, ihn persönlich betreffende Ungerechtigkeit. In einem Brief an seine Mutter hat er es ausdrücklich gesagt:

«Ich glaube, daß mein Leben von Anfang an verflucht war und daß es auf immer verflucht sein wird.» (4. Dezember 1854)

In der Zeit, in der Baudelaire sich so äußerte, war er dreiunddreißig Jahre alt. Seit wann hatte sich bei ihm das Gefühl festgesetzt, daß sein Leben nur tragisch sein könne? Wenn man sich nur an seine intimen Tagebücher hält, könnte man glauben, daß er es schon in seinen Jünglingsjahren empfunden hat. In Wirklichkeit hat das Unglück, mag es ihn auch schon in seinem sechsten Lebensjahr getroffen haben, indem es ihm den Vater nahm, sich erst wirklich in seinem Leben festgesetzt, als er etwa zwanzig Jahre alt war, und auch da noch hatte er gezögert, sich als unmittelbares Opfer des Unglücks zu betrachten. Der *«sehr lebhafte Geschmack am Leben und am Vergnügen»*, an den Baudelaire in *Mon cœur mis à nu* erinnert, ließ ihn nach Abgang von der Schule einen Lebensstil annehmen, der seine Angehörigen schockierte und alarmierte. Er teilte seine Zeit zwischen Bibliotheken, Museen, literarischen Freundschaften und Mädchen. Sein Umgang mit Balzac und Nerval schien seine Familie nicht minder zu verdrießen als die Nächte, die er in Gesellschaft leichter Frauen verbrachte. Um den jungen Mann diesen geistigen und sinnlichen Ausschweifungen zu entreißen, beschloß ein Familienrat, ihn für mehrere Monate von Paris zu entfernen.

Am 9. Juni 1841 schifft sich Baudelaire in Bordeaux auf dem ‹Paquebot-des-Mers-du-Sud› ein, das ihn bis zur Mauritius-Insel und Bourbonen-Insel führt, die er, die Gesellschaft des Kapitäns, dem man ihn anvertraut hatte, fliehend, Anfang Oktober wieder verläßt, um sich im Februar 1842 wieder in Paris einzufinden.

Dank der Erinnerungen an diese Zwangsreise wurden die *Blumen des Bösen* um einige Gedichte bereichert, die sich durch ihren exotischen Charakter auszeichnen (*La vie antérieure, Parfum exotique, À une Dame créole, Bien loin d'ici, À une Malabaraise*) und um zahlreiche Bilder, die sich verstreut in den Stücken finden, in denen das Meer beschworen wird.

Banville, der Äußerungen Baudelaires wiedergibt, hat erzählt, daß der Dichter «in einem Lande Afrikas bei einer Familie gewohnt hat, zu der seine Eltern ihn geschickt hatten, daß er sich rasch bei seinen banalen Gastgebern zu langweilen begann und fortging, um mit einem ganz jungen, großen, farbigen Mädchen allein auf einem Berg zu leben, das kein Französisch konnte und das ihm merkwürdig gepfefferte Ragouts in einem großen polierten Kupferkessel kochte, um den kleine nackte Negerkinder herumtanzten und schrien. Ah! diese Ragouts, wie gut weiß er davon zu erzählen und wie gerne hätte man davon gegessen!» Vielleicht hat Baudelaire die Wahrheit etwas ausgeschmückt, um seine Freunde in Entzücken zu versetzen. Es trifft nichtsdestoweniger zu, daß er auf der Insel Mauritius bei Monsieur Autard de Bragard eine junge Malabarin gekannt hat, die Tochter einer Inderin aus Benares und Milchschwester der Hausherrin. Das Sonett *Einer Kreolin* wurde für Madame Autard de

Handschrift der Schlußstrophe des Gedichtes «Les Sept Vieillards» mit einer Zeichnung von Baudelaire

Bragard im Oktober 1841 auf der Insel Bourbon geschrieben, es ist aber nur ein Gelegenheitsgedicht, ein artig gedrechseltes Kompliment. Die Biographie des Dichters interessiert sich mehr für das Gedicht *Auf ein Mädchen aus Malabar*, das erst nach dem Tode des Autors in die *Blumen des Bösen* aufgenommen wurde. Es ist weniger geglückt, wirkt schwer durch die vielen Füllwörter und ist häufig durch das verdorben, was Baudelaire den *style enfantin* nannte.

Auf ein Mädchen aus Malabar

Dein Fuß ist wie die Hand so zart, und deine Lenden
Vor jeder weißen Frau, der schönsten auch! beständen;
Dem Dichter ist dein Leib so süß und so vertraut,
Und deiner Augen Samt ist schwärzer als die Haut.
In Ländern blau und heiß ließ dich dein Gott erwachen,
Dein Tagwerk ist's, dem Herrn die Pfeife anzufachen,
Zu füllen dann den Krug mit Wasser frisch und klar,
Dann jagst vom Lager du der dreisten Fliegen Schar.
Am Morgen unter sich verflüsternden Platanen
Gehst du auf den Bazar, kaufst Ananas, Bananen;

Du setzt den nackten Fuß, wohin dein Wunsch dich zieht,
Von deinen Lippen klingt ein unbekanntes Lied;
Und steigt im Scharlachkleid der Abend dir hernieder,
Ruhn auf der Matte bald die tagesmüden Glieder;
Ein Schwarm von Kolibris durch deine Träume streicht,
Die immer sind wie du, so blühend und so leicht. –

Warum willst, glücklich Kind, du unser Frankreich sehen,
Dies überfüllte Land, durch das die Leiden gehen?
Der Schiffer derbem Arm dein Leben anvertraun?
Die Tamarinden willst du nie mehr wieder schaun?
Im zarten Musselin, der halb dich nur bekleidet,
Fühlst dorten du, wie man im Schnee und Hagel leidet;
Wie wirst du weinen, wenn die Wonnen du verläßt,
Und störrisch das Korsett dir deine Hüften preßt?
Um deine Mahlzeit noch mußt du im Kot dich raufen,
Du mußt den fremden Hauch der Reize bald verkaufen.
Dein träumend Aug doch sucht, indes der Nebel quillt,
Der Kokospalmen längst entschwundenes Schattenbild.

Die Entfernung hat das Bild des Mädchens aus Malabar nicht verwischt. Auch die Zeit konnte es nicht verwischen. Wir finden es noch einmal in zwei Stücken von Baudelaire, die ziemlich spät entstanden sind: in dem umgekehrten Sonett *Bien loin d'ici* und in einem Prosagedicht: *La Belle Dorothée,* wo es mit all seinen Reizen bewaffnet auftritt:

«Sie schreitet voran und wiegt lässig ihren so schlanken Körper auf ihren so breiten Hüften. Ihr schlichtseidenes Kleid, hell und rosa im Ton, sticht lebhaft von dem Dunkel ihrer Haut ab und schmiegt sich ihrer langen Taille, ihrem gewölbten Rücken und ihrer spitzen Brust an. Ihr roter Sonnenschirm fängt das Licht und malt auf ihr Gesicht die blutrote Schminke seiner Reflexe. Das Gewicht ihres kräftigen fast blauen Haares zieht ihr zierlich Haupt nach hinten und gibt ihr einen triumphierenden und lässigen Ausdruck. Schwere Ohrringe klingen leise an ihren niedlichen Ohren. Von Zeit zu Zeit hebt die Meeresbrise den Rand ihres wehenden Rockes auf und zeigt ihr leuchtendes und herrliches Bein; und ihr Fuß, der den Füßen der Marmorgöttinnen gleicht, die Europa in seine Museen einschließt, drückt getreulich seine Form auf dem feinen Sande ab; denn Dorothee ist so kokett, daß die Lust zu gefallen den Stolz der Freigelassenen überwindet, und so geht sie, obgleich sie frei ist, barfuß.»

Wenn dieses Porträt von Dorothée stimmt, läßt sich vermuten, daß die Erinnerung an das schöne Mädchen aus Malabar dem Verfallensein, das Baudelaire einem gewissen Frauentyp gegenüber empfunden hat, nicht fremd war. Die Züge, die er Dorothée verleiht, sind denjenigen nicht sehr verschieden, die ihn kurze Zeit nach seiner Rückkehr nach Paris 1842 bei Jeanne Duval verführt haben. Aber wir werden noch Gelegenheit haben, von dieser Mulattin zu reden, die, wie man weiß, die einzige Mätresse war, an der der Dichter lange Zeit gehangen hat.

SAMUEL CRAMER BEI TISCH

Kurz nach seiner Rückkehr von der Insel Bourbon wird Baudelaire mündig. Neue literarische Freundschaften füllen ihn aus. Er befreundet sich mit dem zehn Jahre älteren Théophile Gautier und mit Théodore de Banville. Er fordert von seiner Familie sein väterliches Erbteil, das man auf hunderttausend Francs geschätzt hat, d. h. auf etwa zwanzig Millionen französischer Francs im Jahr 1952. Die Summe ist beträchtlich, wenn man bedenkt, daß es sich um eine Zeit handelt, in der die Technik noch nicht die Bedürfnisse und Versuchungen hervorgerufen und entwickelt hatte, denen der Mensch des 20. Jahrhunderts erliegt.

Die Eltern Aupick, die um die Verschwendungssucht Baudelaires wissen, verschieben die Herausgabe der von ihnen verwalteten Summe. Der Erbe, der schon Schulden gemacht hat, macht weiterhin Schulden. Dandysmus ist teuer, denn er verlangt in allen Dingen die Suche nach Vollkommenheit. Der Dandy Baudelaire will nur Anzüge, die nach seinen Entwürfen zugeschnitten sind: einen blauen Rock mit Metallknöpfen, für den ein Porträt von Goethe ihm das Modell geliefert hat, einen schwarzen, kurzen Rock mit Schößen und sehr breiten Aufschlägen, einen sehr eng anliegenden Rock mit schlanker Taille, eine sehr weite Kaschmirhose, entgegen der Mode, die im Gegenteil sehr enge Hosen vorschrieb. Die Bücher, die ihm gefallen, läßt er von den besten Buchbindern in Saffianleder binden. Derselbe Wille nach Erlesenheit bestimmt die Ordnung seiner Tafel; ein Dandy kann nur ein Feinschmecker sein, wie es Samuel Cramer, der Geliebte der Fanfarlo, ist; es hat Baudelaire gefallen, uns in ihm seine eigene Karikatur entgegenzuhalten:

«Samuel und die Fanfarlo hatten genau die gleichen Ideen über die Küche und die für Elite-Geschöpfe zur Ernährung notwendigen Einrichtungen. Fleisch von nichtssagendem Geschmack, fade Fische waren von dem Tische dieser Sirene verbannt. Selten verunzierte der Sekt ihre Tafel. Die berühmtesten und blumigsten Bordeaux wichen vor den schweren, festverkorkten Batterien der Burgunder, der Auvergner, der Weine von Anjou und derer des Südens, der deutschen, griechischen und spanischen Weine. Samuel machte gerne die Anmerkung, ein Glas wahren Weines müsse einer Traube schwarzer Weinbeeren vergleichbar sein: man müsse ebensoviel daran zu essen als zu trinken haben. – Die Fanfarlo liebte blutiges Fleisch und trunken

Zeichnung von Baudelaire: La Fanfarlo.
Rechts: Samuel Cramer, der Baudelaires Züge trägt

machende Weine. – Übrigens berauschte sie sich niemals. – Beide aber bekannten sich zu einer ehrlichen, tiefen Hochachtung vor der Trüffel. – Die Trüffel, dieses verborgene und geheimnisvolle Gewächs der Cybele, diese köstliche Krankheit, die sie länger in ihren Eingeweiden verborgen trug als die kostbarsten Metalle, dieser aus-

erlesene Stoff, der der Weisheit der Agromanen trotzt wie das Gold dem Paracelsus, diese Trüffel gibt der alten und der modernen Welt (die Trüffeln der Römer waren weiß und von einer anderen Art) ihre Vornehmheit und, vor einem Glase Chioswein genossen, hat sie die Wirkung mehrerer Nullen hinter einer Ziffer.

Was die Frage der Saucen, der Ragouts und ihrer Gewürze betrifft, diese wichtige Frage, die ein ernstes Kapitel, etwa ein wissenschaftliches Feuilleton, erfordert, so kann ich versichern, daß sie auch hierin vollkommen einer Meinung waren, besonders aber betreff der Notwendigkeit, die ganze Pharmazie der Natur in der Küche zu Hilfe zu rufen. Spanischer Pfeffer, englisches Curry, Safran, Würzen aus den Kolonien, exotische Streupulver; alles hätte ihnen gut geschienen, Muskat und Weihrauch sogar. Lebte Kleopatra noch, ich bin überzeugt, sie würde Ochsenfilets oder Rehfilets mit duftenden arabischen Essenzen zubereiten, und sicher ist es zu beklagen, daß die Ritter vom weißen Helm und Schurz nicht durch ein besonderes, dem Luxus dienendes Gesetz gezwungen sind, die Kenntnis der chemischen Eigenschaften der Stoffe sich anzueignen, daß sie in notwendigen Fällen, wie z. B. bei einem Liebesfeste, nicht jene fast in Flammen setzenden kulinarischen Elemente zu entdecken wissen, die das organische System schnell wie Blausäure durcheilen, um sich wie Äther zu verflüchtigen.»

Wiederholen wir, daß diese Darstellung von Samuel Cramer ohne Zweifel die Züge übertreibt, die bei Baudelaire entliehen sind: soviel man weiß, hat dieser niemals nach der Ehre gehascht, ein neuer Apicius sein zu wollen. Auf jeden Fall propagiert sie mit Cramers Suche nach Tischgenüssen einen Epikurismus, den kein echter Dandy verleugnen kann.

Banville hat erzählt, zu welcher Beredsamkeit Baudelaire in der Beschwörung der Ragouts fähig war, die das schöne Mädchen aus Malabar für ihn zubereitet hatte. Wir können den Autor an mehreren Stellen seiner Korrespondenz dabei überraschen, wie er Personen, denen er einen Dienst erweisen möchte, gute Ratschläge über das Essen erteilt. Vigny, der an einem verdorbenen Magen leidet, empfiehlt er die Küche einer der besten Konditoreien von Paris:

«Einer meiner Freunde hat mir gesagt, daß Guerre, der englische Pastetenbäcker, dessen Haus sich Ecke Rue de Castiglione und Rue de Rivoli befindet, ein mit sehr heißem Wein, wahrscheinlich Madeira oder Xerez, versetztes Fleisch-Gelée herstellt, das auch die trostlosesten Mägen leicht und mit Vergnügen verdauen! Es handelt sich um eine Art Fleisch-Konfitüre mit Wein, die substanzreicher und nahrhafter ist als eine zusammengestellte Mahlzeit.» (Februar 1862)

Auch erhält Vigny von Baudelaire Ratschläge über die Auswahl von Bier:

«Man vergißt sich in der Unterhaltung mit Ihnen so sehr, daß ich gestern versäumt habe, Ihnen von dem guten Ale und dem schlechten Ale zu sprechen. Da Sie es mit dieser Diät versuchen wollen, so hüten Sie sich wie vor der Pest (ich übertreibe nicht; ich bin krank davon gewesen) vor allen Flaschen, die mit dem Etikett ‹Harris› versehen sind. Das ist ein entsetzlicher Giftmischer.

Obgleich ‹Allsopp› und ‹Bass› gute Fabrikanten sind (vor allem ‹Bass›), tut man gut, sich auch vor ihren Etiketten zu hüten, denn es gibt hier offenbar Nachahmungen. Das Vernünftigste ist, Sie wenden sich an eine der beiden ehrbaren Stellen, auf die ich Sie hinweisen werde, und trinken dort getrost ihr Ale.» (Undatiert, Ende Januar 1862)

Man sieht ihn Sainte-Beuve Gewürzbrot anbieten und einen freundschaftlichen Kommentar dazu geben:

«So wie Antäus die Erde brauchte, so hatte ich vor einigen Tagen das Bedürfnis, Sie zu sehen, und ging in die Rue Montparnasse. Unterwegs kam ich bei einem Gewürzbrot-Laden vorbei und hatte plötzlich die fixe Idee, daß Sie Gewürzbrot mögen. Nichts ist übrigens beim Nachtisch besser zum Wein; und ich fühlte, daß ich bei Ihnen gerade in das Diner geraten würde. Ich hoffe sehr, daß Sie dieses mit Engelwurz überzogene Stück Gewürzbrot nicht für einen Bubenstreich gehalten und es unbefangen gegessen haben.

Wenn Sie meinen Geschmack teilen, dann empfehle ich Ihnen, so Sie es bekommen, das englische Gewürzbrot, das sehr fest und schwarz und dermaßen gepreßt ist, daß es weder Löcher noch Poren hat; es ist sehr durchsetzt mit Anis und Ingwer. Man schneidet es in so schmale Scheiben wie man Rostbeef schneidet und kann Butter oder Konfitüre aufstreichen.» (1. Juli 1860)

DIE ERSTEN DEMÜTIGUNGEN

Aber dieses Gewürzbrot ist nur ein Geschenk des armen Baudelaire. 1842 fühlt er sich reich. Er behandelt seine Freunde großartig. Er öffnet ihnen seinen Geldbeutel, der von Wucherern wieder gefüllt wird, wenn die monatliche Summe erschöpft ist, die ihm seine Familie zuteilt. Diese hat es nicht sehr eilig, ihn in den Besitz eines Kapitals zu setzen, dessen Vergeudung sie befürchtet. Nadar, der schon früher mit dem Dichter Umgang hatte, hat sich seiner Großzügigkeit erinnert: «Der zwanzigjährige Baudelaire», sagte er, «lebte nach der Devise der Ravenswood: die offene Hand.»

Unter dieses Selbstporträt schrieb Baudelaire: «. . . gut, was die Grimasse anlangt; auch die Haltung ist gut. Noch zuviel Schraffierungen. Die Wirkung mit wenigen, gut verteilten Schraffierungen erzielen.»

Celui-là, fait
de chic, mais
bon pour
la grimace,
la pose est
bonne. — Trop
toujours
de hachures.
obtenir
l'effet avec
très peu de
hachures bien
claires.

Diese Bleistiftzeichnungen von Baudelaire (Selbstporträts) scheinen aus dem Jahr 1857 zu stammen. Die Brüder Goncourt notierten damals in ihrem Tagebuch: «Baudelaire soupiert heute an unserer Seite. Er ist ohne Krawatte, mit offenem Kragen, geschorenem Kopf, in der Tat in einem Aufzuge, als wolle man ihn gerade zur Guillotine führen. Im Grunde eine gewollte Geziertheit, kleine Hände, sauber manikürt und gepflegt wie die einer Frau — und dazu der Kopf eines Wahnwitzigen, eine schneidende, stählerne Stimme . . .»

Diese Verschwendungssucht wird natürlich außerhalb des Hauses Aupick geübt, das Baudelaire kurz nach der Rückkehr von seiner Reise verlassen hat. Im Juni 1842 richtete er sich in einem Haus der Insel Saint-Louis, 10 Quai de Béthune (heute 22), ein, wo er im Erdgeschoß ein hohes, geräumiges Einzelzimmer gemietet hatte. Er blieb dort nur einige Monate. Im April 1843 bewohnte er ein anderes Erdgeschoß in der Rue Vaneau. Im Oktober 1843 kehrte er auf die Insel Saint-Louis zurück, um sich am Quai d'Anjou 17 einzurichten. Er bezog dort eine Wohnung im Hôtel de Pimodan, dem ehemaligen Wohnsitz von Lauzun, das vor drei Jahren in den Besitz des Barons Jérôme Pichon geraten war. Drei verschiedene Wohnungen in sechzehn Monaten, zu denen sehr wahrscheinlich noch weitere hinzugezählt werden müssen, denn seine Biographie aus diesen Jahren ist nicht lückenlos. Sein Bohèmeleben gestattete ihm nicht, sich irgendwo fest anzusiedeln. Er hat das in *Mon cœur mis à nu* bekannt und sich vorgenommen, es zu analysieren:

«Untersuchung der großen Krankheit des Abscheus vor ständigen Wohnsitzen. Gründe dieser Krankheit. Ihr fortschreitendes Anwachsen.»

Aber Baudelaire hat diese Analyse nie geschrieben, denn er wechselte literarische Pläne genau so häufig wie seinen Wohnsitz. In seinem Leben wie in seinem Werk tritt er uns als Vagabund entgegen. Nichts liegt seinen Fähigkeiten ferner als die Kunst, Karriere zu machen. Selbst wenn Verstand und drängender Vorteil, den es auszunutzen gilt, ihn treiben, sich für etwas zu entscheiden und daran festzuhalten, stößt ihn nichts so sehr ab wie das Endgültige. Er fürchtet das Endgültige wie eine Verdammung; ist das Endgültige nicht bereits der Tod?

Man ist weit davon entfernt, die ersten Erzeugnisse seines Schaffens vollständig zu kennen. Man weiß, daß er 1843 mit Prarond, einem jungen Autor seines Alters, an einem Drama in Versen, *Idéolus*, arbeitete, das nie beendet wurde. Er bietet *Tintamarre* und der *Démocratie pacifique* Artikel an, die ihrer satirischen Kühnheit wegen abgelehnt werden. Er beteiligt sich an der Herstellung eines kleinen anonymen Werkes, *Les mystères galants des théâtres de Paris*, ein Sammelsurium von kleinen Anekdoten und boshaften Echos, das ihm bald Ärger mit einem seiner Gläubiger, dem Kaufmann Arondel, und mit Baron Pichon, seinem Hausherrn im Hôtel de Pimodan, einbringt.

Aber das alles ist nur Zufallsliteratur, der er keine Bedeutung beimißt. Was ihm wirklich am Herzen liegt, ist seine Poesie, die er noch keinen Zeitschriften oder Zeitungen unterbreiten will. Gegen Ende des Jahres 1843 hat er schon etwa fünfzehn Gedichte geschrieben, die später in die *Blumen des Bösen* aufgenommen werden. Er gibt sich vorläufig damit zufrieden, sie seinen Freunden vorzulesen. Er bewahrt sie für die Versammlung, die er in sich bewegt und die ihn *«in die Nachwelt eingehen lassen soll wie eine Kanonenkugel»*.

Währenddessen fließt ihm das Geld durch die Finger, und zwar in einem solchen Maße, daß seine Familie befürchtet, das väterliche Erbe werde in kurzer Zeit völlig mit Hypotheken belastet sein. Er denkt daran, sich mit Romanschreiben zusätzliche Einnahmen zu verschaffen. Zu Beginn des Jahres 1844 schreibt er an seine Mutter:

«Ich kann Dir versichern, daß ich, wenn ich ein oder zwei Romane geschrieben haben werde, weiß, wo sie zu verkaufen sind. Zwei Monate Arbeit reichen hin. Ein aus zehn Feuilletons bestehender Roman ist — im Durchschnitt — 500 Francs wert, — ein Roman von zehn Blättern für eine Zeitschrift 1000.»

Aber die Summe, die ihm ein Roman eingebracht hätte, ist ziemlich bedeutungslos, denn er sollte sterben, ohne auch nur einen einzigen veröffentlicht zu haben und wahrscheinlich auch ohne den *Homme aux Ruysdaels* jemals geschrieben zu haben, dessen baldige Veröffentlichung er jedoch gegen 1846 in einer Zeitung ankündigte. In Wahrheit ist es ihm auf dem Gebiete der Erzählung unmöglich, über die Novelle hinauszukommen, und auch da noch scheint er sich unbehaglich zu fühlen. Sein Genie ist keineswegs das Genie eines Schöpfers, das fähig ist, einer Vielzahl von Personen Leben einzuhauchen. Man kann sich keinen subjektiveren Autor vorstellen. Er hat Poe nur übersetzt, weil er sich in dem Dichter von Baltimore wiedererkannt hat. Wenn Constantin Guys unter allen Künstlern, die seine Aufmerksamkeit gefesselt haben, derjenige ist, für den er sich am meisten eingesetzt hat, so ist der Grund hierfür ohne Zweifel eine merkwürdige geistige und ästhetische Verwandtschaft: seine eigenen Zeichnungen hätten Skizzen von Guys sein können, und die Themen von Guys hätten diejenigen sein können, die sich der Zeichner Baudelaire selbst ausgesucht hätte.

Wie dem auch sei, da seine Feder nicht die zu seinem Lebensstil notwendigen Mittel hergibt, fährt Baudelaire 1844 fort, das väterliche Erbe zu verprassen; er macht weiter Schulden. Die mütterliche Wachsamkeit bringt ihn zur Verzweiflung:

«Du scheinst mir», schreibt er an seine Mutter, *«ein Werk armseligen Geschmacks vollbracht zu haben, indem Du einen Freund oder einen verkleideten Bediensteten an ein Restaurant geschickt hast, damit er verhindert, daß mir dort größere Kredite gewährt werden. Verschone mich mit dieser Bevormundung ...»* (3. März 1844)

Aber die Bevormundung wird immer strenger. Die Eltern Aupick lassen wissen, daß sie Baudelaire mit einem Vormund, Maître Ancelle, Notar in Neuilly, zu versehen beabsichtigen. In einem vertraulichen Brief beschwört der Dichter seine Mutter, von einem für ihn so beleidigenden Vorhaben abzulassen. Er würde es hinnehmen, seine Ausgaben einer mütterlichen Kontrolle zu unterwerfen, es wäre jedoch eine Schmach für ihn, wenn sie ihm die Verwaltung eines Dritten aufzwingen wollte:

«Ich bitte Dich, diesen Brief sehr aufmerksam zu lesen, denn er ist sehr ernst und ein höchster Appell an Deine Klugheit wie an Deine große Zärtlichkeit, die Du für mich zu haben behauptest. Vor allen

Dingen schreibe ich Dir diesen Brief unter dem Siegel der Verschwiegenheit und bitte Dich, ihn niemandem zu zeigen.

Zum anderen bitte ich Dich, um Gottes Willen nichts Pathetisches darin sehen zu wollen und auch mit nichts anderem als mit Vernunftsgründen darauf einzugehen. Da unsere Diskussionen die merkwürdige Gewohnheit angenommen haben, sich in Bitterkeiten zu bewegen, an denen auf meiner Seite häufig nichts Wahres ist, da ich mich in einem Zustand der Unruhe befinde und Du Dich darauf versteifst, mich nicht mehr anzuhören, sehe ich mich gezwungen, zu einer Briefform zu greifen, die Dich davon überzeugen soll, wie sehr Du trotz Deiner Zärtlichkeit im Unrecht sein kannst.

Ich schreibe Dir dies alles mit ausgeruhtem Kopf, und wenn ich an den Krankheitszustand denke, in dem ich mich seit mehreren Tagen befinde, der durch Zorn und Staunen hervorgerufen ist, dann frage ich mich, wie und durch welches Mittel ich das Angerichtete ertragen werde! Um mich die Pille schlucken zu lassen, hören sie nicht auf, mir zu wiederholen, daß das alles ganz natürlich und keineswegs entehrend sei. Das ist möglich und ich glaube es; aber was wirklich zählt, ist, daß das, was für die meisten Leute richtig ist, für mich etwas ganz anderes ist. Du hast mir gesagt, daß mein Zorn und mein Kummer bald vorüber gehen werden; Du nimmst an, daß Du mir nur zu meinem Wohle ein Kinder-Wehweh verursacht hast. Aber überzeuge Dich doch bitte von einer Sache, die Du fortwährend zu ignorieren scheinst: ich bin, wirklich zu meinem Unglück, nicht wie andere Menschen gemacht. Was in Deinen Augen eine Notwendigkeit und ein durch die Umstände hervorgerufener Schmerz ist, das kann ich nicht, das kann ich nicht ertragen. Das läßt sich sehr gut erklären. Du kannst mich so behandeln, wie Du willst, wenn wir alleine sind, aber ich lehne alles wild ab, was meine Freiheit verletzt. Liegt nicht eine unglaubliche Grausamkeit darin, daß ich mich dem Schiedsspruch irgendwelcher Menschen unterwerfen soll, die das ungern tun und die mich gar nicht kennen? Unter uns: wer kann sich brüsten, mich zu kennen, zu wissen, wohin ich gehen will, was ich tun will und zu welcher Dosis von Geduld ich fähig bin? Ich glaube aufrichtig, daß Du in einen schweren Irrtum verfällst. Ich sage Dir das ganz kalt, weil ich mich als einen von Dir Verdammten betrachte, und ich bin sicher, daß Du mich gar nicht hören wirst; aber halte vor allem folgendes fest: du tust mir bewußt und willentlich eine unendliche Qual an, deren ganzen durchbohrenden Schmerz Du nicht kennst.» (Undatiert, 1844)

Die Beschwörungen sollten vergeblich bleiben. Im September 1844 war Baudelaire in der Person von Maître Ancelle mit einem Vormund versehen, der ein zuverlässiger, peinlich genauer und ergebener Vormund war, der aber den Wert des Dichters ebensowenig einzuschätzen wußte wie Madame Aupick, um sein überreiztes Empfindungsvermögen richtig zu leiten. Baudelaire einen Vormund auferlegen, hieß für ihn eine öffentliche Demütigung bei seinem Eintritt in die literarische Welt erleiden. Die Wunde, die ihm so im September 1844 geschlagen wurde, war weit davon entfernt, mit der Zeit zu heilen, sie wurde im Gegenteil brandig. Um das Übel vollkommen zu machen, beunruhigten ihn gleichzeitig die Sorgen einer Syphilis, die, scheinbar geheilt, dennoch keine Aussicht auf Heilung hatte. Für einen Liebhaber der Frauen war das Maß voll: von der mütterlichen Entscheidung schimpflich beleidigt, sah er sich von seinen ersten Lieben grausam zugerichtet.

DER DUFT DER FRAU

In einem Augenblick der Verlassenheit im Januar 1862 überkam es ihn, an Sainte-Beuve zu schreiben:

«Ich las einmal in einer bösen Zeitung einige Zeilen über meine abstoßende Häßlichkeit, dazu angetan, jede Sympathie von mir zu entfernen (das war hart für einen Mann, der den Duft der Frau so sehr geliebt hat).»

Es gibt wenig Werke Baudelaires, die nicht mit diesem Duft getränkt sind. Man atmet ihn in seinen Gedichten, in seiner Prosa, in seiner *Fanfarlo*, in seinem Essay *Le Peintre de la Vie moderne* (Der Maler des modernen Lebens). Unter den vier kleinen Jungen, die das Prosagedicht *Les Vocations* schildert und von denen jeder durch einen eigenen Zug Ähnlichkeit mit Baudelaire hat, befindet sich auch einer, der bereits vom Geruch der Frau berauscht ist:

«‹Jetzt werde ich Euch erzählen, wie mir etwas begegnet ist, was Euch niemals begegnete —. . . Vor einigen Tagen haben mich meine Eltern auf eine Reise mitgenommen, und da es in dem Gasthof, in dem wir abstiegen, nicht genug Betten für uns alle gab, sollte ich in demselben Bett wie meine Bonne schlafen.› Er zog seine Gefährten ganz nahe an sich heran und fuhr leise fort: ‹Es ist sehr merkwürdig, nicht allein zu sein, sondern im Dunklen im Bett seiner Bonne zu liegen. Da ich nicht schlief, habe ich mich, während sie schlummerte, damit unterhalten, meine Hand über ihren Arm, über ihren Hals, über ihre Schultern gleiten zu lassen. Ihr Arm und ihr Hals sind viel dicker als die der anderen Frauen, und ihre Haut ist so weich, so weich, daß es wie Briefpapier oder Seidenpapier ist. Es machte mir so viel Freude, daß ich es lange getan hätte, wenn ich nicht Angst gehabt hätte, Angst, erst sie aufzuwecken, und dann noch Angst, ich weiß nicht wovor. Dann habe ich meinen Kopf in ihre Haare gestopft, die über ihren Rücken dicht wie eine Mähne hingen und ebensogut rochen, ich versichere es euch, wie die Blumen in diesem Garten. Wenn ihr könnt, versucht es ebenso zu machen wie ich, und ihr werdet sehen!› —

échantillon de
Beauté antique,

Der junge Autor dieser erstaunlichen Enthüllungen riß während seiner Erzählung die Augen wie erstaunt über das auf, was er noch immer empfand, und die Strahlen der untergehenden Sonne glitten durch die rötlichen Locken seines struppigen Haares und entzündeten eine gleichsam von Leidenschaft phosphoreszierende Aureole.»

Eine lakonische Notiz in seinen intimen Tagebüchern zeigt uns einen Baudelaire, der für die weiblichen Gerüche nicht weniger empfänglich ist als der glühende kleine Rotkopf aus den *Vocations:*

«Das frühreife Gefallen an den Frauen. Der Duft des Pelzwerkes vermischte sich mir mit dem Duft des Weibes. Ich erinnere mich ... Schließlich liebte ich meine Mutter wegen ihrer Eleganz. Demnach war ich ein frühreifer Dandy.»

Bei dem Sensualisten Baudelaire gibt es keinen Sinn, der nicht die Gabe hätte, seinen Appetit auf die Welt der Frau zu verschärfen. Die *Blumen des Bösen* zeigen ihn nach dem Schauspiel, das ihm die Frau schenkt, genau so gierig wie bereit, Zärtlichkeiten und Schläge an sie zu verteilen. Eine Stimme kann genügen, ihn zu entzücken, Haar, ihn mit seinem Geruch zu betäuben. Dieser Dandysmus der Sexualität fordert natürlich eine Feinschmeckerraffinesse, die, nach Baudelaire, das Erbteil jedes echten Dichters ist: die Raffinesse zum Beispiel, die er bei Thomas de Quincey wiedererkennt, dessen Kindheit nur von Röcken umgeben war. Er hat sich darüber in seinen *Paradis artificiels* ausgelassen:

«Der Mann, der von Anfang an in der weichlichen Atmosphäre der Frau gebadet worden ist, im Dufte ihrer Hände, ihres Busens, ihres Schoßes, ihres Haares, ihrer geschmeidigen, fließenden Gewänder,

Dulce balneum suavibus
Unguentatum odoribus,

hat dadurch eine Feinheit der Epidermis und einen vornehmen Wesensausdruck, eine Art Androgyneität, erlangt, ohne die das rauheste und mannhafteste Genie in bezug auf die Vollkommenheit seiner Kunst ein unvollständiges Wesen bleibt. Endlich will ich noch sagen, daß das frühreife Gefühl von der weiblichen ‹Welt›, mundi muliebris, dieses ganzen wogenden, schillernden, duftigen Apparats, die Genies noch erhöht.»

Die Anziehungskraft der Frau verschmilzt hier mit der Anziehungskraft der Welt der Frau, der Charme der Partnerin mit dem

Rechts: Zeichnung von Baudelaire mit der Inschrift: «Himmlische Vision, zum Nutzen Paul Chenavards». Baudelaire kritisierte zwar die Bilder des Malers Chenavard, unterhielt sich aber besonders gern mit ihm. «Paul Chenavard», schrieb er, «versteht zu lesen und zu denken, er ist der Freund aller, die Urteilskraft besitzen.»

vision céleste à l'usage
de Paul Chenavard

Zeichnung von Baudelaire, mit der Inschrift: «Eine Frau für Asselineau»

Charme ihrer Toilette. Wie Mallarmé (einer seiner geistigen Erben) hätte Baudelaire vielleicht Gefallen daran gefunden, eine Modezeitschrift zusammenzustellen. In seinem Essay über Guys *Le Peintre de la Vie moderne* verweilt er gerne bei Musselin und Schleier, bei den schillernden Stoffwolken, die «Attribut und Piedestal» der weiblichen Göttlichkeit sind:

...

«Wo ist der Mann, der auf der Straße, im Theater, im Bois, nicht in der uninteressiertesten Art an einer einsichtsvoll komponierten Toilette sich erfreut und ein Bild von ihr mit heimgenommen hat, unzertrennlich von der Schönheit derer, die jene Toilette trug, indem er also aus den beiden, der Frau und der Robe, eine unteilbare Einheit machte?»

In den *Blumen des Bösen* verbindet sich das häufige Anrufen von Kleidern und Geschmeide mit den heißesten Sinnengenüssen:

Die teure Frau war nackt ... weil ihr mein Sinn bekannt,
Mocht sie ihr klingendes Geschmeide einzig tragen ...
(Les Bijoux)

Und dem geschmeidigen und schweren Haar
— Ein Düftekissen und ein Weihrauchfänger —
Entstieg ein Tiergeruch, ein wilder, strenger ...

Ihr Kleid, das ganz aus Samt und Seide war,
das ganz in Jugendanmut eingetauchte,
Gleichwie ein Pelz den herben Duft verhauchte.

(Le Parfum)

La Fanfarlo, deren Entstehung spätestens in das Jahr 1846 fällt hält schon dieses Gefallenfinden an einer «weiblichen Welt» fest, die von der Toilette bereichert und von der Schminke verfeinert wird. Cramer, der Geliebte der Fanfarlo, liebte *«immer Rot und Schminke, Simili und Flittergold in jedweder Art. Gern hätte er den Himmel und die Bäume noch übertüncht, und hätte Gott ihm seinen Schöpfungsplan vertraut, er würde ihn vielleicht verpfuscht haben».*

Dieser Cramer ist seinem Schöpfer entschieden sehr ähnlich. In einem Notizbuch, das ihm zwischen 1861 und 1863 gedient zu haben scheint, d. h. fünfzehn Jahre nach *La Fanfarlo,* und das für ihn gleichzeitig Adressenheft und Rechnungsbuch war, sieht man Baudelaire peinlich genau die Toilette einer gewissen Agathe notieren, die bis heute niemand identifiziert hat.

Agathe.

«Nach Kinderart frisiert, gelocktes, auf den Rücken fallendes Haar. Geschminktes Gesicht. Augenbrauen, Lider, Lippen. Rot, Weiß, Schönheitspflästerchen. Ohrringe, Ketten, Armbänder, Ringe. Dekolletiertes Kleid, nackte Arme. Keine Krinoline. Sehr feine Seidenstrümpfe, bei Tage schwarz, wenn das Kleid schwarz oder braun ist. Rosa, wenn das Kleid hell ist. Sehr entblößte Schuhe. Galante Strumpfbänder.

Ein Bad. Sehr gepflegte Füße und Hände. Durchweg parfümiert. Wegen der Frisur ein Abendmantel mit Kapuze, wenn wir ausgehen.»

«Wenn wir ausgehen ...» Das läßt uns sinnen. Man stellt sich Baudelaire am Arm dieser Agathe vor, die elegant wie eine Lorette von Guys ist. Vielleicht ist es die Agathe, an die er sich in den Versen *Moesta et errabunda (Fleurs du Mal) wendet:*

«Das keusche Paradies, so reich an stillem Glück,
Bleibt es denn wirklich fern in Indien verloren?»

MÄDCHEN ODER MAGD?

Was für Frauen sind es, die dieser von der Frau Besessene sich auswählt, die er zu seinen Gefährtinnen oder zu seinen Geliebten macht, oder von denen er träumt, sie dazu zu machen? In seinen *Conseils aux jeunes littérateurs,* die er verfaßt hat, als er selbst nur ein Literat von fünfundzwanzig Jahren war, hat er im Hinblick auf die «den Literaten gefährlichen Frauen» einige Aphorismen in Umlauf gebracht, deren ironischer oder paradoxer Ton nicht darüber hinwegtäuschen darf, daß sich ein Teil ernster Überzeugung dareinmischt:

«Wenn ich das Gesetz der Gegensätze, das die sittliche und die physische Ordnung beherrscht, nicht außer acht lassen will, so bin ich gezwungen, in die Klasse der Frauen, die den Literaten gefährlich sind, die ‹anständige Frau›, den Blaustrumpf und die Schauspielerin einzureihen; die ‹anständige Frau›, weil sie notwendigerweise zwei Männern gehört, und weil sie ein mittelmäßiger Fraß für die despotische Seele eines Dichters ist; den Blaustrumpf weil er ein verfehlter Mann ist; die Schauspielerin, weil sie von der Literatur beleckt ist und Straßenjargon spricht, — kurz, weil sie nicht eine Frau in vollem Sinne des Wortes ist —, da ihr das Publikum eine kostbarere Angelegenheit als die Liebe ist.

Können Sie sich einen Dichter vorstellen, der in seine Frau verliebt ist und der gezwungen ist, sie eine Hosenrolle spielen zu sehen? Mir scheint, daß er das Theater in Brand stecken müßte.

Können Sie ihn sich dazu gezwungen vorstellen, eine Rolle für seine Frau zu schreiben, die ohne Talent ist? . . .

Nur zwei Klassen von Frauen sind möglich: die Dirnen oder die dummen Frauen: die Liebe oder der Suppentopf. — Brüder, bedarf es einer Darlegung der Gründe?»

Daß der Dichter nur die Wahl zwischen dem Mädchen und der Magd habe, davon hat Baudelaire niemals abgelassen. 1852 kommt er in seiner Studie über Poe darauf zurück, wo er von den Frauen sagt, daß *«ihre Halbbildung, ihre politische und literarische Inkompetenz viele Autoren hindert, etwas anderes in ihnen zu sehen, als Geräte für die Wirtschaft oder Lustobjekte».*

In den Bemerkungen aus *Mon cœur mis à nu* fragt er sich jedoch:

«Warum zieht ein Mann von Geist die Straßendirnen den Frauen von Welt vor, obwohl beide gleich dumm sind? — Zu untersuchen.»

Aber es ist klar, daß er hier nur an Freudenpartnerinnen denkt und nicht an echte Gefährtinnen. Ohne Zweifel bringt er zu seiner Frage auch den Anfang einer Antwort bei, indem er fast sofort hinzufügt:

«Es gibt gewisse Frauen, die dem Bändchen der Ehrenlegion gleichen. Man legt keinen Wert mehr darauf, weil sie sich an gewissen Männern beschmutzt haben. Aus dem gleichen Grunde würde ich die Hosen eines Krätzigen nicht anziehen.»

Diese Erklärung bleibt jedoch, wenn nicht verdächtig, so doch mindestens sehr einseitig; daß Baudelaire während der sechziger Jahre Zuflucht bei den Prostituierten im Stadtviertel von Bréda sucht,

Jeanne Duval. Zeichnung von Baudelaire

hat vielleicht in der Krankheit einen Grund, den er uns nicht preisgibt.

Was jedoch feststeht und sowohl aus seiner Korrespondenz wie aus den Zeugnissen seiner Mutter und seiner Freunde hervorgeht, ist, daß Baudelaire nur ein wirkliches und dauerhaftes Verhältnis hatte, das ihn seit seinem zwanzigsten Lebensjahr an eine junge Mulattin band, die Statistin in einem kleinen Theater war.

JEANNE DUVAL

Die Biographie dieser Jeanne Duval ist niemals geschrieben worden. Man glaubt, daß sie in Wirklichkeit Jeanne Lemer hieß, aber man ist dessen nicht ganz sicher. Es scheint, daß sie ihren Namen mehrfach gewechselt hat, um ihren Gläubigern zu entfliehen; 1864

Jeanne Duval. Federzeichnung Baudelaires, von Poulet-Malassis auf den 27. Februar 1867 datiert, mit der Inschrift: «quaerens quem devoret»

nannte sie sich Mlle. Prosper. Aber wenn ihre Identität auch zweifelhaft ist, so steht ihr Aussehen doch ziemlich fest, und zwar durch die Federzeichnungen, die Baudelaire von ihr gemacht hat; hinzu kommen Erinnerungen, die die Freunde des Poeten hinterlassen haben.

Jeanne Duval zeichnete sich durch einen triumphierenden Gang aus, der nach Banville gleichzeitig etwas Göttliches und etwas Tierisches hatte; durch tiefschwarz glänzendes Haar – es war von jenem Schwarz, das man fast blau nennt – in Kräuselwellen; durch sehr große braune Augen, sinnliche Lippen und, um mit Baudelaire zu reden, eine «spitze Brust»; die *Blumen des Bösen* lassen erraten, wie besessen er von ihr war.

Was man über ihren Charakter weiß, deutet darauf hin, daß er nicht dazu geschaffen war, ein gemeinsames Leben zu verschönern. Jeanne Duval hatte alle Fehler, die man einem Halbblut nachsagt. Tückisch, lügnerisch, ausschweifend, verschwenderisch, trunksüchtig und zum Überfluß noch unwissend und dumm, hätte sie vielleicht besser daran getan, sich ihren Platz in der Welt der Prostitution zu suchen als in der Gesellschaft von Künstlern. Bestimmt hat Baudelaire an sie gedacht, als er 1851 in einem Artikel über *Les Drames et les romans honnêtes* beiläufig erklärte, daß «*im allgemeinen die Mätressen der Dichter recht garstige Schlunzen sind; die am wenigsten üblen sind noch die, die Suppe kochen und keinen anderen Liebhaber bezahlen.*»

Jeanne Duval
Karikatur von Baudelaire

Aber welches Unrecht Jeanne auch ihrem Geliebten gegenüber begangen haben mag, welche Fehler, ja sogar welchen Verrat er ihr hat vorwerfen können — es muß zu ihrer Entlastung doch gesagt werden, daß die Existenz, die sie mit Baudelaire führte, nicht dazu angetan war, sie aus ihrem moralischen Elend zu ziehen, und wir müssen zugeben, daß Baudelaire sich schließlich vor ihr schuldig fühlte.

Im Laufe dieser unaufhörlich abgebrochenen und wieder neu geknüpften Liaison hätte Baudelaire tausend Gelegenheiten gehabt, auf die Dummheit seiner Mätresse zu fluchen. Aber wir haben weiter oben gesehen, daß er jungen Literaten dumme Frauen empfahl. Hatte er, das Opfer seiner Prinzipien, Jeanne nicht sowohl ihrer Dummheit als ihrer Anziehungskraft wegen gewählt? In *Choix de maximes consolantes sur l'amour*, die er im März 1846 veröffentlichte (in *Le Corsaire-Satan*), stehen folgende Zeilen, in denen sich vielleicht das Bild widerspiegelt, das er sich von Jeanne machte:

«Es gibt Leute, die erröten, wenn sie eines Tages feststellen, daß sie eine Frau geliebt haben, die dumm ist. Das sind eitle Tröpfe, dazu geschaffen, die unreinsten Disteln der Schöpfung oder die Gunst eines Blaustrumpfes zu fressen. Die Dummheit ist häufig der Schmuck der Schönheit; sie gibt den Augen jene dunkle Durchsichtigkeit schwärzlicher Teiche und die ölige Ruhe tropischer Meere. Die Dummheit ist immer der Erhalter der Schönheit; sie hält Falten fern; sie ist ein göttliches kosmetisches Mittel, das unsere Idole vor den Stichen bewahrt, die das Denken für uns aufhebt, häßliche Gelehrte, die wir sind!»

Diese erholsame Dummheit verband sich bei Jeanne mit einer Verderbtheit, die ebenfalls in *Le Choix de maximes consolantes* angeführt wird; denn wenn Baudelaire den Konflikt zwischen dem Geist und den Sinnen zeichnet, dann spricht er lediglich aus eigener Erfahrung:

«Wollte ich alle die schönen und guten Seiten dessen aufzählen, was man Laster und seelische Häßlichkeit nennt, ich hätte lange zu tun; aber für Leute von Herz und Geist gibt es häufig einen Fall, so schwierig und beängstigend wie eine Tragödie: wenn sie zwischen der ererbten und väterlichen Sittlichkeit und dem tyrannischen Geschmack an einer zu verachtenden Frau gefangen sind. Zahlreiche und unedle Treulosigkeiten, Gewohnheiten verrufener Orte, entdeckte schamlose und unpassende Geheimnisse flößen euch Grauen vor euerm Idol ein, und es kommt manchmal vor, daß eure Freude euch einen Schauder einjagt. Und jetzt seid ihr in euren platonischen Schlußfolgerungen sehr gehemmt. Tugend und Hochmut rufen euch zu: Fliehe sie! Die Natur flüstert euch ins Ohr: Wohin fliehen? Schreckliche Alternativen, in denen auch die stärksten Seelen das ganze Ungenügen unserer philosophischen Erziehung unter Beweis stellen. Die Geschicktesten, die sich von der Natur gezwungen sehen, den unsterblichen Roman von Manon Lescaut und Leone Leoni zu

spielen, haben sich gut aus der Affäre gezogen, indem sie sagten, daß die Verachtung ganz gut mit der Liebe zusammenpaßt.»

Diese Schlußfolgerung der «Geschicktesten» ist seine eigene. In *Femmes damnées*, einem Stück aus den *Blumen des Bösen*, das er noch 1857, einige Tage ehe das Buch erschien, auf dem Korrekturbogen verbesserte, unterstreicht er mit Nachdruck, daß Liebe und Moral unvereinbar sind:

. . .
Den eitlen Träumer laß auf ewig uns verfluchen,
Der als ein erster in verworfener Nüchternheit
Sich an dem Rätsel, dem verschlossnen, zu versuchen,
Die Liebe einen will mit Recht und Sittlichkeit!

Denn wer erfahren mag in seinem trunkenen Schwärmen,
Wie man den Tag zur Nacht, die Glut zum Schatten schweißt,
Wird seinen starren Leib wohl nimmermehr erwärmen
An jener Sonne Licht, die man die Liebe heißt!

Für Baudelaire, den seine Schwachheit im Glauben keineswegs von dem Gefühl der Sünde befreit hat, identifiziert sich das Fleisch mit dem Bösen; auch sind Liebe und Pflicht für ihn Gegensätze. Die Spaltung zwischen Gewissen und Vergnügen gibt der Wollust eine Bitterkeit, deren Beigeschmack die Maximen seiner intimen Tagebücher bewahrt haben:

«Was die Liebe so lästig macht, ist der Umstand, daß sie ein Verbrechen ist, das man nicht ohne Komplicen begehen kann.»

Die Natur seiner Liaison mit Jeanne, die Qualität des Vergnügens, das sie ihm gewährt, waren nur dazu angetan, Baudelaires Unruhe zu verschärfen. Für seine Mätresse und ihn ist keinerlei Gemeinsamkeit außerhalb des Bettes möglich. Man ist weit von «dem grünen Paradies der kindlichen Liebe» entfernt. Man befindet sich im Gegenteil in der Subura.

Die Erinnerung an Jeanne nimmt einen so großen Platz in den *Blumen des Bösen* ein, sie beherrscht so viele Gedichte, daß wir sie nicht alle wiedergeben können. Drei von ihnen, die hier folgen, sind besonders spürbar von ihr inspiriert.

Sed non satiata

Verzerrte Gottheit du, so dunkel wie die Nacht,
Havanna- und Muskatgerüche um dich kreisen,
Geschöpf des Satans: sollst ein Faust der Steppe heißen,
Du schwarze Zauberin, du Kind der Mitternacht!

Doch teurer als Bestand, als Opium und Nacht
Wird mir dein Mund, sein Trank der Liebe, sich erweisen;
Als Karawane wird mein Sehnen zu dir reisen:
Zisterne deines Augs, die meinem Unmut lacht.

Mit diesen Augen, drin der Seele Seufzer fluten,
Grausamer Dämon du, schick mir nicht solche Gluten:
Ich bin nicht Styx, der dich neunmal umarmen kann . . .

Und leider kann ich auch, Megäre, hier auf Erden
— Zu brechen deinen Stolz in eines Abgrunds Bann —
Auf deinem Höllenbett Proserpina nicht werden!

Das Haar

O Vlies, des Wellen bis hinab zur Schulter sinken!
O Locken ihr! O Last aus weichem Wohlgeruch!
O Lust! In solchem Raum der Finsternisse blinken
Erinnerungen, die mir aus diesem Haare winken,
Das nun ich schütteln will gleichwie ein leichtes Tuch!

Die Gluten Afrikas und Asiens verhauchen,
Die ganze Welt wird sich, fern wie in einer Gruft,
In deinen Tiefen, Wald aus Wohlgeruch, verbrauchen!
Wenn andre Geister in die Flut der Töne tauchen,
So schwimmt der meine, o Geliebte, auf dem Duft.

Dort will ich sein, wo stark und kühn so Mensch wie Bäume
In heißer Tropenglut sich hingestreckt zur Rast.
Ihr starken Flechten, hebt mich fort wie Wogenschäume!
Du birgst in dir, o Meer aus Ebenholz, die Träume
Von Segel, Ruderstab, von Wimpel und von Mast:

Der Hafenlärm erfüllt die Seele, die in weiten
Und tiefen Zügen Klang und Duft und Farbe trinkt;
Wo Schiffe wie auf Gold und weicher Seide gleiten:
Die Arme auf — und hin in die Unendlichkeiten
Des reinen Firmaments, wo ewig Wärme winkt!

So berge ich mein Haupt, von höchster Liebe trunken,
In diesem schwarzen Meer, das andre in sich schließt,
Bis einst mein wacher Sinn, im Wellenspiel versunken,
Dich wiederfinden wird, o Trägheit, Lebensfunken!
Endloses Wiegen, das balsamisch sich genießt!

Du blaues Haar, Gezelt aus weiten Dunkelheiten,
Du bist ein himmlischer Azur, so grenzenlos und hehr;
An der geringelten Geflechte Uferseiten
Berauschen Düfte mich im Ineinandergleiten
Von Ambra, Kokosöl und herbem, bittrem Teer.

Und lange! immerzu! in deine schweren Haare
Dir meine Hand Saphir, Rubin und Perle streut,
Daß meinem heißen Wunsch Erfüllung widerfahre!
Bist die Oase du ... mein Traum ... das wunderbare
Gefäß, das mir den Wein nun der Erinnrung beut?

Der Lethe

Komm an mein Herz, du grausam taube Seele,
Geliebte, mitleidlose Tigerin;
Ich will, daß meine Hand mit Zittern in
Dein aufgelöstes schweres Haar sich stehle;

Und daß in deiner Kleider dunklen Duft
Dann meine gramzerfurchte Stirne tauche,
Die atmend, gleich der Blume welkem Hauche,
Verlorner Liebe süßes Sterben ruft.

Und schlafen will ich! Schlafen und nicht leben!
In einem Schlummer süßer als der Tod
Verstreu ich Küsse ohn Gewissensnot
Auf deines Leibes kupferdunkles Beben.

Für den, der stille Tränen tilgen muß,
Wird einzig deines Bettes Abgrund taugen;
Von deinem Mund darf ich Vergessen saugen,
Der Trank des Lethe rinnt aus deinem Kuß.

Dem Schicksal, das mich so gesegnet,
Gehorche ich, ergeben seiner Huld;
Als Märtyrer verurteilt ohne Schuld,
Der voller Inbrunst seinem Tod begegnet,

Will ich, auf daß mein Haßgefühl sich legt,
Nepenthes und den holden Schierling trinken
Aus steilen Brüsten, die mir zärtlich winken,
In denen niemals sich ein Herz geregt.

MADAME SABATIER

Die Gedichte, die Baudelaire Madame Sabatier zugeeignet hat, verhalten sich zu denjenigen, die von Jeanne Duval inspiriert worden sind, wie Quellwasser zu siedendem Wasser. Wenn ihr Ton ausnahmsweise warm wird, dann liegt das nicht an ihrer Stifterin, sondern am Dichter selbst. Unter den zehn oder elf Stücken, die in den

Angebliches Bildnis der Madame Sabatier,
dem Bildhauer Antoine-Louis Barye zugeschrieben

Blumen des Bösen den Teil der strahlenden «Präsidentin» ausmachen, befindet sich lediglich eines, das etwas feurig ist: es handelt sich um *A celle qui est trop gaie* (Der Allzufrohen), das die Justizbeamten der 6. Kammer als obszön empfanden.

Man weiß, daß die meisten der für Madame Sabatier geschriebenen Gedichte, kaum fertig, ihr vom Autor anonym zugeschickt wurden. Der Zufall wollte, daß die Richter, die *A celle qui est trop gaie* verurteilten, an das erste Gedicht dieser Serie geraten waren. Die Empfängerin fand es am 10. Dezember 1852 zu ihrer Überraschung in ihrem Briefkasten vor. Baudelaire hatte ein Billet beigefügt, dessen Schrift er sorgfältig verstellt hatte:

«Der Person, für die diese Verse geschrieben worden sind, werden sie auf jeden Fall, ob sie ihr nun gefallen oder nicht, völlig lächerlich erscheinen, sie wird demütig angefleht, sie niemandem zu zeigen. Tiefe Gefühle sind von einer Schamhaftigkeit, die nicht verletzt werden möchte. Ist das Fehlen einer Unterschrift nicht das Symptom für diese unüberwindbare Schamhaftigkeit? Der diese Verse in einem Zustand der Träumerei geschrieben hat, in den ihn das Bild derer, der sie gelten, häufig versetzt, hat sie, ohne es ihr jemals zu sagen, sofort sehr geliebt, und er wird ihr immer die zärtlichste Sympathie bewahren.»

Der Allzufrohen

Dein Antlitz, deine Art, dein Duft
Sind schön wie einer Landschaft Prangen;
Ein Lächeln spielt auf deinen Wangen
So wie ein Wind in blauer Luft.

Ergibst du flüchtig dich dem Harme,
So heilt die frische Kraft ihn bald;
Sie ist von strahlender Gewalt
Wie deine Schultern, deine Arme.

Ein farbiger Zusammenklang
Ist deiner Kleider helles Schimmern,
Die vor dem Dichterauge flimmern
Wie holder Blütenüberschwang.

Die flatternden Gewänder scheinen
Ein Sinnbild deines Geists zu sein:
Du Flatternde, nun bin ich dein,
Um Haß und Liebe zu vereinen!

Wollt ich mein Leid mit Zuversicht
In wunderbare Gärten führen.
So mußte ich zum Hohn dort spüren,
Wie auch die Sonne brennt und sticht;

Des Frühlings Lust und frohes Grünen
Verspottete mein armes Herz.
Drum schuf ich einer Blume Schmerz,
Den Hochmut der Natur zu sühnen.

Und so auch wünschte ich zur Nacht,
Schlägt mir der Wollust kühne Stunde,
Zu des Alkovens reichem Grunde
Mich feig zu schleichen mit Bedacht.

Um dort dein frohes Fleisch zu plagen
Und um zu quälen deine Brust,
In den erstaunten Leib mit Lust
Dir eine Wunde tief zu schlagen.

Und dir — berauscht, verzückt und blind —
Durch solche Lippen, neu erschaffen,
Die herrlicher und schöner klaffen,
Mein Gift einflößen, o mein Kind!

Als Apollonie Sabatier diese befremdende Erklärung erhielt, war sie dreißig Jahre alt — fast genau ein Jahr jünger als Baudelaire. Von dem Sohn eines Bankiers üppig unterhalten, empfing sie bei sich, Rue Frochot, bei der Place de la Barrière-Montmartre (heute Place Pigalle), eine ziemlich zahlreiche Gesellschaft von Künstlern und Schriftstellern. Alle, die sich ihr näherten, waren sich mit Judith Gautier darüber einig, daß sie «drei anmutige Dinge ausstrahlte: Schönheit, Güte und Freude».

Als Baudelaire im Dezember 1852 Madame Sabatier, ohne sich zu nennen, seiner «zärtlichsten Sympathie» versicherte, zählte er selbst zu ihren Besuchern, wenn nicht zu ihren Vertrauten. Erriet sie in ihm sofort den Dichter, der sie beschuldigte, ihn zu verwirren? Man weiß es nicht zu sagen. Aber es ist anzunehmen, daß sie nicht lange im Zweifel blieb.

Im Mai 1853 erhielt sie im Abstand von sechs Tagen zwei noch immer anonyme Gedichte, die auch noch keine Titel trugen, die sie aber später in den *Blumen des Bösen* unter den Titeln *Réversibilité* (Anheimfall) und *Confession* (Beichte) wiederfand. Letzterem war ein Billet beigefügt, in dem der Dichter, der seinen Namen nicht zu sagen wagt, seine Haltung kommentiert:

«Wirklich, Madame, ich bitte Sie für diese dumme, anonyme Reimerei, die schrecklich nach Kinderei riecht, tausendmal um Verzeihung; aber was tun? Ich bin egoistisch wie Kinder und Kranke. Ich denke an geliebte Menschen, wenn ich leide. Im allgemeinen denke ich an Sie in Versen, und wenn die Verse geschrieben sind, dann kann ich der Lust nicht widerstehen, sie nun auch dem Menschen, dem sie gelten, zu zeigen. Gleichzeitig verstecke ich mich wie jemand, der eine äußerste Angst vor dem Lächerlichen hat. Liegt in der Liebe nicht etwas ganz wesentlich Komisches? — ganz besonders für diejenigen, die nicht von ihr betroffen sind.

Aber ich schwöre Ihnen, daß dies das letzte Mal ist, daß ich mich bloßstelle; und wenn meine glühende Freundschaft für Sie so lange dauert, wie sie schon gedauert hat, ehe ich Ihnen ein Wort davon gesagt habe, dann werden wir alle beide alt sein.

So unsinnig Ihnen das alles auch erscheinen mag, bedenken Sie, daß es ein Herz gibt, über das Sie sich nicht ohne Grausamkeit lustig machen können und in dem Ihr Bild immer lebt.»

Madame Sabatier. Büste von Jean-Baptiste Clésinger (Louvre)

Der Entschluß, sich nicht mehr ‹bloßzustellen›, gerät bald ins Wanken. Im Februar 1854 beginnen die anonymen Sendungen wieder und überstürzen sich. In weniger als zehn Tagen erhält Madame Sabatier drei Sonette, die wie die vorhergehenden Stücke in die *Blumen des Bösen* aufgenommen worden sind und von denen wir wenigstens das letzte wiedergeben wollen, in dem sich jene Sehnsucht nach geistigem Schutz ausdrückt, die in *Mon cœur mis à nu* deutlich wird. In seinen intimen Tagebüchern schwört er sich tatsächlich, jeden Morgen ein Gebet «zu seinem Vater, zu Mariette und zu Poe als Fürsprecher» zu verrichten. Hier ist es eine ideale Geliebte, die der Dichter sich zur Herrin setzt:

«Das kleine Ungeheuer». Bébé, Schwester der Madame Sabatier. Zeichnung von Baudelaire

Was sagst heut abend du, verlaßne, arme Seele,
Was sagst du, o mein Herz, mein Herz schon fast verblüht,
Der Schönsten, Besten und der Liebsten ohne Fehle,
Die mit dem Götterblick von neuem dich durchglüht?

— Stets sei es unser Stolz ein Loblied ihr zu singen,
Denn nichts ist uns so süß wie ihre hohe Macht,
Und ihrer Haut enthaucht ein Duft von Engelsschwingen,
Ihr Auge uns umschließt wie eines Mantels Pracht,

Ob in der Nacht und in der Einsamkeiten Strenge,
Ob auf den Straßen, ob im lärmenden Gedränge,
Stets schwebt um uns ihr Bild und strahlt wie Fackelschein . . .

So spricht es: «Ich bin schön und fordere als Buße:
Um meinetwillen dient der Schönheit nur allein;
Euch bin ich Engel und Madonna und die Muse!»

Durch eine Art Spiel, das auf der einen Seite von Schalkhaftigkeit, auf der anderen von Schamhaftigkeit regiert wurde, haben weder Madame Sabatier noch Baudelaire jemals vor der Affäre um die *Blumen des Bösen* direkt über diese Gedichte gesprochen, obgleich ihr Autor sich zu ihrer Vaterschaft bekannt hatte, indem er zwei von ihnen im Juni 1855 in der *Revue des Deux Mondes* erscheinen ließ. Erst nach dem Erscheinen und der Beschlagnahme der *Blumen des Bösen* empfing Madame Sabatier endlich einen Brief von Baudelaire, der mit seinem Namen unterschrieben war:

«Würden Sie glauben, daß die Elenden (ich spreche von dem Richter, dem Staatsanwalt usw.) es gewagt haben, unter anderen zwei Stücke zu inkriminieren, die für mein teures Idol geschrieben worden sind?

...Ich schreibe Ihnen nun zum ersten Mal mit meiner wahren Schrift. Wenn ich nicht von geschäftlichen Angelegenheiten und Briefen erdrückt wäre (die Verhandlung ist übermorgen), dann würde ich diese Gelegenheit ausnutzen, um Sie für soviel Narrheit und Kinderei um Verzeihung zu bitten. Aber haben Sie sich nicht übrigens, vor allem durch Ihre kleine Schwester, hinlänglich gerächt? Ah! das kleine Ungeheuer! Sie hat mich zum Erstarren gebracht, als wir uns eines Tages begegnet waren, und sie mir laut ins Gesicht lachte und sagte: Sind Sie immer noch in meine Schwester verliebt und schreiben Sie ihr immer noch prächtige Briefe? — Was ich verstand, war einmal, daß ich mich sehr schlecht versteckt hatte, als ich mich verstecken wollte, und zum anderen, daß Sie unter Ihrem entzückenden Gesicht einen wenig mildherzigen Geist verbergen. Gassenjungen sind verliebt, aber Dichter sind Vergötterer, und Ihre Schwester ist, glaube ich, wenig dazu geschaffen, die ewigen Dinge zu verstehen.

Erlauben Sie mir also, auf die Gefahr hin, auch Sie zu ergötzen, die Beteuerungen zu erneuern, die diese kleine Närrin so ergötzt haben. Nehmen Sie ein Amalgam an, das aus Träumerei, Sympathie und Achtung besteht und mit tausend Kindereien, die voll Ernst stecken, gemischt ist, und Sie haben ein Ungefähr des sehr Aufrichtigen, das ich nicht besser zu definieren vermag.

Sie zu vergessen, ist nicht möglich. Man sagt, daß es Dichter gegeben hat, die ihr ganzes Leben hindurch die Augen auf ein geliebtes Bild gerichtet hielten. Ich glaube tatsächlich (aber ich bin zu eigennützig), daß die Treue eins der Zeichen des Genies ist.

Sie sind mehr als ein erträumtes und geliebtes Bild, Sie sind mein Aberglaube. Wenn ich irgend etwas ganz Dummes tue, dann sage ich mir: Mein Gott! Wenn sie es wüßte! Wenn ich etwas Gutes tue, dann sage ich mir: Das ist etwas, was mich ihr näher bringt — im Geistigen.

Und als ich das letzte Mal das Glück hatte (sehr gegen meinen Willen) Ihnen zu begegnen — denn Sie wissen nicht, mit welcher Sorgfalt ich Sie fliehe — da sagte ich mir: es wäre sonderbar, wenn dieser Wagen sie erwartete, ich tue vielleicht gut, einen anderen Weg zu wählen. — Und dann: guten Tag, mein Herr! mit jener geliebten Stimme, deren Ton entzückt und das Herz zerreißt. Ich bin gegangen und habe mir den ganzen Weg wiederholt: Guten Tag, mein Herr! indem ich versuchte, Ihre Stimme nachzuahmen.

... Seien Sie daran erinnert, daß jemand an Sie denkt, daß sein Gedanke niemals etwas Gemeines hat, und daß er Ihnen Ihre schelmische Fröhlichkeit etwas übelnimmt.

Ich bitte Sie sehr heiß, alles, was ich Ihnen anvertrauen könnte, von jetzt ab für sich zu behalten. Sie sind meine tägliche Gesellschaft und mein Geheimnis. In dieser Intimität gebe ich mir seit langem das Gegenbild, das mir die Kühnheit zu diesem vertrauten Ton verleiht.

Adieu, liebe gnädige Frau, ich küsse Ihre Hände mit meiner ganzen Ergebung.»

Der Epilog dieser verliebten Freundschaft ist zu bekannt, als daß wir uns dabei aufhalten müßten. Wenn er auch einen markanten Punkt in der Biographie Baudelaires darstellt, so berührt er seine Kunst nur wenig. Man könnte sogar sagen, daß Apollonie Sabatier, als sie schließlich am 30. August 1857 in das Leben Baudelaires trat, damit, ohne es zu wissen, sich der Rolle als Inspiratorin, die sie bis dahin ausgeübt hatte, begab. Schon am nächsten Tag richtete Baudelaire einen Brief an sie – den enttäuschendsten Brief, den ein überglücklicher erhörter Liebender vielleicht jemals geschrieben hat und in dem er mit schmerzlicher Ungeniertheit, das Du mit dem Sie vermengend, von der Liebe zu einer geistreichen Floskel und von der Zärtlichkeit zum Zynismus übergeht:

«... Ich habe Dir gestern gesagt: Sie werden mich vergessen; werden mich verraten; der Ihnen Vergnügen macht, wird Sie langweilen. – Und heute füge ich hinzu: nur der wird leiden, der die Dinge der Seele ernst wie ein Dummkopf nimmt. – Sie sehen, meine sehr schöne Geliebte, daß ich widerwärtige Vorurteile im Hinblick auf die Frauen habe. – Kurz, ich habe keinen Glauben. – Sie haben eine schöne Seele, aber alles in allem ist es eine weibliche Seele.

... Und schließlich, schließlich warst Du vor einigen Tagen eine Gottheit, was so bequem, so schön und unverletzlich ist. Jetzt bist Du eine Frau.

... Kurzum, geschehe, was mag. Ich bin ein bißchen fatalistisch. Aber was ich weiß, ist, daß ich ein Grauen vor der Leidenschaft habe – weil ich sie mit all ihrer Schmach kenne; – und plötzlich wird das geliebte Bild, das alle Abenteuer des Lebens dominierte, zu verführerisch.

Ich wage es nicht, diesen Brief noch einmal durchzulesen, ich müßte ihn dann vielleicht ändern; denn ich fürchte sehr, daß ich Sie betrübe; es will mir scheinen, daß ich hier etwas von der abstoßenden Seite meines Charakters habe eindringen lassen.»

Diese wenigen Auszüge lassen begreifen, daß ein derartiges Bekenntnis nicht des Glaubens, sondern des Unglaubens noch zu Erklärungen führen mußte. Madame Sabatier glaubte sich zugunsten Jeanne Duvals verschmäht. Sie schob in ihr Exemplar der *Blumen des Bösen* ein Porträt der Mulattin, das Baudelaire gezeichnet hatte, und schrieb als Erklärung darauf: «Sein Ideal»! Sie täuschte sich, aber wo lag die Wahrheit? Die möglichen Erklärungen sind zahlreich, aber vielleicht ist nicht eine richtige darunter. Vielleicht ist Baudelaire von dieser Liebe geschieden, «wie man aus einem Traum erwacht». Sicher ist, daß er für die Einsamkeit geboren war und daß er einsam bleiben sollte.

DIESE BEIDEN TRÖPFE ...

In *Mon cœur mis à nu* bekennt Baudelaire, daß er schon früh das Gefühl der Einsamkeit empfunden hat:

«Gefühl der Einsamkeit, seit meiner Kindheit. Trotz der Familie – und vor allem inmitten der Gefährten – immer das Gefühl eines in alle Ewigkeiten einsamen Schicksals.»

Offenbar haben der Verlust seines Vaters – 1827 – und vor allem im folgenden Jahr die zweite Eheschließung seiner Mutter an der Entstehung dieses Gefühls mitgewirkt, das im Alter zur Überzeugung und Gewohnheit werden sollte.

Auf die Einsamkeit in einem Zuhause, das aufgehört hatte, das seine zu sein, um das des Majors Aupick zu werden, war bald die Einsamkeit in der Schule gefolgt, wo es ein Wunder gewesen wäre, wenn seine unstete Natur ihm erlaubt hätte, enge kameradschaftliche Bande zu knüpfen. Zum Alleinsein verurteilt und undeutlich davon überzeugt, daß diese Verurteilung endgültig sei, benahm er sich von da an so, als ob er sich in einer seltenen Vorausüberlegung entschieden hätte, so allein wie möglich zu sein und sich von jedweder Gemeinschaft auszuschließen.

Eine derartige Haltung konnte natürlich nicht ganz streng durchgehalten werden; im Leben Baudelaires oder in seinen Schriften lassen sich leicht Tatsachen oder Texte finden, die ihn in einer anderen Verfassung als in der des Ausgestoßenen oder des beflissenen Ich-Menschen zeigen, den er Dandy nennt. Dennoch läßt sich sagen, daß die zuerst ertragene, dann aus einer Art von Trotz gewählte Einsamkeit das Wesentliche seines Werkes inspiriert und nährt.

Weder Liebe noch Kunst nehmen ihm das Gefühl der Einsamkeit. Sie ändern in nichts seinen Hochmut, allein zu sein. Das Bewußtsein, das er von seiner Isolierung und von der Qualität dieser Isolierung hat, lassen ihn in jeder Gemeinschaft mit anderen – sei es in der Liebe, in der Kunst oder in der Politik – eine Prostitution sehen.

Wenn er in den *Raketen* schreibt, daß *«die Liebe der Hang zur Prostitution ist»*, dann folgt daraus bei weitem nicht, daß er in der Liebe die totale Hingabe und das Schenken seiner selbst vollendet

Tout le bas du visage, mauvais.
le menton, pas
Trop de Hachures.
la bouche est mauvaise,
d'ailleurs avec quelques hachures, distribuées sobrement, on fait le modelé.
Ceci ne doit donc être regardé que pour la tête et l'effet lumineux.

Oben: Unter dieses Selbstporträt schrieb Baudelaire: «Hier ist der Mund besser. Für das Übrige gelten die gleichen Einwände.» — Poulet-Malassis bemerkte dazu: «Dies ist die ähnlichste Zeichnung, die ich kenne.»

Links: Selbstbildnis mit der Notiz: «Der ganze untere Teil des Gesichtes schlecht, das Kinn nicht spitz genug. Zuviel Schraffierungen. Der Mund ist übrigens auch schlecht. Diese Zeichnung darf nur im Hinblick auf Haltung und Lichteffekte betrachtet werden.»

sieht. In *Mon cœur mis à nu* spricht er im Gegenteil von dem Betrug, den in seinen Augen die Gemeinsamkeit des Paares bildet:

«In der Liebe, wie in fast allen menschlichen Angelegenheiten, ist das herzliche Einvernehmen das Ergebnis eines Mißverständnisses. Dieses Mißverständnis ist die Lust. Der Mann ruft: ‹O mein Engel!› Das Weib girrt: ‹Mama, Mama!› Und diese beiden Tröpfe sind überzeugt, daß ihre Gedanken zusammenstimmen. Der unüberschreitbare Abgrund, der der grundsätzlichen und völligen Unvereinbarkeit, bleibt unüberschritten.»

Aber wenn die Liebe nicht das Schenken seiner selbst ist, dann bleibt an der Liebe weiter nichts, als natürlich zu sein, d. h. Sünde zu sein. Daher so viele Bemerkungen in seinen intimen Blättern, in seinen Gedichten und in seiner Prosa, in denen Baudelaire durch seine Verdammung der Liebe hindurch einen Weiberhaß ausdrückt, der von weit herkommt und der um so lebhafter ist, als sein Appetit auf die *Welt der Frau* nicht aufhört, ihn zu tyrannisieren.

In den *Raketen* liest man:

«Ich glaube, ich habe in meinen Aufzeichnungen schon geschrieben, daß die Liebe einer Folterung oder einer chirurgischen Operation sehr ähnlich sehe. Aber dieser Gedanke kann auf die bitterste Art entwickelt werden. Selbst wenn die beiden Liebenden voll äußerster Leidenschaft und voll wechselseitigen Verlangens wären, einer von beiden wird doch immer ruhiger oder weniger besessen sein als der andere. Dieser oder diese ist dann der Arzt oder der Henker; der andere ist der Patient, das Opfer. Vernehmt ihr diese Seufzer, diese Vorboten einer Tragödie der Entehrung, dieses Ächzen, diese Schreie, dieses Röcheln? Wer hat sie nicht ausgestoßen, wer hat sie nicht unwiderstehlich dem anderen entpreßt? Und was könnt ihr Schlimmeres in dem peinlichen Verhör der Folterknechte entdecken? Diese verdrehten Augen eines Somnambulen, diese Glieder, deren Muskeln herausspringen und sich straffen wie unter der Einwirkung einer galvanischen Säule – die Trunkenheit, der Wahnsinn, das Opium vermöchten in ihren heftigsten Auswirkungen nicht so abstoßende und seltsame Beispiele zu bieten. Und das menschliche Antlitz, das nach Ovid geschaffen ist, um das Licht der Gestirne widerzustrahlen, seht, wie es nur noch den Ausdruck einer rasenden Wildheit trägt oder sich in einer totenähnlichen Erschlaffung entspannt. Denn es erschiene mir in der Tat lästerlich, das Wort ‹Ekstase› auf eine derartige Zersetzung anzuwenden.

– Welch entsetzliches Spiel, bei welchem einer der Spieler die Herrschaft über sich selbst verlieren muß!

Einmal wurde in meiner Gegenwart die Frage gestellt, worin der höchste Genuß der Liebe bestände.

Jemand antwortete natürlich: im Empfangen – und ein anderer: in der Hingabe. – Jener sagte: Lust des Stolzes, – und dieser: Wollust der Erniedrigung! All diese Schmutzfinken sprachen wie die ‹Nach-

folge Christi›. – Schließlich fand sich ein schamloser Utopist, der behauptete, die größte Lust der Liebe sei: dem Vaterland Bürger zu schenken.

Ich aber sage: die einzige und höchste Wollust der Liebe liegt in der Gewißheit, das Böse zu tun. Und Mann und Weib wissen von Geburt an, daß das Böse alle Wollust enthält.»

Und in *Mein entblößtes Herz:*

«Jeder Mensch wird zu jeder Stunde gleichzeitig von zwei Forderungen bewegt: die eine führt ihn zu Gott, die andere zu Satan hin. Die Anrufung Gottes oder das Streben des Geistes ist die Sehnsucht des Emporsteigens; die Anrufung Satans oder die tierische Lust ist die Wonne des Hinabsteigens. Letzterer müssen der Hang zum Weibe und die vertraulichen Unterredungen mit den Tieren, Hunden, Katzen usw. zugeordnet werden ...»

EIN LIEBESMUSEUM

Sicher ist es angebracht, hier festzuhalten, daß die Texte, die wir soeben zitiert haben, in die letzten und schwärzesten zehn Jahre von Baudelaires Leben gehören. Jacques Crépet datiert die Aufzeichnungen *Raketen* zwischen 1855 und 1862 und *Mein entblößtes Herz* zwischen 1859 und 1866. Aber schon im März 1846, d. h. in einer Zeit, in der Baudelaire noch an seine Mutter schreiben konnte, daß er niemals *«so reich an klaren Hoffnungen»* gewesen sei, finden wir in dem Kapitel seines *Salon,* das Dinge der Liebe zum Inhalt hat, Seiten, deren Lebendigkeit nicht über den schon bittersüßen Geschmack allzu reifer Früchte hinwegtäuschen kann:

«Ist es euch wohl schon ergangen wie mir, daß ihr in große Melancholie verfallen seid, nachdem ihr Stunden damit verbracht habt, in ausschweifenden Kupferstichen zu blättern? Habt ihr euch danach gefragt, warum ein derartiger Reiz darin liegen kann, in diesen Jahrbüchern der Wollust zu wühlen, die in Bibliotheken vergraben oder in Kisten von Trödlern verloren sind, und manchmal auch nach der schlechten Laune, die sie euch verursachen? Lust vermischt mit

Schmerz, Bitterkeit, nach der die Lippen immer dürsten! — Die Lust liegt darin, das wichtigste Gefühl der Natur unter allen seinen Formen dargestellt zu sehen, — und der Zorn, es häufig so schlecht imitiert oder so dumm verleugnet zu finden. An endlosen Winterabenden beim Schein des Feuers, im dumpfen Müßiggang der Hundstage oder an der Ecke der Glaserbudiken, immer hat mich der Anblick dieser Zeichnungen in ein Gefälle unermeßlicher Träumerei versetzt — etwa so, wie uns ein obszönes Buch in die geheimnisvoll blauenden Meere stürzt. Vor diesen unzähligen Gefühlsproben jedes einzelnen habe ich oft empfunden, daß sich der Dichter, der Kauz oder der Philosoph den Genuß eines Liebesmuseums schenken sollten, in dem alles seinen Platz hätte, von der unausgesprochenen Zärtlichkeit der heiligen Therese bis zu den mit Bedacht betriebenen Ausschweifungen der übersättigten Jahrhunderte. Ohne Zweifel ist die Kluft gewaltig, die den ‹Aufbruch nach der Insel Cythera› von den elenden Tuschereien trennt, die in Mädchenzimmern über einer gesprungenen Vase und einer wackligen Konsole hängen. Außerdem heiligt das Genie alles, und wenn diese Themen mit der nötigen Sorgfalt und der nötigen Andacht ausgeführt wären, dann wären sie nicht mit jener Unzucht beschmutzt, die eher Großtuerei als Wahrheit ist.

Der Moralist möge sich nicht gar zu sehr entsetzen; ich weiß das richtige Maß zu halten, und mein Traum würde sich übrigens darauf beschränken, dieses gewaltige Gedicht der Liebe nur von den reinsten Händen ausgeführt zu wünschen, von Ingres, von Watteau, von Rubens und Delacroix! Die mutwilligen und eleganten Prinzessinnen von Watteau neben der nachdenklichen und ruhigen Venus von Ingres; die köstlich weißen Leiber von Rubens und Jordaens und die düsteren Schönheiten von Delacroix!

Um die aufgeschreckte Keuschheit des Lesers ebenfalls vollständig zu beruhigen, füge ich hinzu, daß ich nicht nur alle Bilder, die in Sonderheit die Liebe behandeln, in das Liebes-Thema aufnehmen würde, sondern auch alle Bilder, die Liebe atmen, und mag es ein Porträt sein.

In dieser riesigen Ausstellung stelle ich mir die Schönheit und die Liebe jedes Klimas von ersten Künstlern ausgedrückt vor; von den närrischen, flatterhaften und herrlichen Geschöpfen, die Watteau uns in seinen modischen Radierungen hinterlassen hat, bis zu der Venus von Rembrandt, die sich wie gewöhnliche Sterbliche die Nägel richten und mit einem dicken Buchsbaumkamm kämmen läßt.

Die Dinge dieser Natur sind dermaßen wichtig, daß es keinen Künstler, groß oder klein, gibt, von Giulio Romano bis zu Devéria und Gavarni, der sich nicht heimlich oder öffentlich um sie bemüht hätte.

Ihr großer Fehler besteht im allgemeinen darin, daß es ihnen an Naivität und Aufrichtigkeit fehlt. Ich erinnere jedoch eine Lithographie, die — leider ohne allzuviel Feinheit — eine der großen Wahrheiten der ausschweifenden Liebe ausdrückt. Ein junger, als Frau verkleideter Mann und seine als Mann angezogene Geliebte sitzen

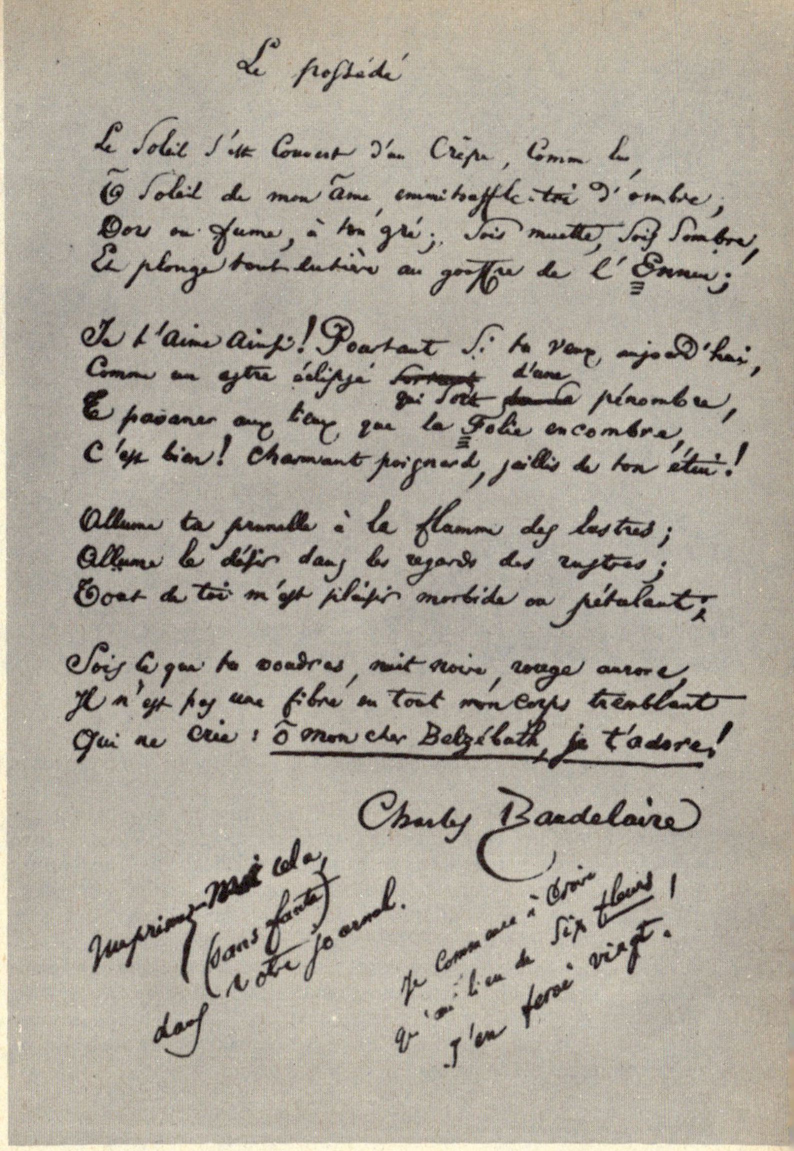

Handschrift des Gedichtes «Le Possédé»

nebeneinander auf einem Sofa – das Sofa, das ihr kennt, das Sofa des Logierhauses und der Chambre Séparée. Die junge Frau will die Röcke ihres Geliebten hochheben. – Diese wollüstige Seite würde in dem idealen Museum, von dem ich spreche, von vielen anderen

«Die Geliebte Baudelaires». Gemälde von Edouard Manet

wieder ausgeglichen, auf denen die Liebe nur unter ihrer feinsten Form erscheinen würde.»

Wenn diese Meditation über ein Liebesmuseum in eine der gebräuchlichen Rubriken eingeordnet werden müßte, dann könnte man schwanken zwischen Ethik und Ästhetik. In Wirklichkeit entspringt sie einer unserem Autor persönlich zugehörenden Wissenschaft: dem Dandysmus. Es ist allerdings ein Dandy, der sich hier ausdrückt. Nur diese aus Feinheit und Müßiggang zusammengesetzte Persönlichkeit konnte das Museum eines gelehrten und heiklen Erotismus erfinden, in dem die von Giulio Romano und Carracci gestochenen Darstellungen Aretinos mit den «Fricatrices» von Fragonard, den Odalisken von Ingres und den Travestien von Gavarni gute Nachbarschaft miteinander halten würden.

DER DANDY

Aber was ist, genau gesprochen, der D a n d y nach Baudelaire? Dieses Wort kommt ihm immer wieder unter die Feder, und man weiß, daß er sich vorgenommen hatte, ihm einen ganzen Essay zu widmen. Wenn dieser Vorsatz nicht verwirklicht worden ist, so hat er doch wenigstens einen Ansatz gefunden in dem Kapitel aus *Peintre de la Vie moderne*, wo Baudelaire ziemlich ausführlich seine Theorie über den Dandysmus entwickelt.

Diese Seiten sollen hier folgen, denn es ist klar, daß diese Ausnahmepersönlichkeit nichts weiter ist als der Entwurf zu einem idealen Baudelaire, obgleich der vom Dichter definierte Dandy über ein ausreichendes Vermögen und innere Sicherheit verfügt, die Baudelaire beide nicht besaß.

«Der reiche, müßige Mann, der, selbst blasiert, keine andere Beschäftigung hat, als auf der Bahn des Glücks zu wandeln; der im Luxus aufgewachsene und seit seiner Jugend an den Gehorsam der anderen Menschen Gewöhnte, und schließlich der, der keinen anderen Beruf als den der Eleganz hat, wird sich immer und zu allen Zeiten einer deutlich erkennbaren, ganz besonderen Physiognomie erfreuen. Der Dandysmus ist eine unbestimmbare Einrichtung, genau so absonderlich wie das Duell; sehr alt, da Cäsar, Catilina und Alkibiades uns schon glänzende Beispiele liefern; sehr allgemein verbreitet, da Chateaubriand sogar in den Wäldern und an den Ufern der Seen der Neuen Welt Dandysmus gefunden hat. Der Dandysmus, eine Institution außerhalb der Gesetze, hat selbst strenge Gesetze, denen alle ihm Verpflichteten hart unterworfen sind, so wild und unabhängig ihr Charakter auch sonst sein mag. Die englischen Romanschriftsteller haben mehr als andere den Roman des ‹high life› kultiviert, und die Franzosen, die Liebesromane schreiben wollten, haben sich vor allem und vernünftigerweise darum bekümmert, daß ihre Gestalten auch das nötige Vermögen besaßen, um sich ohne Zögern alle ihre Einfälle leisten zu können; weiterhin haben sie sie von jedem Beruf befreit. Diese Wesen haben keinen anderen Daseinszweck, als die Idee des Schönen in ihrer Person zu kultivieren, ihre Leidenschaften zu befriedigen, zu fühlen und zu denken. Sie sind im Besitz von Zeit und Geld, ohne welche die Phantasie, nur auf einen Zustand vorübergehender Träumerei beschränkt, sich kaum in Handlung umsetzen kann. Es ist leider sehr wahr, daß die Liebe ohne Muße und Geld nur eine bürgerliche Orgie oder der Vollzug einer ehelichen Pflicht sein kann. Statt eines brennenden oder verträumten Einfalls wird sie zu einer abstoßenden N ü t z l i c h k e i t.

Wenn ich anläßlich des Dandysmus von der Liebe spreche, so darum, weil die Liebe die natürliche Beschäftigung des Müßigen ist. Aber der Dandy zielt nicht auf die Liebe wie auf ein besonderes Ziel. Wenn ich vom Geld gesprochen habe, so darum, weil das Geld für die Menschen, die einen Kult aus ihren Leidenschaften machen, unerläßlich ist; aber der Dandy strebt nicht nach Geld wie nach etwas Wesentlichem; ein unbestimmter Kredit könnte ihm genügen; er überläßt diese plumpe Leidenschaft den gewöhnlichen Sterblichen. Der Dandysmus ist nicht einmal, wie viele, wenig nachdenkende Leute zu glauben scheinen, ein maßloses Gefallen an der Toilette und an äußerer Eleganz. Diese Dinge sind für den vollkommenen Dandy nur ein Symbol für die aristokratische Überlegenheit seines Geistes. Vor allem in das V o r n e h m e *verliebt, besteht die Vollkommenheit der Toilette in seinen Augen in absoluter Einfachheit, die allerdings die beste Art, sich hervorzuheben, ist. Was ist das also für eine Leidenschaft, die sich, zur Doktrin geworden, herrschsüchtige Adepten geschaffen hat, was ist das für eine ungeschriebene Institution, die eine so stolze Kaste gebildet hat? Es ist vor allem das glühende Bedürfnis nach einer Originalität, die in den äußerlichen Grenzen des Schicklichen enthalten ist. Es ist eine Art Kult mit sich selbst, der in der Suche nach Glück im anderen, in der Frau zum Beispiel, fortleben kann; der auch in all dem fortleben kann, was man Illusion nennt. Es ist die Freude daran, zu erstaunen, und die hochmütige Genugtuung, selbst niemals erstaunt zu sein. Ein Dandy kann ein blasierter Mensch sein, kann ein leidender Mensch sein; aber im letzteren Fall wird er leiden wie der Lazedämonier unter dem Biß des Fuchses.*

Man sieht, daß der Dandysmus in gewisser Hinsicht an den Spiritualismus und an den Stoizismus grenzt. Aber ein Dandy kann niemals ein vulgärer Mensch sein. Wenn er ein Verbrechen beginge, würde er darum nicht unbedingt zum gefallenen Menschen werden; wenn aber dieses Verbrechen einer gemeinen Quelle entstammte, wäre der Schimpf nicht wieder gut zu machen. Der Leser ärgere sich nicht an diesem Ernst im Frivolen, er möge sich vielmehr daran erinnern, daß in aller Verrücktheit eine Größe steckt, daß in allem Übermaß eine Kraft liegt. Welch merkwürdiger Spiritualismus! Für diejenigen, die gleichzeitig seine Priester und seine Opfer sind, sind alle äußerlichen, komplizierten Umstände, denen sie sich unterwerfen, von der makellosen Toilette zu allen Tages- und Nachtzeiten bis zu den gefährlichsten sportlichen Übungen, nur eine Gymnastik, dazu angetan, den Willen zu stärken und die Seele zu disziplinieren. Ich hatte tatsächlich nicht ganz Unrecht, den Dandysmus als eine Art Religion anzusehen. Der strengste aller Orden, der des ‹Alten vom Berge›, der seinen berauschten Jüngern den Selbstmord befahl, war nicht despotischer und es wurde ihm nicht mehr gehorcht als dieser Doktrin von Eleganz und Originalität, die ihren ehrgeizigen und demütigen Sektierern, die häufig Menschen voll Wildheit, Leidenschaft, Mut und verhaltener Energie sind, gleichfalls die schreckliche Formel: ‹Perinde ac cadaver!› auferlegt.

Diese Menschen entstammen alle demselben Ursprung, ob sie sich nun verfeinert, unglaublich, schön, Löwen oder Dandys nennen — sie alle haben am gleichen Geist der Opposition und der Auflehnung teil; alle sind Repräsentanten dessen, was Bestes im menschlichen Hochmut liegt, dieses bei den Menschen von heute allzu seltenen Bedürfnisses, das Gemeine zu bekämpfen und zu zerstören. Von daher entsteht bei den Dandys jener stolze Kastengeist, der in seiner Kälte sogar provoziert. Der Dandysmus tritt vor allem in Übergangsepochen auf, in denen die Demokratie noch nicht allmächtig ist und die Aristokratie erst teilweise schwankt und verfällt. In der

Baudelaire (Photographie)

Pariser Mädchen aus der Zeit Baudelaires
Tuschzeichnung von Constantin Guys

Unruhe dieser Epochen können einige deklassierte, angewiderte und untätige Männer, die aber alle reich an angeborener Kraft sind, den Plan zur Gründung einer Art von neuer Aristokratie entwerfen, die um so schwieriger zu stürzen ist, als sie auf den kostbarsten und un-

zerstörbarsten Kräften und auf den himmlischen Gaben beruht, die weder durch Arbeit noch durch Geld zu erlangen sind. Der Dandysmus ist das letzte Aufleuchten von Heldentum in der Dekadenz; und der von Chateaubriand in Nord-Amerika wiedergefundene Typ des Dandy beeinträchtigt diesen Gedanken auf keine Weise; denn nichts hindert uns, zu mutmaßen, daß die Stämme, die wir w i l d nennen, Überreste großer, untergegangener Zivilisationen sind. Der Dandysmus ist eine untergehende Sonne; er ist köstlich wie ein verlöschendes Gestirn, ohne Wärme und voll Melancholie. Aber ach! die wachsende Flut der Demokratie, die alles überflutet und nivelliert, ertränkt Tag für Tag diese letzten Repräsentanten menschlichen Hochmutes und gießt Ströme des Vergessens auf die Spuren dieser erstaunlichen Myrmidonen. Die Dandys werden bei uns immer seltener, während der soziale Staat und die Konstitution (die echte Konstitution, die sich in den Sitten ausdrückt) bei unseren Nachbarn in England den Erben von Sheridan, Brummell und Byron noch lange Zeit einen Platz lassen werden, wenn Würdige auftreten.»

Der Aufsatz über Guys, aus dem diese Seiten über den Dandysmus stammen, wurde Ende des Jahres 1859 und in den ersten Wochen des Jahres 1860 verfaßt. Die Gedanken, die darin zum Ausdruck kommen, tauchen übrigens auch in den Aufzeichnungen *Fusées* und *Mon cœur mis à nu* auf, die gleichzeitig mit oder nach der Studie über Guys entstanden sind. Das Streben Baudelaires nach Dandysmus ist also bis in die letzten Jahre seines Lebens zum Ausdruck gekommen. Zudem hat sein Betragen in Gesellschaft, so lebhaft und dringend auch sein Bedürfnis nach Geld sein mochte, gezeigt, daß selbst unter den schlimmsten Umständen nichts ihn mehr gepeinigt hat als die Sorge um Wahrung der vornehmen Haltung, die aus dem Dandy einen echten Prinzen des Geistes macht.

Er schreibt in *Mon cœur mis à nu*:

«Dandysmus. – Was ist der höhere Mensch? Nicht der Spezialist, sondern der Mann der Muße und der allseitigen Bildung.»

Und an anderer Stelle:

«Was mich groß gemacht hat, war zum Teil der Müßiggang. Zu meinem großen Nachteil; denn ohne Vermögen vermehrt der Müßiggang die Schulden und die Erpressungen, die das Schuldenmachen mit sich bringt.

Zu meinem großen Vorteil jedoch, was die Reizbarkeit der Empfindung, die Meditation und die Begabung zum Dandy und Dilettanten betrifft.»

So hätten also seine Nicht-Spezialisierung und sein ununterdrückbarer Hang zum Flanieren den Dandy aus ihm gemacht, als den er sich sehen wollte, wenn der Reichtum ihm zu Hilfe gekommen wäre? Wohl nicht ganz, denn was ihm noch fehlte, das war der absolute Gleichmut, den er vom Dandy fordert. Wenn er in *Mon cœur mis à nu* schreibt: «*Der Dandy muß sein ganzes Streben darauf richten, ohne Unterbrechung erhaben zu sein; er muß leben und schlafen vor einem Spiegel*», dann schildert er sich nicht so, wie er sich sieht, sondern wie er sich sehen möchte.

VERPRÜGLE DEN FEIND DER ROSEN!

Der Kontrast zum Dandy, der sich dieser erlesenen und kultivierten Persönlichkeit genau entgegenstellt, ist die Menge, die Masse, das Volk (die Bourgeoisie gehört natürlich zu dieser Menge). So ist es nicht überraschend, daß Baudelaire, als er das Volk genauer betrachtet, sehr rasch eine schlechte Meinung von ihm gewinnt.

«Man stelle sich einen Dandy vor, der zum Volke spricht, es sei denn, um es zu verhöhnen.» (Mon cœur mis à nu)

«... Und das gemeine Volk der harten Knute froh.» (Les Fleurs du Mal, Le Voyage)

«Der wahre Heilige ist derjenige, der das Volk peitscht und tötet zum Wohle des Volkes.» (Fusées)

Seine intimen Blätter zeigen ihn auf diesem Gebiet sehr von Joseph de Maistre geformt, dessen schneidender Stil, dessen Frechheit und Weiberhaß dazu angetan waren, ihn zu bestechen. In seinem Vorwort zur Übersetzung der *Nouvelles Histoires extraordinaires* zitiert er gleichfalls mit Vergnügen die Anmerkung von Poe, nach der «*das Volk mit den Gesetzen nichts zu tun hat, es sei denn, ihnen zu gehorchen. Die Nase der Plebs ist ihre Einbildung; an dieser Nase kann man sie immer leicht herumführen.*» Überdies notiert er in *Fusées*: «*De Maistre und Edgar Poe haben mich denken gelehrt.*»

Sein Grauen vor der Demokratie ist dergestalt, daß die Befangenheit, die er ihr gegenüber nährt, sich mit der Zeit um unerwartete Argumente vergrößert. Man liest zum Beispiel in *Fusées:*

«Es ist leicht zu erraten, warum die Demokraten die Katzen nicht lieben. Die Katze ist schön; sie erweckt Vorstellungen von Luxus, Reinlichkeit, Wollust, usw.»

Man könnte versucht sein, den aufeinanderfolgenden Niederlagen Baudelaires, der Verurteilung der *Blumen des Bösen* und noch mehr dem allgemeinen Unverständnis, auf das sein Werk stieß, die Haltung zuzuordnen, die wir ihn hier einnehmen sehen. Daß seine Niederlagen ihn in dieser Haltung bestärkt haben, ist wahrscheinlich, aber sie konnten ihn nur darin bestärken. Es ist gewiß, daß er schon zu einer Zeit, in der «die Hoffnung noch in den Scheiben der Herberge

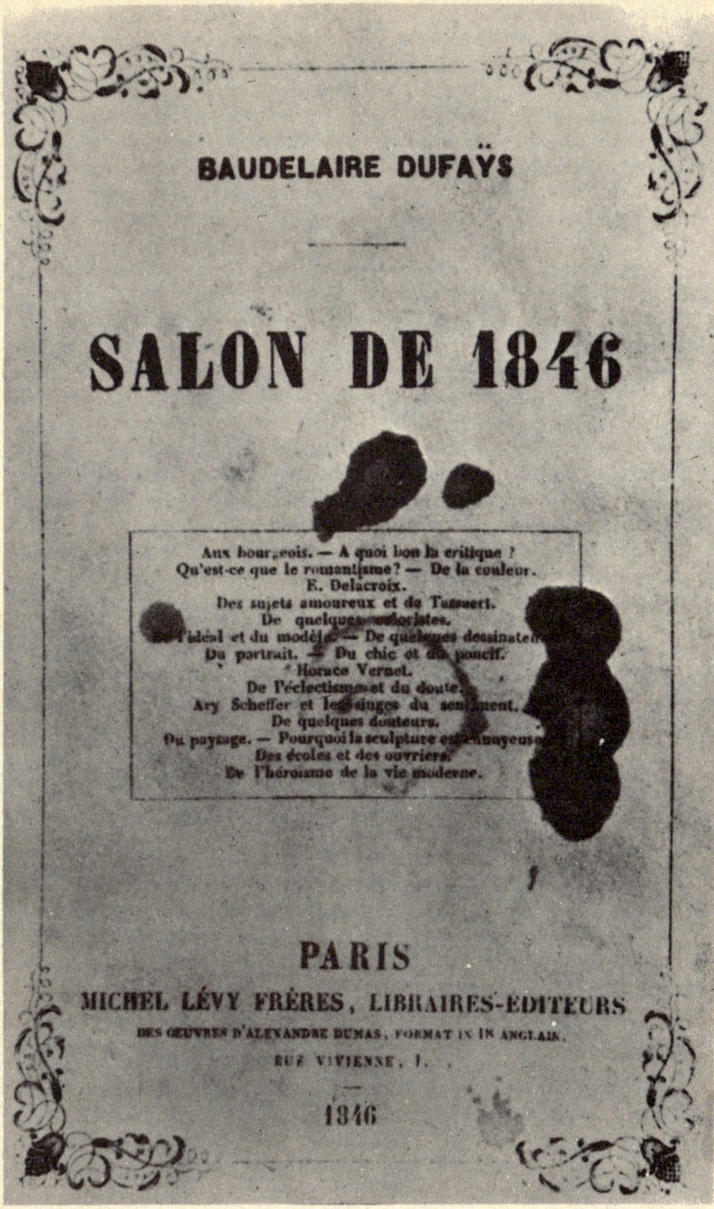

BAUDELAIRE DUFAŸS

SALON DE 1846

Aux bourgeois. — A quoi bon la critique ?
Qu'est-ce que le romantisme? — De la couleur.
E. Delacroix.
Des sujets amoureux et de Tassaert.
De quelques coloristes.
De l'idéal et du modèle. — De quelques dessinateurs.
Du portrait. — Du chic et du poncif.
Horace Vernet.
De l'éclectisme et du doute.
Ary Scheffer et les singes du sentiment.
De quelques douteurs.
Du paysage. — Pourquoi la sculpture est ennuyeuse.
Des écoles et des ouvriers.
De l'héroïsme de la vie moderne.

PARIS

MICHEL LÉVY FRÈRES, LIBRAIRES-EDITEURS

DES OEUVRES D'ALEXANDRE DUMAS, FORMAT IN 18 ANGLAIS.

RUE VIVIENNE, 1.

1846

glänzte», vor allem in jenem Frühling 1846, in dem er sich in einer Art freudiger Raserei verausgabte, dem Druck Seiten auslieferte, denen die wilden Aphorismen seiner letzten Blätter keineswegs widersprechen sollten.

Schon 1846 gibt ihm das Gemeine in der Kunst Gelegenheit, seine Verachtung für das Volk, den Feind des Schönen, zum Ausdruck zu bringen. Eine Verachtung, die sich damals ohne Zweifel mit mehr Ironie und Possenreißerei als Bitterkeit ausdrückte – die aber trotzdem Verachtung ist:

«Habt ihr, ihr alle, die ihr aus Neugier häufig in einen Menschenauflauf geraten seid, die gleiche Freude wie ich empfunden beim Anblick eines Hüters des öffentlichen Schlafes – eines Schutzmannes oder Stadtpolizisten –, der einen Republikaner verprügelt? Und wie ich habt ihr in eurem Herzen gesagt: ‹Prügele, prügele ein bißchen stärker, prügele, prügele, Schutzmann meines Herzens; denn in dieser höheren Prügelei bete ich dich an und schätze dich wie Jupiter, den großen Rächer. Der Mann, den du prügelst, ist ein Feind der Rosen und der Düfte, ein Fanatiker der Nützlichkeit; er ist ein Feind von Watteau, ein Feind von Raffael, ein verbissener Feind des Luxus, der schönen Künste und der schönen Literatur, ein eingeschworener Bilderstürmer, ein Henker der Venus und des Apollo! Der gemeine und anonyme Arbeiter will nicht mehr an den Rosen und an den öffentlichen Düften arbeiten; er will frei sein, der Unwissende, und dabei ist er unfähig, eine Blumenanlage oder eine neue Parfumerie zu errichten. Prügele andächtig die Schulterblätter dieses Anarchisten!›»

Genauso sollen die Philosophen und Kritiker die «*künstlerischen Affen unerbittlich prügeln, die emanzipierten Arbeiter, die die Kraft und die Überlegenheit des Genies hassen*». (*Salon de 1846*)

VERFÜHRUNG DURCH DUPONT

Durch ein merkwürdiges Zusammentreffen ist das Jahr 1846, in dem Baudelaire die öffentliche Macht ermutigt, «*den Republikaner zu verprügeln*», auch das Jahr, in dem er sich gerührt über das Elend der Arbeiter neigt. Sollte er das Schiff gewendet und im Lager der Brüderlichkeit angelegt haben, noch ehe Hugo darauf verfallen war? Seine Notiz über seinen Freund, den Liederdichter Pierre Dupont, zeigt uns einen sehr fragwürdigen Baudelaire: er ist sich selbst, seiner Ästhetik, seiner Dichtung, seinem Hang zur Einsamkeit und zur Träumerei untreu; man könnte sagen, daß er allem untreu geworden war, außer seiner Freundschaft zu Pierre Dupont!

Es handelt sich jetzt nicht mehr darum, den «*gemeinen und anonymen Arbeiter*» zu erschlagen, sondern im Gegenteil darum, ihm die Rosen zu schenken, die dieser Tölpel nicht zur Annehmlichkeit des Dandy pflegen wollte. Hören wir uns einen Augenblick diesen sozialistischen Baudelaire an, der sich beim Hören der Verse von Pierre Dupont selbst entdeckt hat:

«Als ich diesen großartigen Schrei des Schmerzes und der Melancholie vernahm (Le Chant des Ouvriers, 1846), war ich geblendet und gerührt. Seit vielen Jahren haben wir auf starke und echte Dichtung gewartet. Zu welcher Partei man auch gehören mag, welche Vorurteile man genährt haben mag, es ist unmöglich, sich dem Schauspiel dieser siechen Masse zu verschließen, die den Staub in den Werkstätten atmet, die Brodem schluckt, die mit Bleiweiß und Quecksilber und allen zur Schaffung von Meisterwerken notwendigen Giften getränkt ist, die in Gegenden schläft, in denen die demütigsten und größten Tugenden neben den verhärtetsten Lastern und dem Unrat des Bagno hausen; die seufzt und stöhnt und der die Erde ihre Wunder verdankt, die ein frisches und ungestümes Blut in ihren Adern fließen fühlt: die einen langen, traurigen Blick auf die Sonne und den Schatten in den großen Parks wirft, und die sich als ausreichende Tröstung und Stärkung aus Leibeskräften ihren rettenden Refrain wiederholt: ‹Lieben wir uns!...›

Von nun an war Duponts Schicksal besiegelt: er brauchte nur noch den entdeckten Weg zu gehen. Die Freuden, Schmerzen und Gefahren jedes Berufes schildern und alle besonderen Aspekte, alle verschiedenartigen Aussichten des Leides und der menschlichen Arbeit im Lichte einer tröstlichen Philosophie sehen, das war die Pflicht, die ihm zukam, und er widmete sich ihr mit Geduld. Es wird eine Zeit kommen, in der die Töne dieser Marseillaise der Arbeit wie eine freimaurerische Parole in Umlauf sein werden, und in der der Ausgestoßene, der Verlassene und der verlorene Reisende, mag es unter dem glühenden Tropenhimmel oder in einer Schneewüste sein, sagen können wird: ich habe nichts mehr zu fürchten, ich bin in Frankreich, wenn er diese starke Melodie hört, die die Luft mit ihrem urwüchsigen Geruch schwängert:

Beim ersten Schrei des Hahnes schon
Entzünden wir der Lampen Licht,
Weil uns ein ungewisser Lohn
Zum Amboß treibt an unsere Pflicht.

...Was ist das große Geheimnis von Dupont und woher kommt diese Sympathie, die ihn umgibt? Ich will es euch sagen, dieses große Geheimnis, es ist sehr einfach; es liegt weder in Eroberung noch in Scharfsinnigkeit, weder in Geschicklichkeit noch in einer mehr oder weniger großen Quantität von Kunstgriffen, die der Künstler auf dem allgemeinen Grund menschlichen Wissens schöpft; es liegt in der Liebe zur Tugend und zur Menschheit und in jenem gewissen Etwas, das seiner Dichtung unablässig entströmt, und das ich gerne den unendlichen Hang zur Republik nennen würde.»

Die Tuilerien. Lithographie um 1850. Nach einer Zeichnung von Ferat

Die Seine beim Pont-Neuf um 1865

Blick vom Arc de Triomphe. Lithographie um 1850

Pariser Straßenbild. Zeichnung von Bichebois, 1830

Es ist ganz witzig, diese Zeilen über den Altruismus Duponts und über die Sympathie, die dieses großmütige Herz einflößt, jenen Sarkasmen gegenüberzustellen, die Baudelaire später finden sollte, um eine Widmungsschrift von Hugo zu kommentieren. In einem Brief vom 28. Oktober 1865 an Édouard Manet sagt er über die wenigen Worte, die Hugo für ihn auf ein Exemplar von *Chanson des rues et des bois* (A Charles Baudelaire, jungamus dextras) geschrieben hat:

«Ich glaube, das will nicht nur sagen: Schütteln wir uns gegenseitig die Hände. Ich kenne die Anspielungen in Victor Hugos Latein. Das will genauso sagen: Geben wir uns die Hände, um das Menschengeschlecht zu retten. Aber ich pfeife auf das Menschengeschlecht, und er hat es nicht gemerkt.»

Aber Baudelaire hatte weder 1846, als er sich vom *Chant des Ouvriers* von Dupont rühren ließ, noch 1851, als er seinen begeisterten Artikel über den Liederdichter aus Lyon verfaßte, bei de Maistre «denken gelernt». Wie er es immer hielt, auch in seinen durchdachtesten Augenblicken, hatte er dem Bedürfnis, seine Gefühle zu interpretieren, nachgegeben, und er entsinnt sich noch 1861, daß er für die *«so bezaubernde Stimme»* von Dupont sehr empfänglich gewesen ist, die ihm das *Lied der Arbeiter* gesungen hatte.

IMMER IM RAUSCH LEBEN

Die Ereignisse vom Februar 1848 wirkten auf Baudelaire ähnlich: der Aufstand zieht ihn an, wie ihn ein Gesang angezogen hatte. Einer seiner Freunde sieht ihn am 24. abends an der Kreuzung de Buci unter Empörern, die gerade einen Waffenladen geplündert haben. Er trägt, so erzählt Jules Buisson, «eine schöne Doppelflinte und eine herrliche Patronentasche aus gelbem Leder» und schreit, daß «General Aupick erschossen werden muß». Eine Haltung, die dem Dandysmus und seiner Leidenschaftslosigkeit sehr fern steht.

Wahrscheinlich waren seine Sympathien damals auf seiten der Republikaner, aber es scheint, daß in diesen Februartagen nicht sie es waren, die sein Handeln bestimmten. Man würde eher sagen, daß er sich einer der Trunkenheiten überließ, deren Notwendigkeit eine seiner Prosadichtungen (*Enivrez-vous*) hervorgehoben hat:

«Man muß immer trunken sein. Darin liegt es, das ist das ganze Geheimnis. Um die gräßliche Last der Zeit nicht zu spüren, die euch die Schultern zerbricht und zur Erde euch zieht, müßt ihr euch unaufhörlich berauschen.

Aber womit? Mit Wein, mit Versen oder mit Tugend? Wie es euch gefällt. Aber berauscht euch!»

Im Februar 1848 ist es der revolutionäre Rausch, der ihn gepackt hat. Die Erregung, die er darin findet, wächst zur wilden Freude, da er seinem Stiefvater, dem General Aupick, dem die Protektion der Prinzen von Orléans einen schnellen Aufstieg und das Kommando über die Polytechnische Schule eingetragen hatte, etwas am Zeuge flicken kann.

Im übrigen bekennt er später in einigen lakonischen Notizen in *Mon cœur mis à nu*, daß ihn während dieser Februartage keinerlei politische Überzeugung beseelt hatte:

«Mein Begeisterungstaumel 1848. Welcher Art war dieser Taumel? Rachegelüste. N a t ü r l i c h e s Vergnügen an der Zertrümmerung. Literarische Begeisterung; Erinnerungen an Gelesenes.»

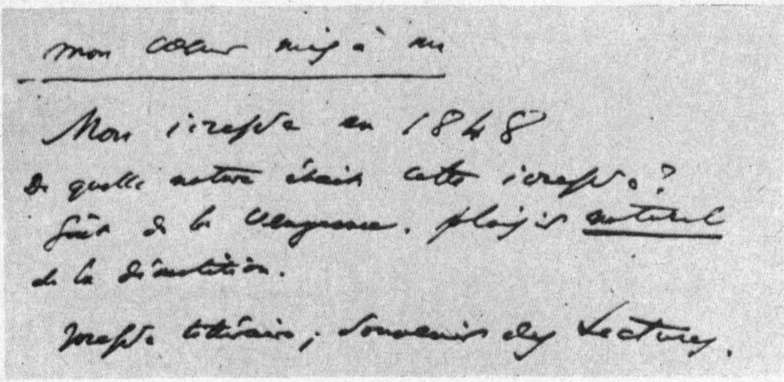
Mon cœur mis à nu

Mon ivresse en 1848

De quelle nature était cette ivresse?

Goût de la vengeance. Plaisir naturel de la démolition.

Ivresse littéraire; souvenirs des lectures.

Selbst in der dritten Revolution wollte er nicht mehr sehen als eine historische Episode, *«die nur darum so köstlich war, weil alles über die Maßen lächerlich war»*.

Nichts unterrichtet uns über seine Haltung am 2. Dezember, außer diesen drei Zeilen aus *Mon cœur mis à nu:*

«Meine Wut beim Staatsstreich! Wieviel Schüssen war ich nicht ausgesetzt! Wieder ein Bonaparte! Welche Schmach!»

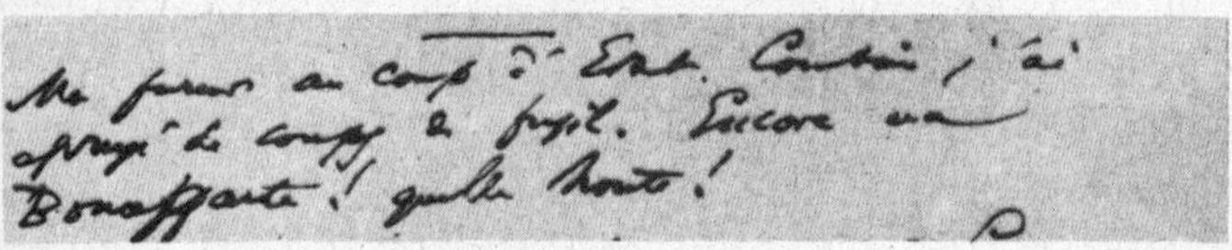
Ma fureur au coup d'État. Combien j'ai essuyé de coups de fusil. Encore un Bonaparte! quelle honte!

NUR DIE STRASSENRÄUBER SIND ÜBERZEUGT...

Aber das, was er hier und dort über die Politik gesagt hat, zeigt, daß er ihr niemals mehr als eine nur sehr gelegentliche Aufmerksamkeit entgegengebracht hat, die Aufmerksamkeit eines von den Ereignissen ziemlich losgelösten Beobachters, der sie von einer gewissen Höhe und mit einem gewissen Abstand betrachtet. In einem Brief vom 5. März 1852 schreibt er an seinen Vormund Maître Ancelle, der damals Bürgermeister von Neuilly war:

Federzeichnung von Baudelaire: Zwei Profile von Auguste Blanqui, dessen Projekt der Konstitution einer «Société Républicaine Centrale» Baudelaire im Februar 1848 vorübergehend begeistert hatte. Die Randbemerkung stammt von Poulet-Malassis, sie bezeichnet die aus dem Gedächtnis gefertigte Zeichnung als sehr ähnlich.

«Ich bin nicht zur Wahl gegangen; das entspricht meiner Einstellung. Der 2. Dezember hat mich physisch von der Politik abgewandt. Es herrschen nur noch allgemeine Ideen. Daß ganz Paris orléanistisch eingestellt ist, ist eine Tatsache, aber was geht das mich an! Wenn ich gewählt hätte, dann hätte ich nur mich wählen können. Vielleicht gehört die Zukunft den Deklassierten?»

Künftig sieht man ihn nicht mehr von dem Prinzip abweichen, daß alle Parteien und Fraktionen sorgfältig zu meiden sind, seien sie nun politischer, philosophischer oder literarischer Art. Im Februar 1848 hatte er dem Plan der von Blanqui gebildeten ‹Société Républicaine Centrale› eine Zusage gegeben, die er aber nicht aufrechthielt, als dieser Plan einige Tage später Gestalt annahm.

Nach dem 2. Dezember hütete er sich, derartige Dummheiten zu begehen. Sogar der Gedanke, daß man ihn mit irgendeiner Gruppe verschwägern will, bringt ihn zur Raserei. Gegen Ende des Jahres 1855, unzufrieden, daß man bei der Lektüre eines Manifestes von

Champfleury hatte glauben können, er habe sich mit letzterem und mit Courbet in ihrer Verteidigung der ‹realistischen Schule› solidarisch erklärt, skizziert er den Plan zu einem *Puisque réalisme il y a ...* benannten Artikel, in dem er seinem Widerwillen gegen die Parteien sehr deutlich Ausdruck gibt:

«... Jeder Schöpfer einer Partei befindet sich infolge einer natürlichen Notwendigkeit in schlechter Gesellschaft.
Ich wäre übrigens — ich warne die Partei — eine traurige Zugabe. Es fehlt mir völlig an Überzeugung, an Gehorsam und Dummheit.»

Dieses Fehlen einer Überzeugung ist es augenscheinlich, das ihm in *Mon cœur mis à nu* zu schreiben erlaubt:

«Ich begreife, daß man einer Sache abtrünnig wird, um zu erfahren, was man im Dienste einer anderen empfinden wird.»

Er hatte sich übrigens vorgenommen, seinen Mangel an Überzeugung in einem Kapitel von *Mon cœur mis à nu* zu kommentieren und zu rechtfertigen; er hat uns wenigstens den Entwurf dazu gelassen:

«Politik. — Ich habe keine Überzeugungen, wenigstens nicht im Sinne meiner Zeitgenossen, weil ich ohne Ehrgeiz bin. Mir fehlt jegliche Voraussetzung für eine Überzeugung.
Den sogenannten anständigen Leuten ist eine gewisse Feigheit oder eine gewisse Charakterlosigkeit eigentümlich.
Nur die Straßenräuber sind überzeugt — wovon? —, daß ihr Unternehmen gelingen muß. Und darum gelingt es ihnen auch.
Warum sollte ich Erfolg haben, da ich nicht einmal Lust habe, es zu versuchen?
Man kann ruhmvolle Reiche auf das Verbrechen und ehrwürdige Religionen auf Heuchelei und Betrug gründen.
Trotzdem habe ich einige Überzeugungen, in einem höheren Sinne, den meine Zeitgenossen nicht begreifen können.»

DER PROPHET BAUDELAIRE

Dieser letzte Satz, der nur eine Anspielung ist, weist jedoch deutlich darauf hin, daß die *‹einigen Überzeugungen›*, die Baudelaire zu haben sich schmeichelt, nicht politischer, sondern moralischer Natur sind. Nichts könnte sie vielleicht besser erraten lassen als das wichtigste und vollendetste jener posthumen Stücke, die unter dem Titel *Raketen* gesammelt worden sind:

«Die Welt geht ihrem Untergang entgegen. Der einzige Grund für ihren weiteren Bestand ist ihr tatsächliches Vorhandensein. Wie schwach ist dieser Grund im Vergleich zu all denen, die das Gegenteil ankündigen, insbesondere zu diesem: was hat die Welt in

Zukunft noch unter dem Himmel zu schaffen? — Denn, gesetzt selbst, sie würde in ihrer materiellen Existenz fortdauern, wäre dies noch eine Existenz, die dieses Namens und des historischen Wörterbuches würdig wäre? Ich will nicht behaupten, daß die Welt der äußersten Ratlosigkeit und dem possenhaften Durcheinander der südamerikanischen Republiken verfallen wird — daß wir vielleicht auf die Stufe der Wilden zurücksinken und, das Gewehr in der Hand, durch die überwucherten Trümmer unserer Zivilisation unserer Nahrung nachgehen werden. Nein; denn ein solches Schicksal, solche Abenteuer, setzten immer noch eine gewisse vitale Energie, einen Nachhall der Urzeit, voraus. Als neues Beispiel und neuerliches Opfer der unerbittlichen Gesetze der Moral werden wir an dem zugrunde gehen, von dem wir uns Leben versprachen. Die Mechanisierung wird uns derart amerikanisiert haben, der Fortschritt die Verkümmerung unseres geistigen Teils zu vollkommen gemacht haben, daß auch der blutrünstigste, ruchloseste und widernatürlichste aller Träume der Utopisten harmlos erscheinen wird im Vergleich zu solchen positiven Ergebnissen. Ich fordere jeden denkenden Menschen auf, mir zu zeigen, was denn vom Leben noch übriggeblieben ist. Was die Religion angeht, so halte ich es für überflüssig, sie auch nur zu erwähnen und nach ihren Überresten zu forschen, denn daß sich einer noch die Mühe macht, Gott zu leugnen, ist das einzige Ärgernis auf diesem Gebiet. Das Eigentum war im Grunde schon mit der Aufhebung des Majoratsrechtes verschwunden; aber es wird eine Zeit kommen, wo die Menschheit, wie ein rächender Oger, denen ihr letztes Stück entreißen wird, die sich für die rechtmäßigen Erben der Revolutionen halten. Immerhin, das wäre nicht einmal das Schlimmste.

Die menschliche Einbildungskraft kann sich ohne große Mühe Republiken oder andere Gemeinwesen vorstellen, die einigen Ruhmes würdig sind, wenn sie von geweihten Männern, von gewissen Aristokraten, gelenkt werden. Aber nicht eigentlich die politischen Einrichtungen werden den allgemeinen Verfall offenbaren oder den allgemeinen Fortschritt — denn die Benennung ist mir gleichgültig. Dieser wird vielmehr deutlich werden durch die Erniedrigung des menschlichen Herzens. Brauche ich noch hinzuzufügen, daß nur noch kümmerliche Reste eines politischen Lebens in der ansteigenden Flut bloßer tierischer Begierden übrigbleiben werden, und daß die Regierenden, um sich an der Macht zu erhalten und auch nur einen Schein von Ordnung zu schaffen, zu Mitteln ihre Zuflucht nehmen werden, vor denen die heutige Menschheit, die doch schon abgebrüht genug ist, zurückschaudern würde? — Dann wird der Sohn seiner Familie nicht erst mit achtzehn, sondern schon mit zwölf Jahren entfliehen; frühreife Gier wird ihn hinaustreiben, nicht um heldische Abenteuer zu bestehen, nicht um eine gefangene Schöne aus ihrem Turmverlies zu befreien, nicht um eine armselige Dachkammer durch erhabene Gedanken unsterblich zu machen, vielmehr um

Baudelaire. Photographie von Nadar

ein Geschäft zu gründen, um sich zu bereichern und seinem verhaßten Vater Konkurrenz zu machen — als Gründer und Aktionär einer Zeitung, welche dann das Licht der Aufklärung verbreiten, und mit der verglichen das ‹Siècle› dann ein Pfuhl des Aberglaubens erscheinen wird. — Dann werden die Schweifenden, die Erniedrigten, die einmal ein paar Liebhaber hatten und die man mitunter ‹mein Engel› nennt, nichts anderes mehr kennen als erbarmungslose Klugheit, eine Klugheit, die alles außer dem Gelde verurteilt, alles, selbst die Verirrungen der Sinne! — Was dann noch der Tugend ähnlich sieht — was sage ich, — alles, was nicht ausschließlich Gier nach dem Golde ist, wird einer grenzenlosen Lächerlichkeit anheimfallen. Die Justiz, wenn es in diesen glückseligen Zeiten überhaupt noch so etwas wie eine Justiz geben sollte, wird diejenigen Bürger, die sich nicht auf den Vermögenserwerb verstehen, ihres Amtes entheben. — Deine Gattin, o Bürger! deine keusche Ehehälfte, der gesetzlich verbunden zu sein dein Herz mit dichterischer Wonne erfüllt, wird künftighin in diesen gesetzlichen Bund eine Verdorbenheit einführen, die über jeden Vorwurf erhaben ist; als wachsame und verliebte Hüterin deines Geldschrankes ist sie nur noch das vollkommene Ideal der ausgehaltenen Frau. Deine Tochter wird mit kindlicher Frühreife schon in der Wiege davon träumen, daß sie sich für eine Million verkauft. Und du selbst, o Bürger! — noch weniger poetisch gestimmt, als du es heute schon bist — du wirst dagegen nichts einzuwenden finden; und du wirst nichts bedauern. Denn es gibt Dinge im Menschen, die sich kräftigen und gedeihen in dem Maße, wie andere schrumpfen und schwinden, und dank dem Fortschritt jener Zeiten werden die Organe deines Inneren nur noch ihre rein körperlichen Funktionen erfüllen! — Diese Zeiten stehen vielleicht schon unmittelbar bevor; wer weiß, ob sie nicht gar schon angebrochen sind und ob die Abstumpfung unserer Natur nicht das einzige Hindernis ist, das uns verwehrt, die Umwelt, in der wir atmen, richtig einzuschätzen!

Was mich betrifft, der ich manchmal in mir die lächerliche Anwandlung eines Propheten verspüre, ich weiß nur allzu gut, daß ich keine Anlagen zur Menschenfreundlichkeit eines Arztes habe. Verloren in dieser niederträchtigen Welt, umhergestoßen von der Menge, bin ich wie einer, der erschöpft ist, und dessen Blick hinter sich, in der Tiefe der Jahre, nur Enttäuschung und Bitternis wahrnimmt, und vor sich nichts als ein drohendes Unwetter, das ihm nichts Neues bringen wird, weder Erfahrungen noch Schmerzen. Und hat dieser Mann eines Abends dem Geschick einige Stunden des Vergnügens abgelistet, so läßt er sich wiegen von seiner Verdauung, versucht, — soweit das möglich ist — das Vergangene zu vergessen, mit der Gegenwart zufrieden zu sein und im voraus auf die Zukunft zu verzichten; dann spricht er vielleicht zu sich selbst, im Vollgefühl seiner Kaltblütigkeit und seines Dandysmus, stolz, nicht ebenso niedrig zu sein wie die, die unter ihm vorbeigehen — spricht, indem er sinnend dem Rauch seiner Zigarre nachblickt: Was kümmert mich ihr Gewissen und wohin es sie treibt!

Ich glaube, ich bin da abgeschweift in etwas, das die Leute vom Fach als Beiwerk bezeichnen. Doch ich will diese Seiten lassen – als ein Zeugnis meines Zornes (meiner Traurigkeit).»

An Stelle des Wortes ‹Traurigkeit›, mit dem diese Apokalypse endet, hatte Baudelaire zuerst das Wort ‹Zorn› stehen. Ernest Raynaud hat in dieser Verbesserung eine Bewegung des Herzens und den Ausdruck eines Gewissensbisses sehen wollen, vielleicht wäre es klüger, darin nur das wachsende Ermatten zu erkennen, das alle Handlungen und selbst alle Regungen des Dichters in seinen letzten Jahren offenbaren. Je mehr Lähmung und Tod sich ihm nähern, um so mehr leidet er an einem konstanten Energieverlust. Seine Korrektur zeigt ihn vom Zorn in die Trauer weichend, wie diese ihn schließlich in seinem täglichen Verhalten in die Resignation trieb. Zorn zeigen, ist immer noch eine Art, dem Heillosen nicht zuzustimmen. Vielleicht war es nötig, daß der Zorn, der in dieser Prophezeiung einige Wendungen diktiert hatte, sich auslöschte, um ihr ihren ganzen Sinn zu geben.

DAS SCHÖNE IST IMMER BIZARR

Obgleich die Kunst und das Schöne in Baudelaires Gesamtwerk einen sehr breiten Raum einnehmen, kann man doch nicht sagen, daß Baudelaire eigentlich ein Ästhet war. Hatte er nicht übrigens selbst für die Sammlung seiner kritischen Studien die Titel *Ästhetische Kuriositäten* und *Ästhetischer Plunder* gewählt, deren Bescheidenheit hinreichend darauf hinweist, daß er in ihnen nicht mehr sah als die Fragmente einer möglichen Ästhetik? Wenn es auch an einer durchgeführten ästhetischen Abhandlung fehlt, so hat er doch so viel Zutreffendes und Scharfsinniges auf dem Gebiet der Kunst geäußert, daß die Nachwelt sich ganz natürlich dahin geführt sah, seine Auslese zu bestätigen. Er ist tatsächlich der erste französische Schriftsteller, der immer auf eine glückliche Weise über die Kunst gesprochen hat.

Von Kind an war sein Dasein von der unabweisbaren Sehnsucht nach dem Schönen bestimmt – man könnte fast sagen, es war von der Sehnsucht nach dem Schönen gezähmt. Schon in seiner Knabenzeit, die er in *Moral de Joujou* beschwört, gab er sich als leidenschaftlicher Verehrer des Schönen. Aber alle Kinder sind gierig nach strahlend Neuem, während der Jüngling rasch eine weniger naive Neugier empfindet und auf andere Dinge Appetit bekommt. Aber so lebhaft auch mit zwanzig Jahren sein Gefallen am Leben und Vergnügen gewesen sein mochte, er blieb das in Kupferstiche verliebte Kind, von dem die erste Zeile der *Reise* spricht; er zahlte Wucherzinsen, um sich Kupferstiche und Bilder zu kaufen. Die Kunst hat zu seinem Leben gehört wie die Poesie und die Liebe, und dar-

Baudelaire. Karikatur von Charles Giraud

um hat er in allem, was er über die Kunst und das Schöne sagte, sein Persönlichstes gegeben.

«Das Unregelmäßige», schreibt er in *Fusées*, *«das heißt das Unerwartete, die Überraschung, das Erstaunen ist ein wesentliches und charakteristisches Merkmal des Schönen.»*

Es ist wohl nicht nötig, das Schicksal zu umreißen, das dieser Gedanke von den siebziger Jahren an erfahren hat, in der Dichtung bei Mallarmé, Rimbaud und Corbière, in der Malerei bei den Impressionisten; aber unter dem zweiten Kaiserreich war er trotz der vorausgegangenen Romantik, trotz Petrus Borel und den Bousignots noch kein feststehender Begriff. Baudelaire entwickelt ihn und drückt ihn in jenem Essay aus, zu dem die 1855 im Nouveau Palais des Beaux-Arts, Avenue Montaigne, eröffnete Ausstellung ihm die Gelegenheit bot:

«Jeder begreift mühelos, daß das Schöne von der Erde verschwinden würde, wenn die Menschen, die damit beauftragt sind, das Schöne auszudrücken, sich mit den Regeln vereidigter Professoren konform erklären würden, da sich dann nämlich alle Typen, alle Ideen und alle Gefühle zu einer weiten Einheit vermischen würden, die monoton, unpersönlich und riesig wie die Langeweile und das Nichts sein würde. Die Vielfalt, das sine qua non *des Lebens, wäre aus dem Leben gelöscht. Wie wahr ist es, daß in den unzähligen Hervorbringungen der Kunst immer wieder etwas Neues liegt, das den Regeln und Analysen der Schule ewig entgleiten wird! Das Erstaunen, das eine der großen, durch die Kunst und die Literatur hervorgerufenen Freuden ist, legt auf diese Vielfalt sogar der Typen und der Gefühle großen Wert. — Die Jury, eine Art von Mandarin-Tyrann, wirkt auf mich immer wie ein Gottloser, der sich an Gottes Stelle setzt.*

Ich werde noch weiter gehen und den allzu stolzen Sophisten mißfallen, die ihre Wissenschaft den Büchern entnommen haben; so heikel und schwierig meine Idee auch auszudrücken ist, ich zweifle nicht, daß es mir glücken wird. D a s S c h ö n e i s t i m m e r b i z a r r. Ich will nicht sagen, daß es willentlich und kalt bizarr sein soll, denn in diesem Falle wäre es ein Ungeheuer, das aus den Schienen des Lebens herausgesprungen ist. Ich sage, daß es immer ein wenig Bizarrerie enthält, naive, ungewollte und unbewußte Bizarrerie, und daß es diese Bizarrerie ist, die es eben ganz ausgesprochen das Schöne sein läßt. Das ist seine Immatrikulation und seine Charakteristik. Kehrt den Vorwurf um und versucht eine b a n a l e S c h ö n h e i t zu empfinden. Wie könnte also die notwendige, uneinschränkbare, bis ins Unendliche vielfältige Bizarrerie, die von dem Milieu, dem Klima, den Sitten, der Rasse, der Religion und dem Temperament des Künstlers abhängig ist, jemals von den utopischen Regeln beherrscht, verbessert und erhoben werden, die in irgendeinem kleinen Weisheitstempel des Planeten erdacht worden sind, ohne

Federzeichnung von Baudelaire

die Kunst selbst in Todesgefahr zu bringen? Diese Dosis Bizarrerie, die die Individualität bildet und bestimmt und ohne die es keine Schönheit gibt, spielt in der Kunst (die Trivialität dieses Vergleichs mag durch seine Richtigkeit entschuldigt werden) die Rolle des Geschmacks oder der Würze in den Speisen, die sich nur durch die V o r s t e l l u n g, die sie der Zunge offenbaren, voneinander unterscheiden, wenn wir von ihrer Nützlichkeit oder von der Quantität der nährenden Substanz absehen.»

In seinem Essay über den Salon von 1859 bestätigt Baudelaire aufs neue die Prinzipien, die er vier Jahre vorher ausgesprochen hatte, bemüht sich aber, den übertriebenen Schlußfolgerungen vorzubeugen, die man hätte versucht sein können, daraus zu ziehen:

«Ich sprach vorhin von den Künstlern, die danach streben, das Publikum in Erstaunen zu versetzen. Der Wunsch zu erstaunen und erstaunt zu sein, besteht sehr zu recht. It is a happiness to wonder, es ist ein Glück, erstaunt zu sein; ebenfalls gilt: it is a happiness to dream, es ist ein Glück, zu träumen. Die ganze Frage — wenn ihr von mir verlangt, daß ich euch den Titel des Künstlers oder des Liebhabers der schönen Künste verleihen soll — besteht also darin, zu wissen, mit Hilfe welcher Vorgänge ihr das Erstaunen hervorrufen oder fühlen wollt. Es wäre absurd, zu vermuten, daß das Erstaunliche i m m e r schön ist, weil das Schöne i m m e r erstaunlich ist. Unser Publikum, das ganz besonders unfähig ist, das Glück der Träumerei oder der Bewunderung zu empfinden (Zeichen kleiner Seelen), will immer durch Mittel in Erstaunen versetzt werden, die der Kunst fremd sind, und seine gehorsamen Künstler passen sich seinem Geschmack an; sie wollen es frappieren, überraschen und durch unwürdige Kunstgriffe betäuben, weil sie wissen, daß es unfähig ist, vor der natürlichen Taktik echter Kunst in Begeisterung zu geraten.»

Was Baudelaire ganz persönlich unter dem Schönen verstand, das hat er in seinen *Raketen* definiert. Seine zweifellos wissendsten und aufmerksamsten Kommentatoren, der verstorbene Jacques Crépet und M. Georges Blin, haben zu bedenken gegeben, daß ihm diese Definition nicht allein gehört und daß er hier Edgar Poe verpflichtet ist. Aber man weiß, daß Baudelaire sich zu Recht auf seine Affinität mit Poe berufen hat, und sein Hang zur Melancholie, den er bei niemandem entlehnt hat, genügt, um festzuhalten, daß das, was er über das Schöne sagt, nicht nur das Echo seiner Lektüre ist:

«Ich habe die Definition des Schönen gefunden – meines Schönheitsbegriffes. Etwas zugleich voller Trauer und voll verhaltener Glut, etwas schwebend Ungenaues, das der Vermutung Spielraum läßt. Ich werde, wenn man will, diese meine Vorstellungen an einem sinnlichen Gegenstand erläutern, zum Beispiel an dem interessantesten Gegenstand, den die menschliche Gesellschaft bietet, an einem Frauenantlitz. Ein schönes, verführerisches Haupt, ich denke an das Haupt einer Frau, ist ein Haupt, das gleichzeitig – aber auf eine eigentümlich vermischte Art – Träume von Wollust und Trauer erregt; Vorstellungen von Melancholie, Mattigkeit und Übersättigung weckt – oder auch entgegengesetzte Vorstellungen von inbrünstiger Lebensgier, untermischt mit Fluten der Bitternis, die Entbehrung oder Hoffnungslosigkeit zurückgelassen haben. Das Rätselhafte und die Wehmut des Bedauerns gehören gleichfalls zu den wesentlichen Merkmalen des Schönen.

Ein schöner Männerkopf hingegen braucht nicht, in den Augen eines Mannes – wohl aber in den Augen einer Frau vielleicht – jene Vorstellung des Wollüstigen hervorzurufen, die im Antlitz einer Frau um so aufreizender wirkt, je stärker dieses Antlitz von Melancholie umdüstert ist. Aber auch ein solches Haupt wird zugleich Trauer und verhaltene Glut ausdrücken – geistige Bedürfnisse, ins Dunkle verdrängte Bestrebungen des Ehrgeizes – die Vorstellung von grollenden Kräften ohne Anwendung – mitunter die Vorstellung rächender Fühllosigkeit (denn der ideale Typus des Dandy darf bei einem solchen Gegenstande nicht vernachlässigt werden) – mitunter auch – und dies ist eins der interessantesten Merkmale des Schönen – das Rätsel des Geheimnisses und endlich (daß ich den Mut zu dem Geständnis finde, bis zu welchem Grade ich mich als ein Mensch der Moderne auf dem Gebiet der Ästhetik empfinde), das U n g l ü c k. – Ich will nicht behaupten, daß nicht auch die Freude sich der Schönheit verbinden könne, aber ich bin der Meinung, daß die Freude ein sehr gewöhnlicher Schmuck der Schönheit ist; – wohingegen die Melancholie sozusagen ihre erlauchte Gefährtin ist, und dies in einem solchen Grade, daß ich kaum imstande bin (als ob mein Hirn ein verzauberter Spiegel wäre!), mir einen Typus des Schönen vorzustellen, in dem nicht auch das Unglück zum Ausdruck käme. – Gestützt auf – andere würden sagen: besessen von – solchen Vorstellungen, wird man es begreiflich finden, daß es mir fast unmöglich wäre, aus all diesem nicht den Schluß zu ziehen, daß der vollkommenste Typus männlicher Schönheit niemand anders ist als S a t a n – wie ihn Milton geschildert hat.» (Fusées)

Wie Spielzeug und Bilder, so kann auch das Theater ein Werkzeug sein, das die Kenntnis des Schönen vermittelt. In seiner Prosadichtung *Die Berufungen* läßt Baudelaire einen kleinen Jungen sagen:

«Gestern war ich im Theater. In großen und traurigen Palästen, in deren Hintergrund man das Meer und den traurigen Himmel sieht, sprechen mit singender Stimme Männer und Frauen, ernst und traurig auch sie; aber viel schöner und viel herrlicher gekleidet als die, die wir überall sehen. Sie bedrohen sich, sie flehen einander an, sie jammern, und häufig stützen sie die Hand auf einen Dolch, der in ihrem Gürtel steckt. Ach! Es ist sehr schön! Die Frauen sind viel schöner und viel größer als die, die uns zu Hause besuchen kommen, und, obschon sie mit ihren großen tiefen Augen und ihren entflammten Wangen schrecklich aussehen, muß man sie doch lieben. Man hat Angst, man möchte weinen, und doch ist man froh ... Und dann, was das Merkwürdigste ist, man hat Lust, ebenso gekleidet zu sein, dieselben Dinge zu sagen und zu tun, und mit derselben Stimme zu sprechen ...»

Dieses Entzücken, das Baudelaire selbst empfunden hat, hat ihm eins seiner vertrauten Themen verschafft:

«Es würde nicht zu verwundern sein», schreibt er in seiner *Moral des Spielzeuges*, *«wenn ein Kind, dem seine Eltern vorwiegend Theater schenkten, damit es in seiner Einsamkeit beständig durch das Schauspiel und die Marionetten Ergötzung habe, sich frühzeitig daran gewöhnen würde, das Theater als die genußvollste Form des Schönen zu betrachten.»*

In *Mon cœur mis à nu* notiert er:

«Als Kind wollte ich bald Papst, — aber militärischer Papst — bald Schauspieler sein. Genüsse, die ich aus diesen beiden Einbildungen schöpfte.»

Man könnte fast erstaunt darüber sein, daß er in seinen intimen Aufzeichnungen nur *«drei achtbare Wesen, den Priester, den Soldaten und den Dichter»* anerkennt, und daß er den Schauspieler nicht zur gleichen Würde erhoben hat. In seinem *Salon von 1859* wendet er sich jedoch heftig gegen solche, die die *«Gotteslästerung»* begehen, *«die erhabene Kunst des Schauspielers»* zu beleidigen, und in seinem Versuch über Guys, den er gegen Ende des gleichen Jahres geschrieben hat, sagt er von der Schauspielerin, daß *«sie auf der einen Seite wohl die Kurtisane berührt, auf der anderen aber den Dichter»*, — was von seiner Seite nur als banale Höflichkeit gemeint sein kann.

In seiner *Fanfarlo*, in der er, wie wir schon sagten, dem Dichter

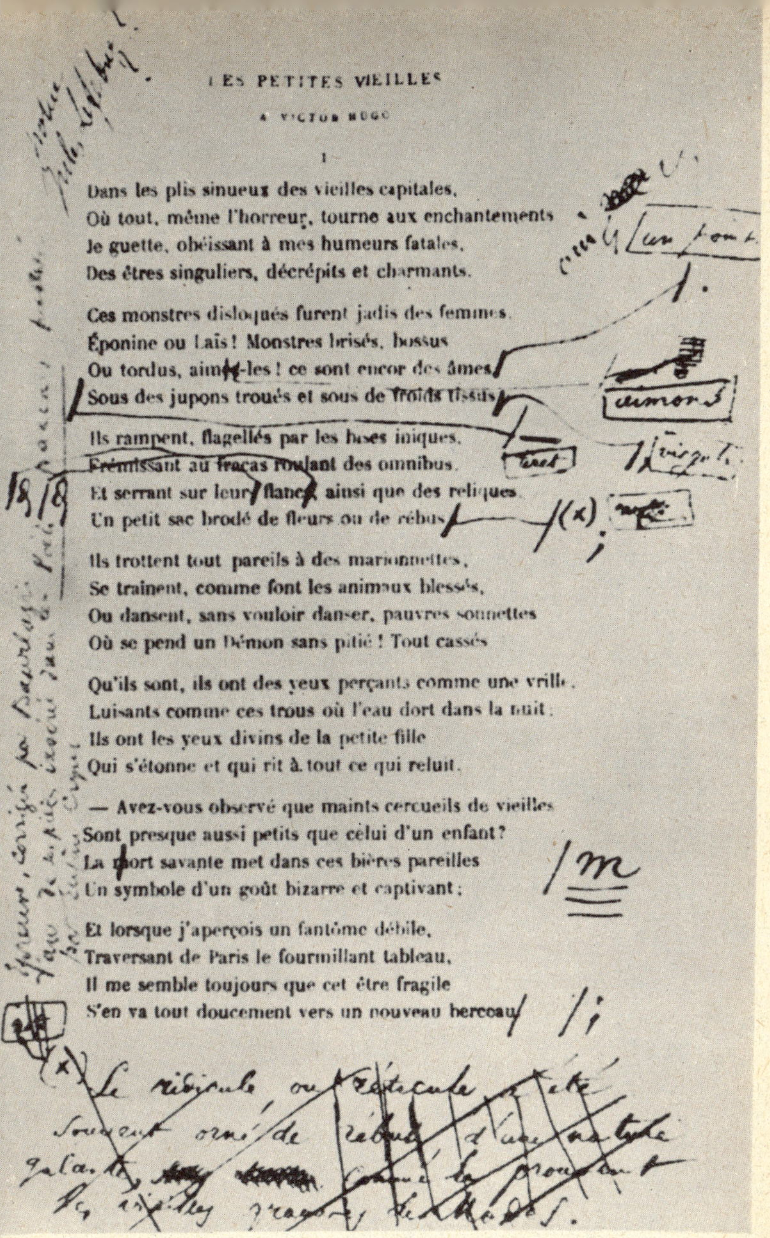

LES PETITES VIEILLES

A VICTOR HUGO

I

Dans les plis sinueux des vieilles capitales,
Où tout, même l'horreur, tourne aux enchantements
Je guette, obéissant à mes humeurs fatales,
Des êtres singuliers, décrépits et charmants.

Ces monstres disloqués furent jadis des femmes,
Éponine ou Laïs! Monstres brisés, bossus
Ou tordus, aimez-les! ce sont encor des âmes
Sous des jupons troués et sous de froids tissus

Ils rampent, flagellés par les bises iniques,
Frémissant au fracas roulant des omnibus,
Et serrant sur leurs flancs, ainsi que des reliques
Un petit sac brodé de fleurs ou de rébus

Ils trottent tout pareils à des marionnettes,
Se traînent, comme font les animaux blessés,
Ou dansent, sans vouloir danser, pauvres sonnettes
Où se pend un Démon sans pitié! Tout cassés

Qu'ils sont, ils ont des yeux perçants comme une vrille,
Luisants comme ces trous où l'eau dort dans la nuit;
Ils ont les yeux divins de la petite fille
Qui s'étonne et qui rit à tout ce qui reluit.

— Avez-vous observé que maints cercueils de vieilles
Sont presque aussi petits que celui d'un enfant?
La Mort savante met dans ces bières pareilles
Un symbole d'un goût bizarre et captivant;

Et lorsque j'aperçois un fantôme débile,
Traversant de Paris le fourmillant tableau,
Il me semble toujours que cet être fragile
S'en va tout doucement vers un nouveau berceau

Abzug der ersten Strophe des Gedichtes «Les petites vieilles» mit Baudelaires handschriftlichen Korrekturen

Samuel Cramer einige seiner eigenen Züge geliehen hat, macht er aus dieser exzentrischen Persönlichkeit eine Art Karikatur, die die Gaben der Mimikry und der Vergrößerung herausstreicht, das heißt, die Begabung, sich und anderen eine Komödie vorzuspielen:

«Zu seinen naturgemäßen Wunderlichkeiten gehörte es, daß Samuel sich immer denen gleich achtete, die er zu bewundern gewußt hatte; nach der leidenschaftlichen Lektüre eines schönen Buches war seine unfreiwillige Schlußfolgerung immer: das ist so schön, daß es von mir sein könnte! — und von da bis zu dem Gedanken: das ist also von mir, — war nur der Raum eines Bindestriches.

Rechtschaffen von Geburt und ein wenig schuftig aus Zeitvertreib — Schauspieler aus Anlage — spielte er für sich selbst und bei verschlossenen Türen eine unvergleichliche Tragödie, oder besser gesagt Tragikomödie. Fühlte er sich von Lustigkeit ergriffen, so mußte er das entschieden konstatieren, und unser Freund übte sich in Salven von Gelächter. Trat ihm bei irgendeiner Erinnerung eine Träne ins Auge, so eilte er vor den Spiegel, um sich weinen zu sehen. Wenn ein junges Mädchen ihm in einem Anfall von brutaler, knabenhafter Eifersucht mit einer Nadel oder einem Taschenmesser eine Kratzwunde beigebracht hatte, so prahlte Samuel vor sich selber mit einem Dolchstich; und wenn er einige elende zwanzigtausend Franken schuldig war, dann rief er freudig: ‹Wie traurig und beklagenswert ist das Los des Genies, auf dem eine Million von Schulden lastet!›

Doch glaube man nicht, daß er eines tieferen Gefühls nicht fähig gewesen und daß die Leidenschaft nur seine Haut geritzt habe. Er hätte sein Hemd verkauft für einen Mann, den er kaum kannte und den er tags zuvor um seiner schönen Stirn und seiner Hände willen zu seinem intimen Freunde gemacht hatte ... Er würde sich duelliert haben für einen Autor oder einen Künstler, der seit zwei Jahrhunderten tot war. Wie er mit Eifer fromm gewesen war, so war er augenblicklich ein leidenschaftlicher Atheist. Er war immer d e r *Künstler, den er gerade studiert hatte, und er schwor auf das Buch, das er gerade las, und doch, trotz dieser Schauspielerbegabung, blieb er im tiefsten Herzen originell. Er war stets der sanfte, der phantastische, der faule, der schreckliche, der weise, der unkundige, der offenherzige, der gefallsüchtige Samuel Cramer ... Er war vernarrt in einen Freund wie in eine Frau, und liebte eine Frau wie einen Kameraden. Er besaß die Logik aller guten Empfindungen und die Wissenschaft aller Schelme, und trotz alledem hat er niemals etwas erreicht, denn er glaubte zu viel an das Unmögliche. — Was ist Erstaunliches dabei? War er doch stets auf dem Wege, es zu erfassen.»*

Wie sollte man sich vor der Mimikry Cramers nicht an jene Zeilen von Poe erinnert fühlen, die Baudelaire in einer Notiz über den Schauspieler Rouvière zitiert und von denen er sagt, daß sie ihn *«von der Kunst der großen Schauspieler träumen»* lassen: *«Wenn ich wissen möchte, ob jemand umsichtig oder stumpfsinnig, gut oder böse ist, und wie seine Gedanken augenblicklich aussehen, dann nehme ich so genau wie möglich seine Züge an und warte darauf, was für Gedanken oder Gefühle sich in meinem Geist oder in meinem Herzen einstellen, um sich mit meiner Physiognomie zu paaren und um ihr zu entsprechen.»*

Der Schluß seines Artikels über Rouvière läßt ahnen, welche Art von geistiger Genugtuung Baudelaire persönlich in der Schauspielkunst gesucht hätte, wenn der Zufall den Schauspieler aus ihm gemacht hätte, von dem er in seiner Kindheit geträumt hat:

Baudelaire. Radierung von Edouard Manet

«Wenn der große Schauspieler von seiner Rolle erfüllt, umgekleidet und geschminkt sich entsetzlich oder entzückend, verführerisch oder abstoßend im Spiegel sieht und dort die neue Persönlichkeit betrachtet, die für die Dauer von einigen Stunden seine eigene werden soll, dann verschafft er sich mit dieser Analyse eine neue Vollendung, eine Art rücklaufenden Magnetismusses. Der magische Vorgang ist dann beendet, und das Wunder der Objektivität ist vollbracht, der Künstler kann sein ‹Heureka› ausstoßen. Ob ein Typ der Liebe oder des Grausens, er kann die Bühne betreten.»

WAS ERST IN EINER ANDEREN WELT WAHR WIRD

Baudelaire, der ausführlich über die Malerei von Delacroix, über die Zeichnungen von Guys oder über die Musik von Wagner geschrieben hat, hat uns mit intimen Mitteilungen über seine Dichtkunst nicht verwöhnt. Seine Vorwortentwürfe für die zweite und dritte Auflage der *Blumen des Bösen* zeigen ihn über diesen Gegenstand stumm oder zum Possenreißen geneigt. Man liest dort zum Beispiel:

«Daß die Dichtkunst mit den Künsten der Malerei, des Kochens oder der Kosmetik sich verknüpft durch die Möglichkeit, alle Gefühle der Süße oder der Bitternis, der Seligkeit oder des Grausens durch die Verbindung dieses Substantivs mit jenem Adjektiv, gleichartig oder entgegengesetzt, auszudrücken:
Wie jeder Mensch, gestützt auf meine Prinzipien und über die Weisheit verfügend, die ich mich anheischig mache, ihm in zwanzig Unterrichtsstunden beizubringen, befähigt wird, eine Tragödie zu verfassen, die nicht mehr ausgepfiffen wird als irgendeine andere, oder ein Gedicht auf die gehörige Länge zu bringen, um genauso langweilig zu sein wie jedes bekannte epische Gedicht.»

Um Baudelaire über seine Kunst reden zu hören, müssen wir seine Korrespondenz und seine Aufzeichnungen heranziehen. In einem Artikelentwurf, der aus dem Jahre 1855 stammt, gibt er der Poesie folgende sehr allgemeine und doch ganz persönliche Definition:

«Die Poesie ist das Wirklichste, sie ist das, was erst in einer ***anderen Welt*** *vollkommen wahr wird.»*

In einem Brief vom 18. Februar 1860 an den Kritiker Armand Fraisse unterschreibt er das günstige Urteil, das dieser über die Sonette von Soulary abgegeben hatte, und hält seinerseits eine Lobrede auf das Sonett — vielleicht weniger aus besonderer Vorliebe für diesen Gedicht-Typus, als aus Feindseligkeit gegen die langen Stücke in Alexandrinern, deren Wortüberschwang und Gerede er

Delacroix, Selbstbildnis

Poulet-Malassis. Gravüre nach einer Photographie von Nadar

fürchtet und bei denen er sich, obgleich ihm übrigens auch darin einiges geglückt ist, etwas unbehaglich fühlt. «*Weil die Form (des Sonettes) zwingend ist*», sagt er, «*sprudelt der Gedanke reicher.*» Und er fügt hinzu:

«*Im Sonett macht sich alles gut, Spaß, Galanterie, Leidenschaft, Träumerei und philosophische Meditation. Die Schönheit eines Metalls liegt darin oder die eines schön gearbeiteten Gesteins. Haben Sie schon beobachtet, daß ein Stück Himmel, durch eine Kellerluke oder zwischen zwei Schornsteinen, zwei Felsen oder durch eine Arkade usw. wahrgenommen, eine viel tiefere Vorstellung des Unendlichen gibt als ein großes Panorama, das man von der Höhe eines Berges betrachtet? Was die langen Gedichte anbetrifft, so wissen wir, was davon zu halten ist; sie sind die Zuflucht derer, die unfähig sind, kurze zu machen.*

Alles, was an Länge die Aufmerksamkeit überschreitet, die der Mensch der poetischen Form entgegenbringen kann, das ist kein Gedicht.»

Von mehreren Gedichten Baudelaires kennen wir die verschiedensten Fassungen, die uns eine Ahnung von der geduldigen und mühseligen Arbeit des Komponierens vermitteln, die er sich wohl häufig auferlegt hat. Baudelaire ist keineswegs ein Virtuose der Leier. Der junge Barrès hat, ohne Unrecht zu haben, von ihm sagen können, daß «er herrliche Prosa in schwierige Verse brachte». Wenn schöne Verszeilen in seinem Geist sangen, dann schrieb er sie auf: *«Du hast mir deinen Dreck gegeben und ich habe Gold daraus gemacht»*, aber es gelingt ihm nicht immer, eine Form für das Gedicht zu finden, in das sie passen würden. Mitunter hat er nur mit großer Mühe die Schwierigkeiten des Maßes und des Reimes überwunden, und um ihrer Herr zu werden, ist er sogar manchmal in die Tautologie geglitten (besonders in der ersten Strophe von *Serpent qui danse*). Aber das ist unwichtig, im übrigen nimmt das, was Baudelaire uns sagt, fast immer gefangen und bewegt uns, während sehr geschickte Poeten wie seine Freunde Gautier und Banville uns gleichsam nichts zu sagen haben.

Am 5. April 1855 berichtet er seiner Mutter von seinen Geldschwierigkeiten, die ihn eine Wohnung entbehren lassen, und ruft aus:

«Und inmitten dieser unerträglichen Erschütterungen, die mich verbrauchen, muß ich als Gipfel der Lächerlichkeit Verse schreiben, was die ermüdendste Beschäftigung ist, die es für mich gibt.»

Kurz bevor er die *Blumen des Bösen* für druckfertig erklärte, antwortet er seinem Verleger und Freund Poulet-Malassis, der ihn drängt, im Mai 1857:

«Ich kämpfe mit etwa dreißig ungenügenden, unerfreulichen, schlechten und schlecht gereimten Verszeilen. Sie scheinen zu glauben, ich sei von der Wendigkeit Banvilles.»

Und er sagt, daß die Inspiration selbst ihn nur bisweilen überkommt. Am 30. Dezember 1857, vier Monate nach der Verurteilung von sechs seiner Gedichte, schreibt er an Malassis:

«Sie wissen, daß ich entschlossen bin, mich dem Urteil vollständig zu unterwerfen, und bereit bin, sechs neue Gedichte zu schreiben, die viel schöner sein sollen als die ausgetilgten. Aber wann wird mich eine gute dichterische Stimmung überkommen?»

Als sie ihn überkam, mißtraute er dem, was sie ihm eingab. Im Juni 1859 reicht er dem Direktor der *Revue Française*, Jean Morel, ein Gedicht unter dem Titel *Fantômes parisiens* ein und schreibt ohne Begeisterung über die Verse:

«Alles, was ich darüber denke, ist, daß die Mühe, die sie mich gekostet haben, absolut nichts über ihre Qualität besagt; es handelt

sich um das erste Stück einer neuen Serie, die ich vorhabe, und ich fürchte, daß es mir lediglich gelungen ist, die der Poesie gesteckten Grenzen überschritten zu haben.»

Er ist von der Qualität dieser *Fantômes* so wenig überzeugt, daß er sie trotz der Arbeit, die sie ihm schon gemacht haben, noch einmal verbessert, ehe er sie unter dem Titel *Les Sept Vieillards* in die zweite Auflage der *Blumen des Bösen* aufnimmt.

Dagegen verteidigt er im März 1860 zwei seiner Gedichte (*L'amour du mensonge* und *Rêve parisien*) mit Nachdruck gegen Alphonse de Calonne, Direktor der *Revue Contemporaine*, der Veränderungen verlangt:

«Ihre Kritik fällt leider ausgerechnet gerade auf die Worte, Absichten und Züge, die ich als meine besten betrachten würde.»

Und nachdem er die Wahl und die Stellung seiner Worte und den Zusammenklang seiner Metaphern gerechtfertigt hat, fügt er hinzu:

«Ich versichere Ihnen, daß all dies sehr langsam zusammengestellt ist.»

Auf zwei Gedichte, die er für vollendet hält, kommen sehr viele, die ihn unbefriedigt lassen. Im gleichen Augenblick, in dem er die Einwendungen von Calonne abweist, vertraut er Malassis an, daß die fünfundzwanzig neuen Stücke, die er ihm bereits für die zweite Auflage der *Blumen* übergeben hat, ihm nicht durchgearbeitet erscheinen:

«Soeben habe ich die fünfundzwanzig Stücke noch einmal durchgelesen; es sind immer noch schleppende Stellen und Gewaltsamkeiten des Stils darin ... Was halten Sie von den letzten beiden Terzinen des ersten Sonettes ‹Un Fantôme›?»

Aber wenn Baudelaire sich selbst gegenüber streng erscheint, wenn er Diskussionen mit Verlegern und Zeitschriftendirektoren über von ihm angebotene Texte annimmt und bisweilen auch herausfordert, so duldet er nicht, daß seine Reinschrift von ihnen verbessert wird. Kritik: ja; Zensur: nein. Nichts könnte in dieser Hinsicht seine Haltung besser kennzeichnen als der Brief, den er am 20. Juni 1863 an Gervais Charpentier richtet, den Direktor der *Revue Nationale*, der zwei seiner kleinen Prosadichtungen angenommen hatte:

«Mein Herr, soeben habe ich die in der Revue Nationale erschienenen beiden Auszüge (‹Les Tentations› und ‹Dorothée›) gelesen. Ich finde erstaunliche Änderungen darin, die erst nach meinem Imprimatur vorgenommen worden sind. Aus diesen Grund, mein Herr, habe ich Zeitungen und Zeitschriften so oft gemieden.

Ich hatte zu Ihnen gesagt: Lassen Sie ein ganzes Stück aus, wenn Ihnen ein Komma in dem Stück mißfällt, aber lassen Sie das Komma, es hat seine Berechtigung.

Mein ganzes Leben habe ich damit verbracht, das Bilden von Sätzen zu erlernen, und ich sage, ohne Furcht, mich lächerlich zu machen, daß das, was ich einer Druckerei übergebe, vollkommen fertig ist.

Glauben Sie wirklich, daß ‹die Formen ihres Körpers› ein gleichwertiger Ausdruck für ‹ihr hohler Rücken und ihre spitze Brust› ist? – Vor allem, wenn es sich um die schwarze Rasse der orientalischen Küsten handelt.

Baudelaire. Stich von Meryon

Und halten Sie es für unmoralisch zu sagen, daß ein Mädchen mit elf Jahren reif ist, wenn man weiß, daß Aïscha (die keine in den Tropen geborene Negerin war) noch jünger war, als Mohammed sie heiratete?

Mein Herr, ich möchte Ihnen aufrichtig danken, daß Sie mir so freundlich entgegengekommen sind; aber ich weiß, was ich schreibe, und ich berichte nur, was ich gesehen habe.

Wenn ich wenigstens noch rechtzeitig unterrichtet worden wäre, dann hätte ich das ganze Stück weglassen können.»

Dieser an sich sehr scharfsichtige Brief enthält jedoch eine kleine Prahlerei. Denn wenn es wahr ist, daß Baudelaire niemals Pfuscharbeit in die Druckereien gab, so ist es falsch, daß seine Arbeit ihn schließlich befriedigt fand. Bis zum Imprimatur und sogar danach zögert er noch, beginnt er von neuem und verbessert sich. Jede neue Veröffentlichung ist für ihn eine Gelegenheit zur Neugestaltung. Fast nichts, was seine Feder hervorbringt, scheint ihm wirklich vollendet. Baudelaire ist ein Sisyphus der Feder.

Hingegen hat die, wenn auch schnell hingeworfene Behauptung, mit der er am Ende seines Briefes an Charpentier prahlt, nichts Übertriebenes. Baudelaire kann mit Recht behaupten, daß er weiß, was er schreibt. Er weiß es besser als sonst jemand, denn welchen Gegenstand er auch behandeln mag, er sagt nichts, was nicht aus seinen

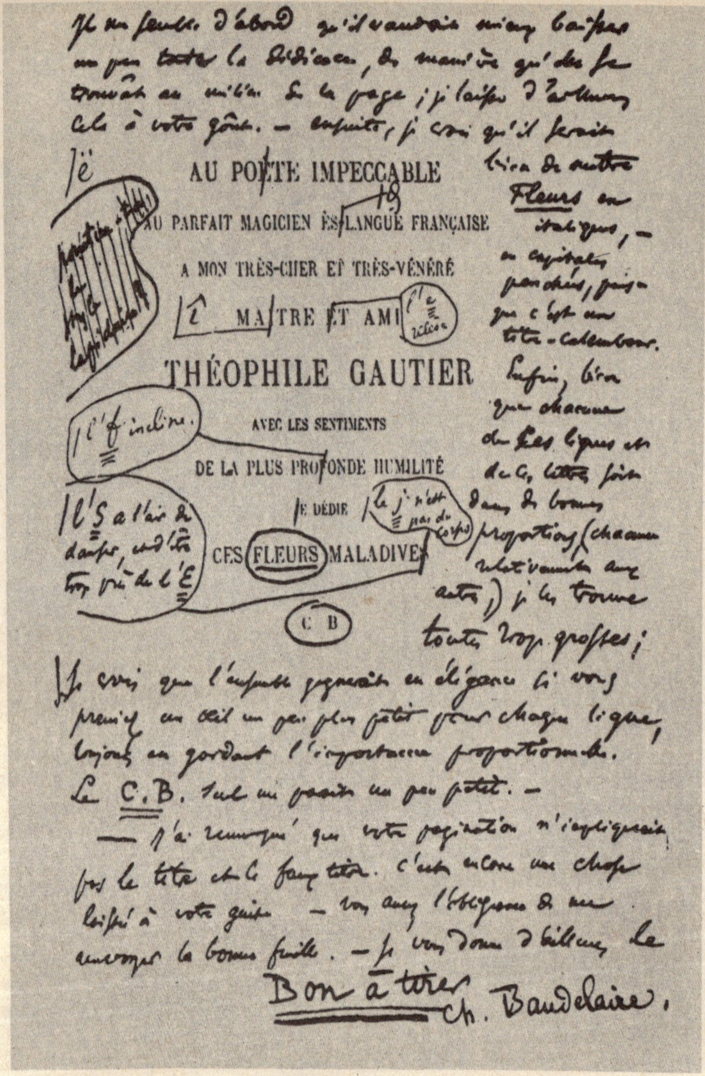

Je me semble d'abord qu'il vaudrait mieux baisser un peu toute la dédicace, de manière qu'elle se trouvât au milieu de la page; je laisse d'ailleurs cela à votre goût. — ensuite, je crois qu'il serait bien de mettre Fleurs en italiques, — en capitales penchées, puisque c'est un titre-calembour. Enfin, bien que chacune de ces lignes et de ces lettres soit dans de bonnes proportions (chacune relativement aux autres) je les trouve toutes trop grosses;

AU POËTE IMPECCABLE
AU PARFAIT MAGICIEN ÈS LANGUE FRANÇAISE
A MON TRÈS-CHER ET TRÈS-VÉNÉRÉ
MAITRE ET AMI
THÉOPHILE GAUTIER
AVEC LES SENTIMENTS
DE LA PLUS PROFONDE HUMILITÉ
JE DÉDIE
CES FLEURS MALADIVES
C B

Je crois que l'ensemble gagnerait en élégance si vous preniez un oeil un peu plus petit pour chaque ligne, toujours en gardant l'importance proportionnelle. Le C.B. seul me paraît un peu petit. — J'ai remarqué que votre pagination n'impliquait pas le titre et le faux titre. C'est encore une chose laissée à votre goût — vous aurez l'obligeance de me renvoyer la bonne feuille. — Je vous donne d'ailleurs le

Bon à tirer Ch. Baudelaire.

Widmung für Théophile Gautier in den «Fleurs du Mal»

eigenen Tiefen kommt, oder — wenn wir an Poe denken — nichts, was nicht durch eine systematische Transfusion assimiliert worden wäre.

Théophile Gautier

Als Fernand Desnoyers ihn 1855 um seine Mitarbeit an einem Gemeinschaftswerk über Fontainebleau und seinen Wald bat, da hatte er nur Stücke einer sehr persönlichen und durchaus städtischen Auffassung zu geben. Wenn wir von einigen Gedichten exotischen Charakters absehen, so spielt die Natur überhaupt keine Rolle in seinem Werk. Er kümmert sich wenig um Hirtengedichte und sagt es seinem Korrespondenten unverblümt:

«Mein lieber Desnoyers, Sie bitten mich um Verse über die Natur, nicht wahr? Über das Gehölz und die großen Eichen, das Grün und die Insekten und über die Sonne wahrscheinlich? Aber Sie wissen doch, daß ich unfähig bin, über Gewächse in Stimmung zu geraten, und daß meine Seele gegen diese sonderbare neue Religion rebelliert, die, wie mir scheint, für alle geistigen Menschen irgend etwas Schockierendes hat. Ich werde niemals glauben, daß die Seele der Götter in den Pflanzen wohnt, und wenn sie trotzdem darin wohnen würde, dann würde mich das wenig kümmern, und ich würde meine Seele wesentlich höher veranschlagen als die der geheiligten Gemüse. Ich war sogar immer der Meinung, daß in der blühenden und verjüngten Natur etwas Schamloses und Betrübliches steckt. In der Unmöglichkeit, Sie dem strengen

Wortlaut des Programms nach vollständig zufriedenzustellen, schikke ich Ihnen zwei poetische Stücke, die etwa ein Ganzes der Träumereien darstellen, die mich zu den Dämmerstunden überkommen[1]. *Tief im Holz von den Gewölben umschlossen, die an die der Sakristeien und Kathedralen erinnern, denke ich an unsere wunderlichen Städte, und die gewaltige Musik, die über die Wipfel dahinrollt, scheint mir ein Ausdruck der menschlichen Klage.»*

Man hat Baudelaire die Meinung aufrechterhalten sehen, daß das Schöne nur fremdartig sein kann; daß es in der Kunst keine Schönheit ohne Überraschung gibt. Seine Dichtung entstammt dem gleichen Prinzip. Unter der Bedingung, dem Epitheton ‹skandalös› den Sinn zu lassen, den die Etymologie ihm gibt, kann man sagen, daß Baudelaire wissentlich eine skandalöse Poesie betrieben hat: eine Poesie, die Erstaunen hervorrufen will.

1852 schreibt er an Théophile Gautier, auf den er zählt, um einige seiner zukünftigen *Blumen des Bösen* in der *Revue de Paris* unterzubringen:

«Halte fest zu mir. Wenn man nicht zu sehr gegen diese Poesie schimpft, dann bringe ich eine noch grellere.»

Eine grelle Poesie: derselbe Ausdruck kommt ihm in einem Brief an Malassis unter die Feder, der sich auf die *Blumen des Bösen* bezieht, die gerade in Druck gehen sollen:

«Wir müssen einen Band machen, der nur aus guten Sachen besteht: wenig Stoff, der viel erscheint und der sehr grell ist.» (9. Dezember 1856)

Dieselbe Sorge beschäftigt ihn bei der Zusammenstellung der Gedichte, die dazu bestimmt sind, die zweite Auflage seines Bandes zu bereichern:

«Ich arbeite an den ‹Blumen des Bösen›. In wenigen Tagen werden Sie Ihr Paket (neuer Gedichte) haben, und das letzte Stück oder der Epilog, der sich an die Stadt Paris wendet, wird selbst Sie erstaunen, wenn ich ihn zu einem guten Abschluß bringe (in schnarrenden Terzinen).» (An Malassis, Juni 1860)

Es ist bekannt, daß Baudelaire mit diesem Epilog niemals zu Ende gekommen ist.

---

1 Gemeint sind die beiden Gedichte: *Le Crépuscule du matin* und *Le Crépuscule du soir.*

SEI IMMER DICHTER

Die erhabene Auffassung, die Baudelaire von der Poesie hatte, erklärt, warum er trotz so vieler Anstrengungen nicht über einen Gedichtband hinausgekommen ist. Es erging ihm wie Mallarmé, seine Vollkommenheitsansprüche lähmten ihn.

Seit seinen Anfängen in der literarischen Welt hat er der Poesie den ersten Rang zugesprochen. Kaum fünfundzwanzigjährig, stellt er ihr im Februar 1846 in seinen *Ratschlägen für junge Schriftsteller* einen Wechsel auf lange Sicht aus:

«Denjenigen, die sich mit Erfolg der Poesie hingeben oder sich ihr hingegeben haben, rate ich, sie niemals wieder zu verlassen. Die Poesie ist eine der Künste, die am meisten einbringen; aber es handelt sich hier um eine Art Kapitalsanlage, deren Früchte man erst sehr viel später empfängt — die dann jedoch sehr groß sind.

Die Neidischen fordere ich auf, mir gute Verse zu zitieren, die einen Verleger ruiniert haben.

In moralischer Hinsicht setzt die Poesie eine derartige Grenzlinie zwischen die erstrangigen und die zweitrangigen Geister, daß sich das bürgerlichste Publikum diesem despotischen Einfluß nicht entziehen kann. Ich kenne Leute, die die Feuilletons von Théophile Gautier nur lesen, weil er die ‹Comédie de la Mort› geschrieben hat; sie empfinden wahrscheinlich gar nicht die ganze Anmut dieses Werkes, aber sie wissen, daß er ein Dichter ist.

Darin liegt übrigens nichts Erstaunliches, da ja jeder gesunde Mensch zwei Tage lang auf das Essen verzichten kann, aber niemals auf die Poesie.

Die Kunst, die die stärkste Sehnsucht befriedigen kann, wird auch immer die geehrteste sein.»

Das Leben hatte es übernommen, diese Illusion zu zerstören. Zu Tode getroffen, schrieb Baudelaire in einem Brief vom Februar 1866: *«Frankreich verabscheut die wahre Poesie.»*

Der Wechsel, den er 1846 auf seine noch ungedruckten Verse ausstellte, sollte jedoch eines Tages eingelöst werden, aber zu spät für ihn: der Verleger Michel Lévy hat den um riesige Beträge angeschwollenen Gesamterlös eingenommen.

Aber die vom Publikum geehrte oder nicht geehrte Poesie ist das Gesetz Baudelaires geblieben. Er bringt ihr, nach zwanzig Jahren des Mißgeschicks und mit dem Gefühl des Unheils erfüllt, in *Mon cœur mis à nu* die gleiche Liebe wie damals entgegen:

«Groß unter den Menschen sind nur der Dichter, der Priester und der Soldat.

Der singende Mensch, der segnende Mensch, der opfernde und sich selber opfernde Mensch.

Sei immer Dichter, selbst in Prosa.»

«Das Atelier». Gemälde von Gustave Courbet (Louvre)
Ganz rechts: Baudelaire, in ein Buch vertieft

«Immer Dichter»: denn nach der Konzeption, die sich Baudelaire von der Poesie macht, ist diese von einem universalen Charakter, den unser Jahrhundert ihr nicht streitig macht, der aber vor hundert Jahren keine so allgemeine Geltung gefunden hatte. Am Vorabend des Prozesses um die *Blumen des Bösen* regt Sainte-Beuve Baudelaire an, in seiner Verteidigung vorzugeben, daß «alles auf dem Gebiet der Poesie schon vergeben war», daß Lamartine sich die Himmel genommen hat Hugo die Erde und mehr als die Erde, Laprade die Wälder, Musset die Leidenschaft, Gautier Spanien mit seinen Farben, andere das häusliche und das ländliche Leben, und daß alle Themen, die er behandelt hat, sich ihm letztlich durch die Umstände aufgedrängt haben, weil sie die noch einzig verfügbaren waren. Juristisch taugte dieses Argument natürlich nicht sehr viel, und Sainte-Beuve hegte mit ihm ganz gewiß keinerlei Erwartungen, aber er hielt es doch für fähig, der Bequemlichkeit des Publikums zu schmeicheln, das für jeden Autor ein bestimmtes Genre will.

Für Baudelaire gibt es im Gegenteil keinen Gegenstand, der einem echten Künstler, sei er nun Maler oder Dichter, nicht zugänglich wäre. Er hat das ausdrücklich in einer kurzen Studie über Hugo festgehalten:

«Wer nicht fähig ist, alles malerisch wiederzugeben, die Paläste und die Hütten, die Empfindungen der Zärtlichkeit und die der Grausamkeit, jene Zuneigungen, die sich auf die Familie beschränken, und die große, allgemeine Menschenliebe, die Anmut der Pflanze und die Wunder der Architektur, alles, was es gibt an Süßestem, und alles Furchtbarste, was existiert, den innerlichen Sinn und die äußere Schönheit jeder Religion, die moralische und die physische

«Der Mann mit der Pfeife» von Courbet, wahrscheinlich eine Vorstudie zu Baudelaires Porträt auf dem «Atelier»

Physiognomie jeder Nation, überhaupt alles, vom Sichtbaren bis zum Unsichtbaren, vom Himmel bis zur Hölle, der, sag ich, ist in Wahrheit nicht Dichter in der unermeßlichen Ausdehnung des Wortes und nach dem Herzen Gottes. Ihr sagt von dem einen: er dichtet ‹Intérieurs›, oder er besingt die Familie; vom anderen: der ist ein Dichter der Liebe; und von dem dritten: er ist der Dichter des Ruhms. Doch mit welchem Rechte begrenzt ihr also die Tragweite der Talente eines jeden? Wollt ihr behaupten, daß der Dichter, der den Ruhm besungen hat, e b e n d a r u m ungeeignet wäre, die Liebe zu feiern? Ihr beeinträchtigt auf diese Weise den universellen Sinn des Wortes P o e s i e. Wenn ihr nicht einfach zu verstehen geben wollt, daß Umstände, die außerhalb des Dichters lagen, ihn b i s l a n g n o c h auf eine Spezialität beschränkt haben, so werde ich immer glauben, daß ihr von einem armseligen, einem unvollständigen Poeten sprecht, so geschickt er auch in seinem Genre sei.»

Der Autor der *Blumen des Bösen* entgeht für seinen Teil einem derartigen Vorwurf. Obgleich er nur einen Gedichtband hinterlassen hat, wäre es unmöglich, hier alle Themen aufzuzählen, die wir dort ausgebeutet finden. Im Unterschied zu den zweitrangigen Dichtern, bei denen jedes Buch seine Einheitlichkeit nur einem einzigen, mit Fleiß bearbeiteten Gegenstand verdankt, zwingt Baudelaire den verschiedenartigsten Elementen, die er verarbeitet, seine Persönlichkeit auf. Seine *Blumen des Bösen* sind weniger ein durchgearbeitetes Werk als das intime Tagebuch eines außergewöhnlich sensiblen Dichters, der dazu verurteilt ist, seine Gefühle zu kultivieren, und sei es um den Preis seines eigenen Lebens. Sainte-Beuve, der übrigens den ganzen Wert der *Blumen des Bösen* nicht richtig einzuschätzen vermochte, hat ihr Wesen vollständig erkannt. Nachdem er sie gelesen hatte, sagte er zu Baudelaire: «Was müssen Sie gelitten haben, mein armes Kind.»

Im Filigran aller seiner Gedichte wird das Leid transparent, auch wenn es nicht ausdrücklich bekannt wird. Man hat gezählt, daß das Bild des Abgrundes achtzehnmal in seinem Buch auftaucht, so, als ob er eine Vorahnung des Schwindels gehabt hätte, der ihn einige Jahre später in Brüssel in einem Hotelzimmer packen sollte, daß er taumelte und sich an die Möbel klammerte wie ein Betrunkener. Seine glühenden Verehrer können die prophetische Stelle aus den *Fusées* auswendig, wo der Dichter fünf Jahre vor seinem Tode seinen finalen Verfall beschwört:

«Im Seelischen wie im Körperlichen habe ich immer die Empfindung des Abgrundes gehabt, nicht allein des Abgrundes des Schlafes, sondern auch des Abgrundes der Tätigkeit, des Traumes, der Erinnerung, der Begierde, des Bedauerns, der Reue, des Schönen, der Zahl usw.

Ich habe meine Hysterie mit Entzücken und Entsetzen gepflegt. Jetzt bin ich immer dem Schwindel ausgeliefert, und heute, den 23. Januar 1862, ist mir ein seltsam vorbedeutendes Zeichen zuteil geworden. Ich spürte, wie ein Wehen von den Flügeln der Verblödung über mich hinstrich.»

Man könnte sagen, daß dies *«seltsam vorbedeutende Zeichen»* ihn nichts Neues lehrte. Vielleicht hatte er gerade sein Sonett über den *Abgrund* geschrieben, als er es empfing; auf jeden Fall war sein Gedicht: *Le goût du néant* drei Jahre zuvor erschienen. Wir geben sie hier beide:

Handschriftliche Korrekturen Baudelaires zu einem der «Spleen»-Gedichte

Bon à tirer.
Ch. Baudelaire

caractère qui dépasse

Quand la pluie étalant ses immenses traînées
D'une vaste prison imite les barreaux,
Et qu'un peuple muet d'horribles araignées
Vient tendre ses filets au fond de nos cerveaux,

Des cloches tout-à-coup sautent avec furie
Et ~~poussent~~ lancent vers le ciel un ~~long gémissement~~ affreux hurlement,
Ainsi que des esprits errants et sans patrie
Qui se mettent à geindre opiniâtrément.

— Et ~~défunts~~ d'anciens corbillards, sans tambour ni musique,
~~Passent en foule au fond de~~ Défilent lentement dans mon âme ; et l'Espoir
~~Fuyant vers d'autres cieux~~ Pleurant comme un vaincu, l'Angoisse despotique
Sur mon crâne incliné plante son drapeau noir.

mettriez-vous ici une virgule, vu la construction de la phrase ?

Je viens de faire une découverte affligeante. En comptant 2 pages pour les sonnets, six strophes de 4 vers par page, cinq strophes de cinq vers, sept ou 8 strophes de 3 vers, 10 ou 12 strophes de deux vers, en supposant toujours deux strophes au dessous du titre, et deux pages pour les titres généraux, nous tomberons juste sur 240 pages. 10 feuilles. — La table des matières tirée à part sera 5 pages au plus. — 245. — Pitoyable, très pitoyable. — Et il n'y a pas de remède. Car je ne me soucie pas de faire des vers nouveaux, et les sonnets sur la Mort font une excellente conclusion —

Il serait bon que les trois feuilles dernières fussent finies le 10. Nous aurons 5 jours pour la Table, les Couvertures et le brochage. Si j'ajoutais un morceau aux Fleurs du mal, deux des sonnets sur la Mort seraient rejetés dans la dernière feuille ou le carton final, et seraient tirés avec la table. — Dans une heure, je vais vous mettre à la poste la matière de votre 8e feuille

vous vous êtes obstiné à votre pluriel. — Il y a dans Banville Beaumes pour Baumes. Je ne peux plus le retrouver, mais j'en suis sûr. —

Die Lust am Chaos

Du trüber Geist, der einst an Kämpfen sich erfreute,
Die Hoffnung, deren Sporn in dir die Glut entfacht,
Sie reitet dich nicht mehr! So lieg denn nieder sacht,
Du alter Gaul, des Huf vor jedem Schatten scheute.

Mit blödem Schlaf, mein Herz, gib dich zufrieden heute.

Besiegter, müder Sinn! Du Wandrer in der Nacht,
Den einst die Liebe und ein Wortgefecht zerstreute,
Laß der Trompeten Ton, der Flöten froh Geläute!
Ihr Wonnen, laßt dies Herz mit seiner düstren Fracht!

Denn längst zerstob der Duft der süßen Frühlingspracht!

Die Zeit schlingt mich mit der Minuten wilder Meute
Wie den erfrornen Leib des Schnees geheime Macht;
Von Oben nimmt mein Aug das Weltenrund in acht,
Was gilt die Hütte mir, ob sie auch Schutz bedeute!

Lawine, reißt du mich hinab als deine Beute?

Der Abgrund

Den Abgrund sah Pascal, wo er auch ging und stand.
— Ein Schlund ist alles, ach! so Wort wie Tat und Sehnen
Und jeder Traum! Durch des gesträubten Haares Strähnen
Weht wie ein Sturm die Furcht, die stets mich übermannt.

In Höhen, Tiefen, wo die Klüfte immer gähnen,
Im All, im Schweigen und am lähmend finstren Strand . . .
Selbst auf der Nächte Grund läßt Gottes weise Hand
Die Schattenwesen sich ins Ungemeßne dehnen.

Die Angst vorm Schlaf ist wie die Angst vor einem Schlund,
Den wüstes Grauen füllt und ohne festen Grund;
Es läßt mein Fenster mich das Grenzenlose schauen,

Mein Geist doch, heimgesucht vom Schwindel jederzeit,
Mißgönnt dem Chaos noch die Unempfindlichkeit.
— Und weh uns, wenn wir nicht auf Zahl und Körper bauen!

Baudelaire prahlt entschieden nicht, wenn er dem Direktor einer Zeitschrift versichert: *«Ich erzähle nichts, was ich nicht gesehen habe.»* Das Besessensein von der Zeit, die flieht, ist bei ihm kein simpler poetischer Gemeinplatz, keine lamartinesche Stilübung eines robusten Poeten, der lange leben wird. Bis in seine intimen Aufzeichnungen in *Mon cœur mis à nu*, in *Fusées* kommt sie zum Ausdruck:

«Man sagt, ich sei dreißig Jahre alt; wenn ich aber drei Minuten in einer gelebt habe ... bin ich nicht neunzig Jahre alt?»

Und in Brüssel macht er mit fünfundvierzig Jahren unter seiner Krone weißen Haares tatsächlich den Eindruck eines Greises.

Das Besessensein von der Zeit? In *Le Spleen de Paris* heißt es:

Das doppelte Zimmer:

«... In dieser engen Welt, so von Verdrießlichkeiten voll, gibt es nur Eins, das mir ein Lächeln schenkt: die Phiole mit Laudanum; 's ist diese alte, fürchterliche Freundin; wie alle Freundinnen voll Wollust und geheimer Tücke.

O ja! die Zeit ist wieder da; die Zeit ist unumschränkte Herrin jetzt; und mit der häßlichen Greisin ist auch die ganze teuflische Gefolgschaft wieder erschienen: Erinnerungen, Kümmernisse, Krämpfe, Befürchtungen, Ängste und Alpträume, Wut und marternde Empfindsamkeit.

Und die Sekunden kommen schweren, schleppenden Schrittes, und eine jede zwinkert nach der Uhr und spricht: ‹Ich bin das Leben — das unerträgliche, das unversöhnliche Leben!›

Nur einer einzigen Sekunde im menschlichen Dasein ward es gegeben, uns eine gute Botschaft anzukünden, die ‹gute Botschaft›, die jeden doch mit unerklärter Furcht erfüllt.

Ja, es regiert die Zeit! Wieder auf nahm sie ihre brutale Diktatur. Und sie treibt mich, als wär ich ein Stück Vieh, ein Zugochse im Joch, mit doppeltem Stachel —: ‹Hüh doch, Klepper! Zieh doch, Sklave! Lebe, Verdammter!›»

Das Besessensein von der Zeit? In den *Blumen des Bösen* finden wir es überall; in *Moesta et errabunda:*

«Wie weit bist du, du duftend Paradies ...»

Im *Feind:*

« — O Qual, o Qual! Die Zeit schlingt unser ganzes Leben;
Sie ist der finstre Feind, der unser Herz bezwingt:
Sie nährt sich und gedeiht vom Blute, das wir geben.»

In der *Uhr:*

Die Uhr! welch finstrer Gott voll Gleichmut und voll Schrecken,
Des Zeiger drohend zu uns spricht: ‹Erinnre dich!›
Der Schmerz bohrt zitternd in dein Herz sich fürchterlich
Und bleibt darin als wie in seinem Ziele stecken;

Der Rauch der Lüste, der zum Horizont enteilt,
Ist als ein Luftgebild im Hintergrund zerronnen;
Ein jeder Augenblick verschlingt ein Stück der Wonnen,
Die dir auf Lebenszeit — wie jedem — zugeteilt.

Dreitausendmal und noch sechshundertmal die Stunde
Raunt die Sekunde dir: Erinnre dich! — Denn ich,
Surrt sie, ich bin das Einst! Wie ein Insektenstich
Sog ich dein Dasein aus mit meinem Riesenmunde!

Remember! Souviens-toi! Mein Sohn! Esto memor!
(Denn mein metallner Mund ist aller Sprachen mächtig!)
Minuten sind, du Narr, wie Bergesadern prächtig,
Vergeude nicht den Schatz und grab das Gold hervor!

Erinnre dich, es darf die Zeit ein Spieler heißen,
Der ohne Trug gewinnt! Ihr beugt das Schicksal sich.
Der Tag nimmt ab, die Nacht nimmt zu, erinnre dich!
Der Abgrund wird nicht satt, indes die Zeiger kreisen.

Bald schlägt die Stunde, da des Zufalls Herrlichkeit,
Die hehre Tugend, als Geliebte stets gemieden,
Und da die Reue (ach! welch Zufluchtsort hienieden!)
Da alles ruft: Nun stirb, du Tor! es ist so weit!

Zu diesem Besessensein von der Zeit, dieser Angst, die den Dichter in einem derartigen Maße würgte, daß er manchmal nicht wagte, seine Post zu öffnen, gesellten sich zwangsläufig alle nur möglichen Anzeichen des physischen und moralischen Verfalls. Man kann bei Baudelaire mühelos das reichste Lexikon des Unheils zusammenstellen. Zerfleischte Herzen, farblose Lippen, zahnlose Kiefer, fauliges Fleisch, zerfressene Seelen, eiternde Schläuche, rissige Mauern, kein Bild des Jammers ist ihm erspart geblieben. Vier Stücke aus den *Blumen des Bösen* (*Une Charogne; Remords posthume; Le Mort joyeux; Le voyage à Cythère*) beschwören den finalen Zerfall. *La Cloche fêlée* zeigt die schwer geschädigte Seele. *Le Jeu* und *Les Petites Vieilles* beschäftigen sich mit den entstellten Ungeheuern, «*die einst Frauen waren*». Die Beschreibung von *Une Martyre* hat die Präzision eines Rops, der sich ein gerichtsmedizinisches Institut zur Werkstatt gewählt hat.

Nicht einmal der Schlaf befreit Baudelaire vom Gefühl des Zerfalls. Beim Aufstehen notiert er eines Tages folgenden Alptraum:

Stich nach einer Photographie von Nadar

«Erscheinungen von Trümmern. Riesige Gebäude, pelasgisch übereinander. Räume, Zimmer, T e m p e l, Galerien, Treppen, Blinddärme, Aussichtstürme, Laternen, Springbrunnen, Statuen. – S p a l t e n, R i s s e. F e u c h t i g k e i t, die aus einem Behälter ganz dicht beim Himmel kommt. – Wie die Menschen und Völker warnen? – Flüstern wir den Klügsten unsere Warnung ins Ohr.

Ganz oben birst eine Säule, und ihre beiden Enden verschieben sich. Noch ist nichts eingestürzt. Ich kann den Ausgang nicht wiederfinden. Ich steige hinab und ich gehe wieder hinauf. E i n T u r m. – L a b y r i n t h. Niemals habe ich da heraus gekonnt. Für i m m e r b e w o h n e i c h e i n G e b ä u d e, d a s e i n s t ü r z e n m u ß, e i n G e b ä u d e, d a s v o n e i n e r g e h e i m e n K r a n k h e i t b e a r b e i t e t w i r d. – Aus Spaß berechne ich bei mir, ob eine so gewalti-

LES EPAVES
BAUDELAIRE
PIGRITIA
LIBIDO
SUPERBIA
IRA
INVIDIA
AVARITIA
GULA
VIRTUS DURISSIMA COQUIT
Félicien Rops

ge Masse aus Steinen, Marmor, Statuen und Mauern, die sich gegenseitig stoßen, von dieser Menge Gehirn, Menschenfleisch und zerstoßenen Gebeins wohl sehr beschmutzt sein wird. Ich sehe so entsetzliche Dinge im Traum, daß ich manchmal nicht mehr schlafen möchte, wenn ich sicher wäre, nicht zu müde zu sein.»

DIE POESIE TRÄGT IHR ZIEL IN SICH SELBST

Zweimal kam das Werk Baudelaires vors Tribunal. Im August 1857 wirft der Staatsanwalt Pinard den *Blumen des Bösen* vor, weder die öffentliche noch die religiöse Moral zu respektieren, und die 6. Strafkammer folgt ihm mit ihrer Verurteilung «der verderblichen Wirkung der Bilder», die das Buch bietet. Im Mai 1868, acht Monate nach dem Tod des Dichters, befiehlt das Strafgericht von Lille die Zerstörung des letzten Werkes, das Baudelaire korrigiert hat, der schmalen Broschüre der *Épaves*, die bei Poulet-Malassis in Brüssel verlegt worden war und in der sich die sechs Gedichte wiederfinden, die 1857 verurteilt worden waren. Überdies ist das Werk Baudelaires, verfolgt oder nicht, ständig dem Tadel seiner Zeitgenossen begegnet. Schon 1843, er war nicht mehr als zweiundzwanzig Jahre alt und hatte noch nichts veröffentlicht, erfuhr er Ablehnungen, die dem Kleinmut der Chefredakteure und ihrer panischen Angst vor dem Abonnenten zuzuschreiben waren. Die abgelehnten Artikel waren jedoch nicht solcher Art, daß er sie seiner Mutter nicht hätte zeigen können, an die er eines Tages schrieb:

«Mache mir die Freude und lies dieses Manuskript, das fertig ist und an dem es nur noch wenig zu korrigieren gibt. Ich habe es heute morgen von einer Zeitung zurückgezogen (La Démocratie), die es aus Gründen der Moral abgelehnt hat; aber gut daran ist, daß es die Leute so begeistert hat, daß man mir die Ehre gemacht hat und mich überstürzt um ein zweites gebeten hat.»

1864, also einundzwanzig Jahre später, behauptete ein junger angehender Lehrer, Édouard Le Boucher, der Leiter der *Revue Libérale* war und für seine Zeitschrift einige Prosadichtungen von Baudelaire angenommen hatte, daß er einige «unerläßliche» Kürzungen vornehmen müsse, und er erklärte seinem Freund Taine sehr ernsthaft, daß eine Zeitschrift die «sadistischen Mittel» nicht dulden kann, die Flaubert und Baudelaire in ihren Werken anwenden.

Baudelaire hat sich jedoch niemals befleißigt, der Sitten zu lästern. Wenn er auch die Wirkungen der Überraschung nicht mißachtet hat (*«das Schöne ist immer bizarr»*), so hat er doch seine Zuflucht nie bei den Gewürzen der ausschweifenden Literatur gesucht. Seine heißesten Gedichte bleiben der unzüchtigen Poesie fremd, und er be-

Titelblatt für «Les Épaves», von Felicien Rops

trachtet die systematisch gewürzten Werke des 18. Jahrhunderts ohne Wohlgefallen, wie ein Brief an Poulet-Malassis beweist, den er im Oktober 1865 um einige Auskünfte für Sainte-Beuve bittet:

«Es wäre sehr nett von Ihnen, wenn Sie mir rasch schreiben könnten, wie teuer ein Exemplar der ‹Justine› ist und wo es sofort zu haben ist; und auch den Preis der ‹Aphrodites› und von ‹Diable au corps› und welches nach Ihrer Meinung die moralischen oder literarischen Merkmale anderer Schweinereien sind, wie die von Mirabeau und Restif produzierten.

Was Teufel will der Herr Baudelaire mit diesem Paket Unrat anfangen? Herr Baudelaire verfügt über genügend Genie, um das Verbrechen in seinem eigenen Herzen zu untersuchen. Die Auskunft ist für einen großen Mann bestimmt, der glaubt, es nur bei anderen studieren zu können.»

Aber es ist zweierlei, die öffentliche Moral zu verletzen oder sich von ihr schikanieren zu lassen. Die Schlußfolgerungen Baudelaires über die Beziehung zwischen Moral und Kunst sind sehr klar: das Kunstwerk ist notwendigerweise moralisch, da es ja nur dem Verlangen nach dem Schönen entspringt; die Dichter und Schriftsteller haben es nicht nötig, zu moralisieren; sie sind Schöpfer und keine Schulmeister. In seinen *Notes nouvelles sur Edgar Poe*, die er 1857 veröffentlichte und die Baudelaire ausnahmsweise hinreichend befriedigten, so daß er sie wörtlich in seine Studie über Gautier 1857 wiederaufnahm, prangert er unter den Irrlehren, die seiner Meinung nach der Kunst Schaden zufügen, die moralische Irrlehre an:

«Eine Menge Leute bilden sich ein, es sei das Ziel der Dichtkunst, etwas zu lehren; bald soll sie das Gewissen stärken, bald die Sitten vervollkommnen, bald ‹dartun›, was nützlich sei ... Die Poesie — wenn man doch nur ein wenig in sich selber hinabsteigen, seine Seele befragen, seine Erinnerungen an Stunden der Begeisterung wieder auferwecken möchte! — sie hat kein anderes Ziel als sich selber; sie kann gar kein anderes haben, und kein Gedicht wird so groß, so edel, so wahrhaftig des Namens Gedicht würdig sein, wie dasjenige, das einzig geschrieben ist um des Vergnügens willen, ein Gedicht zu schreiben.

Ich will nicht sagen, daß die Poesie nicht die Sitten veredele — man verstehe mich recht —, daß es nicht ihr Endresultat sei, den Menschen über das Niveau der gemeinen Interessen zu erheben; das wäre offenbar eine Absurdität. Ich sage einfach: wenn der Dichter ein moralisches Ziel verfolgt hat, so hat er seine dichterische Kraft vermindert; und es ist gar nicht so unklug, dann zu wetten, daß sein Werk schlecht sein wird. Bei Strafe des Todes oder der Ohnmacht kann sich die Poesie nicht der Wissenschaft oder der Moral assimilieren; sie hat nicht die Wahrheit, sie hat einzig sich selber zum Gegenstande. Die Arten, die Wahrheit darzulegen, sind andere und liegen auf an-

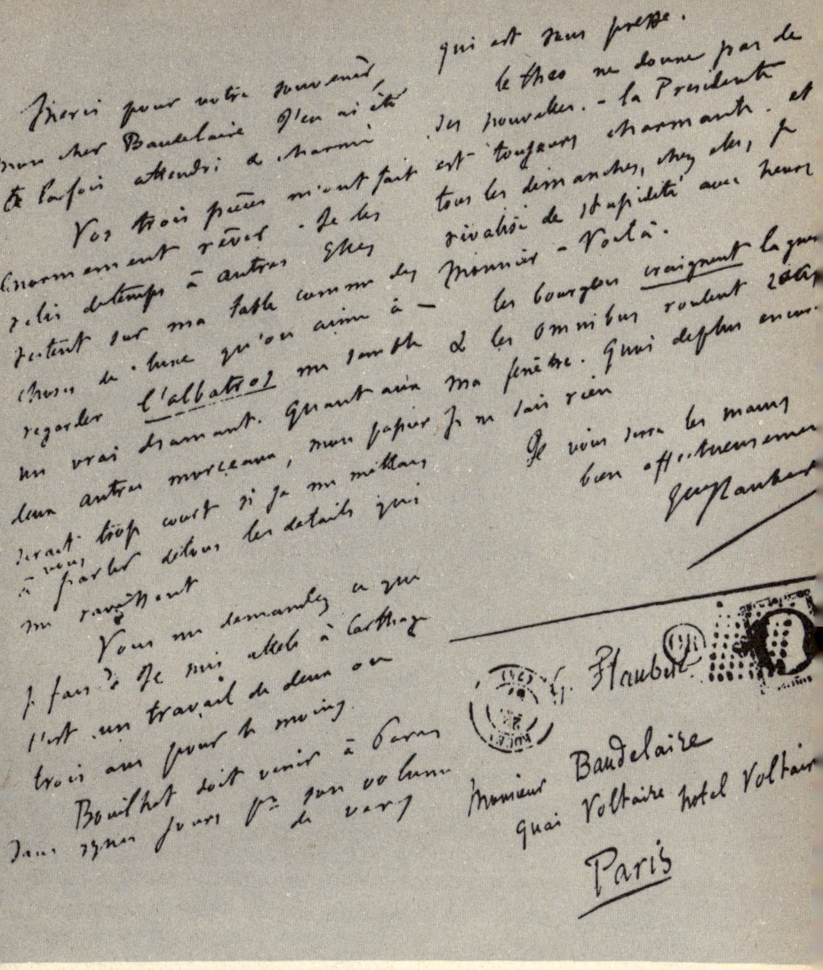

Merci pour votre souvenir, mon cher Baudelaire. J'en ai été à la fois attendri et charmé.

Vos trois pièces m'ont fait énormément rêver. Je les relis de temps à autres. Elles gisent sur ma table comme des choses de luxe qu'on aime à regarder. L'albatros me semble un vrai diamant. Quant aux autres morceaux, mon papier serait trop court si je me mettais à parler de tous les détails qui me ravissent.

Vous me demandez ce que je fais? Je suis attelé à Carthage. C'est un travail de deux ou trois ans pour le moins.

Bouilhet doit venir à Paris dans quinze jours pour son volume de vers qui est sous presse.

Le Théâtre ne donne pas de nouvelles. – La Présidente est toujours charmante. et tous les dimanches, chez elle, je rivalise de stupidité avec Henri Monnier. – Voilà.

Les bourgeois craignent la guerre. Les omnibus roulent sous ma fenêtre. Quoi de plus encore? Je ne sais rien.

Je vous serre les mains bien affectueusement.

G Flaubert

G. Flaubert

Monsieur Baudelaire
Quai Voltaire hotel Voltaire
Paris

Brief von Flaubert an Baudelaire, der ihm ein Exemplar der «Revue Française» vom 10. 4. 1859 mit drei darin abgedruckten Gedichten aus den «Fleurs du Mal» gesandt hatte.

deren Gebieten. Die Wahrheit hat mit den Liedern nichts zu schaffen. Alles, was den Reiz, die Anmut, das Unwiderstehliche eines Liedes bildet, würde der Wahrheit ihre Autorität und ihre Macht nehmen. Kühl, ruhig, leidenschaftslos, weist die demonstrative Stimmung die Diamanten und die Blumen der Muse zurück; sie ist also die direkte Umkehrung der poetischen Laune.»

Tatsächlich entspringt keine der verschiedenen Ausdrucksarten der Kunst direkt der Moral. Auch der Roman ist ihr nicht tributpflichtig, und Baudelaire beklagt in seinem Vorwort zu *Martyrs ridicules*, daß Cladel dem Glanz seines Berichtes durch eine Predigt geschadet hat:

«An einer der besten Stellen des Buches zeigt er (Cladel) uns einen braven Mann, einen Offizier von Ehre und Geist, der aber vorzeitig gealtert und durch schwächenden Kummer und falsche Hygiene des Trinkens dem Spott einer kneipenden Bande ausgesetzt ist. Der Leser ist unterrichtet über die einstige moralische Größe von Pipabs und der gleiche Leser leidet das Martyrium dieses ehemaligen Tapferen mit, der schön tut, herumhopst, kriecht, deklamiert und sich ziert, um ... was von diesen jungen Peinigern zu erhalten? Das Almosen eines letzten Glases Absinth. Plötzlich wird die Entrüstung des Autors mit Stentorstimme im Munde einer der Personen laut, die mit der Kurzweil dieser Sudler kurzen Prozeß macht. Die Rede ist sehr beredt, sehr erhebend; leider ist die persönliche Note des Autors, seine aufgebrachte Schlichtheit nicht genügend verschleiert. Der Dichter läßt sich unter seiner Maske noch sehen. Die höchste Kunst hätte darin bestanden, eisig und verschlossen zu bleiben und dem Leser das ganze Verdienst der Entrüstung zu lassen. Die Wirkung des Abscheus wäre dadurch vergrößert worden. Daß die offizielle Moral hier ihren Nutzen sieht, ist unbestreitbar; aber die Kunst verliert, und mit der echten Kunst verliert auch die echte Moral: der Dünkel verliert niemals.»

Flaubert, der ein besserer Künstler als Cladel ist, hatte sich sorgfältig davor gehütet, die Geschichte von Madame Bovary mit sittlichkeitsfördernden Weitschweifigkeiten zu beschweren. Am Tage nach der Verurteilung seiner *Blumen des Bösen* gratuliert ihm Baudelaire in einem Artikel des *Artiste*:

«Mehrere Kritiken haben gesagt: dieses durch die Genauigkeit und die Lebhaftigkeit der Schilderung wirklich sehr schöne Werk enthält nicht eine einzige Person, die die Moral darstellt und das Gewissen des Autors vertritt. Wo ist sie, die sprichwörtliche und legendäre Person, die damit beauftragt ist, die Fabel zu erklären und die Intelligenz des Lesers zu leiten? Mit anderen Worten, wo ist die Anklagerede?

Absurdität! Ewige und unverbesserliche Verwechslung der Amtshandlungen mit den Dichtungsarten! – Ein echtes Kunstwerk braucht keine Anklagerede. Die Logik des Werkes genügt allen moralischen Postulaten, und es kommt dem Leser zu, aus den Schlußfolgerungen die Schlußfolgerung zu ziehen.»

Man möge nicht glauben, daß dies bei Baudelaire Gelegenheitsprinzipien waren, um den Anklagen entgegenzutreten, die sich mit seiner eigenen Poesie befaßten. Schon 1851 vertrat er in einem Artikel über *Die anständigen Dramen und Romane* die gleichen Überzeugungen. Weit davon entfernt, pro domo zu plädieren, attackiert er die abgeschmackte «École du bon sens»:

«Es gibt große und schreckliche Worte, die unaufhörlich die literarische Polemik durchkreuzen: die Kunst, das Schöne, das Nützliche, die Moral. Ein großes Durcheinander entsteht; und aus Mangel an philosophischer Weisheit beansprucht jeder für sich die Hälfte der Fahne und versichert, daß die andere überhaupt keinen Wert hat... Es ist schmerzlich, festzustellen, daß wir in zwei entgegengesetzten Schulen die gleichen Irrtümer finden; in der bürgerlichen Schule und in der sozialistischen Schule. Moral! Moral! schreien alle beide in Missionsfieber. Natürlich predigen die einen die bürgerliche, die anderen die sozialistische Moral. Damit ist die Kunst dann nur noch eine Frage der Propaganda.

Ist die Kunst nützlich? Ja. Warum? Weil sie Kunst ist. Gibt es eine verderbliche Kunst? Ja. Es ist die Kunst, die die Lebensumstände stört. Das Laster ist verführerisch, es muß also verführerisch gezeichnet werden; aber es schleppt Krankheiten und moralische Schmerzen besonderer Art mit sich; sie müssen beschrieben werden. Untersucht alle Wunden wie ein Arzt, der in einem Krankenhaus Dienst tut, und die Schule der Vernunft, die ausschließlich moralische Schule, wird keine Stelle mehr finden, wo sie zubeißen kann. Wird das Verbrechen immer gesühnt, die Tugend immer belohnt?

Nein; wenn aber euer Drama oder euer Roman gut gemacht sind, dann werden sie niemandem Lust einflößen, den Naturgesetzen Gewalt anzutun. Die erste notwendige Bedingung für eine gesunde Kunst ist der Glaube an die vollständige Einheit. Ich glaube nicht, daß man mir ein einziges Werk der Phantasie ausfindig machen könnte, das alle Bedingungen des Schönen in sich vereint und das ein verderbliches Werk wäre.

...Ich habe einen Freund, der mir mehrere Jahre hindurch die Ohren mit Berquin vollgeschrien hat. Das ist ein Schriftsteller! Berquin! ein charmanter Autor, gut, tröstlich, wohltätig, ein großer Schriftsteller! Da ich als Kind das Glück oder das Pech hatte, nur die dicken Bücher für Erwachsene zu lesen, kannte ich ihn nicht. Eines Tages, als ich den Kopf voll hatte mit dem Modeproblem: die Moral in der Kunst, da spielte mir die Vorsehung der Schriftsteller einen Band von Berquin in die Hände. Zu allererst stellte ich fest, daß die Kinder dort wie Erwachsene reden, wie Bücher, und daß sie ihre Eltern maßregeln. Hier haben wir eine falsche Kunst, sagte ich mir. Und im Weiterlesen stellte ich fest, daß das Artigsein dort beständig mit Zuckerwerk überhäuft wurde, während die Bosheit unveränderlich durch Strafe lächerlich gemacht wurde. Wenn ihr artig seid, dann bekommt ihr Leckereien, das ist die Basis dieser Moral. Die Tugend ist die conditio sine qua non des Erfolges. Es ist zu bezweifeln, daß Berquin Christ war. Da haben wir diesmal eine verderbliche Kunst, sagte ich mir. Denn der Schüler von Berquin, der ins Leben tritt, wird

den Satz rasch umkehren: der Erfolg ist die conditio sine qua non der Tugend. Übrigens wird ihn das Etikett des beglückenden Verbrechens täuschen, und, den Vorschriften des Meisters nachhelfend, wird er sich in der Herberge des Lasters einrichten und glauben, unter dem Aushängeschild der Moral zu wohnen.»

Denselben Prinzipien entstammt die Mißbilligung, die Baudelaire für öffentliche Belohnungen hegt. Der Artikel, den wir soeben zitiert haben (*Les Drames et les Romans honnêtes*) und der wenige Tage vor dem Staatsstreich vom 2. Dezember erschien, empört sich gegen die Verfügung, mit Hilfe deren der Minister Faucher eine Preisverteilung für Theaterstücke einrichtete, «die geeignet sind, der Unterweisung der arbeitenden Klassen durch die Propagierung gesunder Ideen und das Schauspiel guter Beispiele zu dienen.»

«Die Preisverteilungen sind vom Übel», antwortet Baudelaire. *«Akademische Preise, Tugendpreise, Ordensverleihungen, alle diese Erfindungen des Teufels ermutigen die Scheinheiligkeit und vereisen den unmittelbaren Aufschwung eines freien Herzens. Wenn ich einen Mann um das Kreuz bitten sehe, dann kommt mir das so vor, als ob ich ihn zu seinem Machthaber sagen höre: Ich habe meine Pflicht getan, das ist wahr; aber wenn Sie es nicht allen sagen, dann schwöre ich, daß ich damit nicht noch einmal beginne.*

Was hindert zwei Schelme sich zusammenzutun, um den Preis Montyon[1] zu gewinnen? Der eine wird das Elend vortäuschen und der andere die Mildherzigkeit. In einer offiziellen Preiskrönung liegt etwas Verletzendes für den Menschen und für die Menschheit, etwas, das dem Schamgefühl der Tugend anstößig erscheint. Ich meinesteils möchte keinen Menschen zu meinem Freunde machen, der einen Tugendpreis erhalten hätte: ich würde fürchten, einen unerbittlichen Tyrannen in ihm zu finden.

Was die Schriftsteller anlangt, so liegt ihre Preiskrönung in der Schätzung durch ihresgleichen und in der Kasse der Buchhändler.

In was zum Teufel mischt sich der Herr Minister? Will er Scheinheiligkeit schaffen, um das Vergnügen zu haben, sie zu belohnen? Jetzt wird der Boulevard zu einer ewigen Predigt werden. Wenn ein Autor einige Monatsmieten zu zahlen hat, dann schreibt er ein anständiges Stück; und wenn er viel Schulden hat, dann schreibt er ein engelhaftes Stück.

Eine schöne Einrichtung!»

Die der «nützlichen» Kunst versprochenen Belohnungen bringen Baudelaire in Zorn und mit ihm alle freien Geister, aber sie stören weder die bürgerliche Moral noch die sozialistische Moral, denn sie

1 Montyon (1733–1820) stiftete aus seinem Reichtum Preise für Tugend und Wissenschaft.

Porträt Baudelaires, Detail aus dem Gemälde «Huldigung an Delacroix» von Fantin-Latour (Louvre)

ermutigen Dummheit und Scheinheiligkeit, die Kardinaltugenden jeder gesitteten Gesellschaft. In *Mon cœur mis à nu* liest man:

«All die bürgerlichen Faselhänse, die ohne Unterlaß die Worte ‹unmoralisch, Unmoral, moralische Wirkung der Kunst› und ähnliche Dummheiten im Munde führen, erinnern mich an Louise Villedieu, eine Fünffranken-Dirne, die, als sie mich einmal in den Louvre begleitete, den sie noch nie betreten hatte, fortwährend errötete, ihr Gesicht mit den Händen bedeckte, mich alle Augenblicke am Ärmel zupfte und mich vor den unsterblichen Gemälden und Statuen fragte, wie man nur solche Unanständigkeiten öffentlich ausstellen könne.»

DAS KREUZ UND DIE AKADEMIE

Eine grausame Ironie des Schicksals wollte es, daß Baudelaire, der Verächter öffentlicher Ehren, sich um die akademische Kandidatur bewarb und von dem Kreuz der Ehrenlegion träumte, wobei er noch nicht einmal behauptete, das Recht sich zu widersprechen in Anspruch zu nehmen, auf das er einst gepocht hatte. Der Ursprung dieses Widerrufs ist in der Verurteilung der *Blumen des Bösen* zu suchen und mehr noch in der Unfähigkeit Baudelaires, von seiner Feder zu leben.

Mit fünfunddreißig Jahren rechtfertigte das wachsende Elend des Dichters in den Augen seiner Mutter das Herbeiholen eines Vormundes, das sie schon früh angeregt und gegen das er sich immer aufgelehnt hatte. Glänzende Auszeichnungen – erst das Kreuz und dann die Akademie – hätten Baudelaires Ansehen bei Madame Aupick, die zum mindesten bis 1858 in ihrem Sohn nichts als einen Gescheiterten sah, von dem nur Ärger zu erwarten war, sehr gehoben.

Am 22. August 1858 schrieb Baudelaire an seine Mutter:

«Der 15. August ist also vorbeigegangen, ohne daß die Dekoration sich eingestellt hat. Ich weiß nicht, ob ich Dir schon davon gesprochen hatte, daß schon im vergangenen Jahr die Rede davon war, aber durch den Prozeß um die ‹Blumen des Bösen› war die Frage vertagt worden. Wenn ich ganz offen reden soll, dann mißfallen mir die kürzlichen Ernennungen dermaßen, daß ich hocherfreut darüber bin, nicht in einen Schub Massenernennungen zu gehören, und vor allem nicht in diesen.»

«Dieser» war in Wahrheit nicht mehr und nicht weniger glänzend als irgendein anderer. Murger erhielt dort ein Ende Ordensband und Sandeau eine Schleife. Eine derartige Beförderung konnte weder die Lüsternheit noch die Empörung Baudelaires besonders erregen, der in *Mon cœur mis à nu* sagt:

«Hat ein Mensch sich Verdienste erworben — wozu ihn dann noch auszeichnen? Hat er keine, mag man ihm einen Orden verleihen, das wird ihm ein wenig Ansehen geben.

Einzuwilligen, daß man einen Orden erhält, heißt, dem Staat oder dem Fürsten das Recht zuerkennen, einen zu beurteilen, einem Ansehen zu verleihen usw.»

Später, 1860, spricht Baudelaire seiner Mutter erneut von der Dekoration:

«Es war immer noch die Rede von diesem lächerlichen Ehrenkreuz. Ich hoffe sehr, daß das Vorwort zu den ‹Blumen›[1] *die Sache für immer unmöglich macht. Übrigens habe ich demjenigen meiner Freunde, der mir diese Eröffnung machte, mutig geantwortet: ‹Vor zwanzig Jahren (ich weiß, daß absurd ist, was ich sage) wäre es gut gewesen! Heute will ich eine A u s n a h m e sein. Man möge alle Franzosen dekorieren, a u ß e r m i r. Ich werde meine Sitten und meinen Stil niemals ändern. An Stelle des Kreuzes sollte man mir G e l d geben, G e l d, nichts als G e l d. Wenn das Kreuz fünfhundert Franken wert ist, dann soll man mir fünfhundert Franken geben. Wenn es nur zwanzig Franken wert ist, dann soll man mir zwanzig Franken geben.› Kurz, ich habe den Flegeln geantwortet w i e e i n F l e g e l. Je unglücklicher ich werde, um so mehr wächst mein Hochmut.»* (11. Oktober 1860).

Aber trotz dieser Verachtung, die sicher aufrichtig war, läßt Baudelaire nicht davon ab, das Kreuz zu wünschen, um es den zwei oder drei stupiden Bürgern, aus denen die ganze Umgebung von Madame Aupick besteht, entgegenzuhalten und um mit dem Kreuz endlich die mütterliche Achtung zu erzwingen.

Seine verblüffende Kandidatur an der Akademie Ende des Jahres 1861 entspringt der gleichen Sorge. Die Akademie blendet ihn im ganzen nicht mehr als das Corps der Legionäre. Außer Sainte-Beuve und Vigny (Hugo ist im Exil) ist unter den Mitgliedern der Académie Française keiner, den er als Meister anerkennen, ja nicht einmal einer, den er als seinesgleichen ansehen könnte. In dem Brief vom 11. Dezember, in dem er dem Generalsekretär seinen Wunsch vorträgt, unter die Kandidaten, die sich um einen der freien Stühle bewerben, eingetragen zu werden, heißt es abschließend:

«Die bestimmende Erwägung, die mich dazu treibt, um Ihre Stimme zu bitten, ist folgende: Wollte ich sie erst dann erbitten, wenn ich mich ihrer würdig fühle, so würde ich sie — ich weiß es — nie erbitten. Letztlich habe ich mir gesagt, es sei besser, sofort zu beginnen; wenn mein Name unter einigen von Ihnen bekannt ist, dann wird meine Kühnheit vielleicht gut vermerkt werden, und einige w i e

---

1 Gemeint ist das für die 2. Auflage geplante Vorwort.

Karikatur von Nadar: Baudelaire

durch ein Wunder erhaltene Stimmen werden von mir als eine großzügige Ermutigung aufgefaßt werden, und als ein Befehl, es besser zu machen.»

Die Wahrheit läßt sich leicht erraten: Baudelaire hat keine Illusionen über die Chancen seiner Kandidatur; einige *«wie durch ein Wunder»* erhaltene Stimmen würden ihn befriedigen: sie würden seiner Mutter zeigen, daß bedeutende Persönlichkeiten ihn nicht mißachten. In seinem materiellen und moralischen Elend wäre ihm ein derartiger Beweis kostbar. Er präsentiert sich der Akademie wie ein von Gerichtsvollziehern gejagter Schuldner, der sich ein Los bei der Lotterie kauft, das ihn seiner Bedrängnis auch nicht entheben würde, wenn es das große Los wäre.

Aber auf den Rat von Sainte-Beuve zieht er seine Kandidatur vor der Wahl des Nachfolgers von Lacordaire zurück. Er hätte nicht eine

Zu dieser Zeichnung Baudelaires bemerkt Jacques Crépet: «Das breite Band, mit dem Baudelaire sein Knopfloch geschmückt hat, läßt uns diese Zeichnung in die Jahre 1857/58 datieren, denn in dieser Zeit — etwas vor und etwas nach dem Prozeß um die «Fleurs du Mal» — hoffte er auf eine Auszeichnung.»

Stimme erhalten. «Ihr Verzicht hat nicht mißfallen», schreibt ihm Sainte-Beuve am 15. Februar 1862, «und als man Ihren letzten Satz des Dankes vorlas, der in so bescheidenen und höflichen Worten gehalten ist, da wurde laut gesagt: Sehr gut! So haben Sie von sich einen guten Eindruck hinterlassen; ist das denn nichts?»

Lassen wir Sainte-Beuve und seine Kollegen bei dem «guten Eindruck», den sie von Baudelaire gehabt haben. Der große Literaturkritiker hat sich über den Wert der *Blumen des Bösen* sehr getäuscht.

BAUDELAIRE UND DIE REGIERUNG

Wie Baudelaire sich widerspricht, indem er bei der Akademie kandidiert, so hatte er sich schon widersprochen, als er bei der Regierung nachgesucht hatte.

1855 verkündete er noch mit lauter Stimme seinen Willen, niemals irgend einer Macht den Hof zu machen. Er berichtet seiner Mutter von einer Unterhaltung, die er mit seinem Vormund hatte:

«Sogar zu Ancelle sprach ich heute morgen von einer Sache, die ich recht vernünftig finde. Ich sagte zu ihm: Würden Sie vorziehen, daß ich das tue, was ich noch unter keinem Ministerium und keiner Regierung getan habe, was aber so viele Literaten tun, die weniger hochmütig sind als ich? Einen Minister um Geld zu bitten, flößt mir Abscheu ein, und doch ist das beinahe ein Brauch; es gibt einen Fonds dafür. Was mich betrifft, so bin ich von einem Hochmut und einer Vorsicht, die mich diesen Mitteln immer ferngehalten haben. Niemals wird mein Name in den unedlen Papierstößen einer Regierung erscheinen. Lieber habe ich bei allen Schulden.» (20. Dezember 1855)

1857 ist es ihm nicht mehr möglich, Wort zu halten. Er hat überall Schulden. Alle Borger, die er finden konnte, hat er in Anspruch genommen. Außenstände bei Zeitungen und Verlegern sind völlig belastet. Am Vorabend der Veröffentlichung der *Blumen des Bösen* richtet er an den Minister für öffentliches Unterrichtswesen eine Eingabe um «Unterstützung aus dem Fonds für Wissenschaft und Literatur», der Seine Exzellenz M. Gustave Rouland stattgibt, indem er ihm einige Tage später eine Vergütung «à titre éventuel» über 200 Francs zuspricht.

Später bittet Baudelaire noch mehrere Male um die Hilfe der Regierung. Im November 1857, nach der Verurteilung seines Buches, sucht er sogar Hilfe bei der Kaiserin, um, wenn nicht einen vollständigen Erlaß, so doch wenigstens eine spürbare Ermäßigung der Strafe über 300 Francs zu erwirken, die die Strafkammer ihm auferlegt hat. Am 20. Januar 1858 reduziert der Siegelverwalter diese Strafe auf 50 Francs; der Verurteilte ist praktisch vom Minister für öffentliches Unterrichtswesen von ihr entbunden, da ihm am 18. Januar eine zweite Summe von 100 Francs bewilligt wird.

Der Brief, den Baudelaire im September 1857 nach dem Prozeß um die *Blumen des Bösen* von Hugo erhielt, ist so häufig zitiert worden, daß der Dichter von sehr vielen als ein Opfer des Kaiserreichs angesehen wird. «Was die Regierung ihre Gerechtigkeit nennt», hatte ihm Hugo geschrieben, «hat Sie im Namen dessen verurteilt, was sie ihre Moral nennt.» Das klingt sehr beredt, ist von der Wahrheit sehr weit entfernt. Die Irrtümer, ja, selbst die Verbrechen des kaiserlichen Regimes sind zwar offenkundig, aber Baudelaire hat persönlich unter diesem Regime nicht gelitten. Er war das Opfer der beschränktesten Bourgeoisie, der, zu welchem Glauben sie sich auch bekennen mochte, jegliche Geistigkeit fehlte.

Baudelaire. Photographie von Nadar

Es schien uns angebracht, die allerletzten Texte Baudelaires nicht heranzuziehen. Seine Krankheit hat ihm offenbar nicht erlaubt, seine Worte genau abzuwägen. Wir haben jedoch zu Beginn unserer Studie einem Brief an Ancelle vom Februar 1866 einige Zeilen über die *Blumen des Bösen* entnommen und wollen jetzt die Stelle dieses Briefes vollständiger zitieren, in der Baudelaire seine Wahrheit herausschreit, indem er seine Liebe durch die Herrechnung seines Hasses definiert:

«Sie waren ein rechtes Kind, zu vergessen, daß Frankreich die Poesie, die echte Poesie, verabscheut; daß Frankreich nur Schmutzfinken wie Béranger und de Musset liebt; daß einer, der sich der Orthographie befleißigt, für einen Mensch ohne Herz gilt (was übrigens ziemlich logisch ist, da Leidenschaft sich immer schlecht ausdrückt); und schließlich, daß die tiefe, aber komplizierte, bittere und (der Erscheinung nach) kalt dämonische Poesie weniger als alles andere für die ewige Frivolität geschaffen ist!

Muß ich Ihnen sagen, Ihnen, der Sie es ebensowenig erraten haben wie alle anderen, daß ich mein ganzes Herz, meine ganze Zärtlichkeit, meine ganze Religion (verschlüsselt) und meinen ganzen Haß in dieses gräßliche Buch gelegt habe? Es ist wahr, daß ich das Gegenteil schreiben werde, daß ich mich hoch und teuer verschwören werde, es sei ein Buch der reinen Kunst, der Äfferei, der Gaukelkunst, und ich werde lügen wie ein Kurpfuscher.

Und was ich sagen wollte! Was ist das nun also, die phantasievolle Dichtkunst? Niemals werde ich es erraten. Ich glaube nicht, daß Deschanel es erklären kann[1]*, wie ich nicht glaube, daß ein Journalist oder irgendein Professor den Sinn eines einzigen Wortes erklären kann, dessen er sich bedient. — Es gibt also eine Dichtkunst der Phantasie und eine Dichtkunst, die das nicht ist. Was ist das denn für eine, die nicht auf der Phantasie des Künstlers, des Dichters beruht, d. h. auf seiner Art, zu fühlen?*

Erinnern Sie sich übrigens im Hinblick auf Gefühl, Herz und andere weibische Disziplinlosigkeiten an das tiefe Wort von Leconte de Lisle: Alle Elegiendichter sind Canaillen!

... Außer Chateaubriand, Balzac, Stendhal, Mérimée, de Vigny, Flaubert, Banville, Gautier und Leconte de Lisle ist mir das ganze moderne Gesindel ein Greuel. Ihre Akademiker ein Greuel. Ihre Liberalen ein Greuel. Die Tugend ein Greuel. Das Laster ein Greuel. Der flüssige Stil ein Greuel. Der Fortschritt ein Greuel. Reden Sie mir nie wieder von Nichts-Sagern.»

Diese Zeilen, oder vielmehr diese Schreie, sind vom 18. Februar 1866. Baudelaire stößt sie in Brüssel aus, ohne Atem zu holen,

1 Ancelle hatte einen literarischen Vortrag von Émile Deschanel gehört, den Baudelaire für einen «Einfaltspinsel, einen Professor für junge Mädchen usw.» hielt.

gleichsam, als ob er gefühlt hätte, daß das Wort ihm bald entzogen werde. Ende März verliert er die Sprache. Hinzu kam eine Lähmung seiner rechten Seite. Alle Möglichkeiten, sich auszudrücken, waren dahin, er konnte von nun an weder reden noch schreiben. Mit großer Mühe gelang es ihm manchmal, ein einziges Wort zu stammeln, das noch immer ein Protest war: «*Crénom!*»[1] – das die frommen Schwestern des Institut Saint-Jean et Sainte-Elisabeth, in das er geschafft worden war, um darauf zu warten, daß seine Mutter ihn nach Paris holen werde, in Schrecken setzte. Als er am 19. April das Institut verlassen hatte, ließen die Nonnen einen Teufelsaustreiber in sein Zimmer kommen.

DER TOD

Mit sechsundvierzig Jahren gaben ihm seine Gebrechlichkeit, seine ausgemergelten Züge und seine weißen Haare das Aussehen eines Greises. Als ihn der Tod am 31. August 1867 in einer Heilanstalt des Stadtviertels Chaillot holte, konnte man sagen, daß er einen Verdammten erlöste, aber einen Verdammten, dessen Lähmung nicht erraten ließ, ob er sich der Befreiung bewußt war oder ob er sich jener Ungnade ausgesetzt fühlte, die er in *Mon cœur mis à nu* geschildert hatte:

«Einem zu Tode Verurteilten Chloroform zu geben, wäre eine Ruchlosigkeit, denn dies hieße, ihm das Bewußtsein seiner Größe als Opfer zu rauben und seine Aussichten auf das Himmelreich zu vernichten.»

Auf das Himmelreich? ... Zwanzig Jahre lang war das eine der dauerhaftesten Besessenheiten Baudelaires. Wahrscheinlich hat er sie von jeher mit sich herumgetragen, aber Krankheit, Beengtsein, Angst und öffentliches Verstoßensein haben seinen Durst nach dem Paradies ganz gewiß bis zur Erbitterung getrieben. Seine Sehnsucht oder seine Suche nach allen möglichen Paradiesen, vom «grünen Paradies der kindlichen Liebe» bis zu den künstlichen Paradiesen des Alkohols, des Opiums und des Haschischs offenbaren es.

Die Liebe zum Nirwana, die er so häufig in seinen Versen oder in seinen Briefen ausdrückt, kann wohl der Sorge um das ewige Heil widersprechen, das in seinen Tagebüchern zum Ausdruck kommt. In Wirklichkeit sind beide das gleiche, das eine wie das andere vermitteln uns den Hang, sich unerträglichen Lebensumständen zu entziehen, sich von sich selbst zu befreien. Dieses Begehren ist hoffnungslos, denn keine Illusion hält stand. Vielleicht liegen nur einige Tage zwischen Baudelaires Notiz in *Mon cœur mis à nu*: «*Die Sorge um unser Heil macht uns von der Zukunft abhängig*» und dem Gedicht *Le Rêve d'un curieux*, das er für Nadar geschrieben hat:

---

[1] Abkürzung von «Sacré Nom de Dieu», etwa: Verdammt!

~~Voici les nouveaux vers, avec la liste … de tout ce que vous avez à moi :~~

1 à une madone
2 Le Cygne
3 Le Squelette laboureur
4. Obsession
5. un fantôme (4 sonnets)
6. Le rêve d'un curieux.
7 Rêve parisien.

~~Mais quand ?~~

Le rêve d'un Curieux

~~à Félix Nadar~~

Connais-tu comme moi, la douleur savoureuse ?
De toi dit-on souvent : « quel homme singulier ! » ?
— J'allais mourir. C'était dans mon âme amoureuse,
Désir mêlé d'horreur, un mal particulier ;

angoisse et vif espoir, sans humeur factieuse ;
Plus allait se vidant le fatal sablier
Plus ma torture était âpre et délicieuse ;
Tout mon cœur s'arrachait au monde familier.

J'étais comme l'~~Enfance~~ Enfant, avide du spectacle
haïssant le rideau comme on hait un obstacle …
~~Mais voilà qu'une idée étrange me glaça :~~

~~— J'étais mort ô miracle ! et la terrible aurore~~
~~avait lui ! — « Quoi ! me dis-je alors, ce n'est que ça ? »~~
~~La toile était levée et j'attendais encore.~~

Et puis la vérité froide se révéla ;
J'étais mort sans surprise et la terrible aurore
M'enveloppait. Eh quoi ! n'est-ce donc que cela ?
La toile était levée et j'attendais encore.

«Hast du gleich mir die Lust der Schmerzen einst ertragen,
Und sagt man von dir: ‹Welch sonderbarer Mann›?
— Ich lag im Sterben, doch im Herzen voll Behagen
War Scheu und Gier gemischt, ein seltsames Gespann;

Und Hoffnung wechselte mit Furcht, doch ohne Klagen.
Je mehr der Sand auch schwand, der schicksalträchtig rann,
Je mehr versüßten sich die köstlich herben Plagen:
Mein ganzes Wesen war gleichsam in einem Bann.

Ich war den Kindern gleich, die auf ein Schauspiel harren
Und auf den Vorhang wie auf eine Türe starren ...
Dann offenbarte sich der Wahrheit kaltes Licht:

Ich war gestorben ohn Erstaunen ... lag im Schimmer
Des grausen Morgenrots. — Jedoch was nun! Mehr nicht?
Kein Vorhang war mehr da: ich warte noch immer.»

Der Tod ist hier nur eine Erwartung: aber von den vielen Bildern des Todes, der im Werk Baudelaires überall gegenwärtig ist, ist dies nur eines. Außer François Villon hat kein französischer Dichter so intensiv in vertrautem Umgang mit dem Tod gelebt wie Baudelaire. Wer außer ihm hätte sagen können, daß der Tod *«den Armen und Nackten das Bett bereitet»*?

Handschrift des Sonettes «Le Rêve d'un Curieux», das in die zweite Auflage der «Fleurs du Mal» aufgenommen wurde. Dazu schrieb Baudelaire am 13. März 1860 an Poulet-Malassis: «Gestern abend gab ich Nadar das Sonett zu lesen; er sagte mir, er verstehe kein Wort davon, aber das liege sicherlich an der Schrift, die Druckbuchstaben würden es wohl klarer machen ...»

ANHANG

Unsere Studie über Baudelaire wäre unvollständig, wenn man es unterließe, seine Beziehungen zu Autoren und Werken zu untersuchen, deren Einfluß er beklagt, oder zu Meistern, die er als die seinen begrüßt. Doch diese Alternative trifft nicht ganz: wie wir im Zusammenhang mit Hugo sehen werden, gehören Bewunderung und Abscheu bei Baudelaire zusammen.

Baudelaire und Victor Hugo

Als Baudelaire zu schreiben begann, war Hugo fast vierzig Jahre alt und berühmt. Die ersten Begegnungen zwischen Hugo und Baudelaire fallen etwa in das Jahr 1842. Man muß annehmen, daß die Verführungsgaben von Hugo sich seinem jungen Kollegen gegenüber als unwirksam erwiesen, denn die Freiheit des Urteils, die dieser seit 1845 dem großen Mann entgegenbringt, der Mitglied der Académie Française ist und den Louis-Philippe über kurz oder lang zum Pair von Frankreich machen wird, zeigt, daß das Prestige Hugos ihm nicht imponiert. In seinem *Salon von 1845* schreibt er Hugo den unglücklichen Gebrauch zu, den der Maler Boulanger von seinem Talent macht:

«Das sind die letzten Ruinen des alten Romantismus, und dazu kommt es, wenn man in eine Zeit gerät, in der es üblich ist, zu glauben, daß die Inspiration genügt, um alles andere zu ersetzen; das ist der Abgrund, in den der liederliche Kurs von Mazeppa führt. M. Victor Hugo hat M. Boulanger verdorben, nachdem er schon so viele andere verdorben hat; der Dichter hat den Maler in den Graben gestürzt. M. Boulanger malt jedoch ganz anständig (man betrachte nur seine Porträts); aber wo zum Teufel hat er sein Patent als Geschichtsmaler und inspirierten Künstler her? Hat er es aus den Vorworten oder Oden seines hehren Freundes?»

Im *Salon von 1846* finden sich weitere und sehr viel heftigere Angriffe gegen Hugo.

«Man hat Eugène Delacroix häufig mit Victor Hugo verglichen. Man hatte den romantischen Dichter, es mußte also auch ein romantischer Maler her. Diese Notwendigkeit, um jeden Preis Pendants und Entsprechendes in den verschiedenen Künsten zu finden, führt oft merkwürdige Irrtümer herbei ...

M. Victor Hugo, dessen Adel und Majestät ich gewiß nicht herabmindern will, ist ein sehr viel geschickterer als erfinderischer, ein sehr viel gewissenhafterer als schöpferischer Arbeiter ... M. Victor Hugo läßt auf allen seinen lyrischen und dramatischen Bildern ein schnurgerades System und uniformierte Kontraste erkennen. Selbst

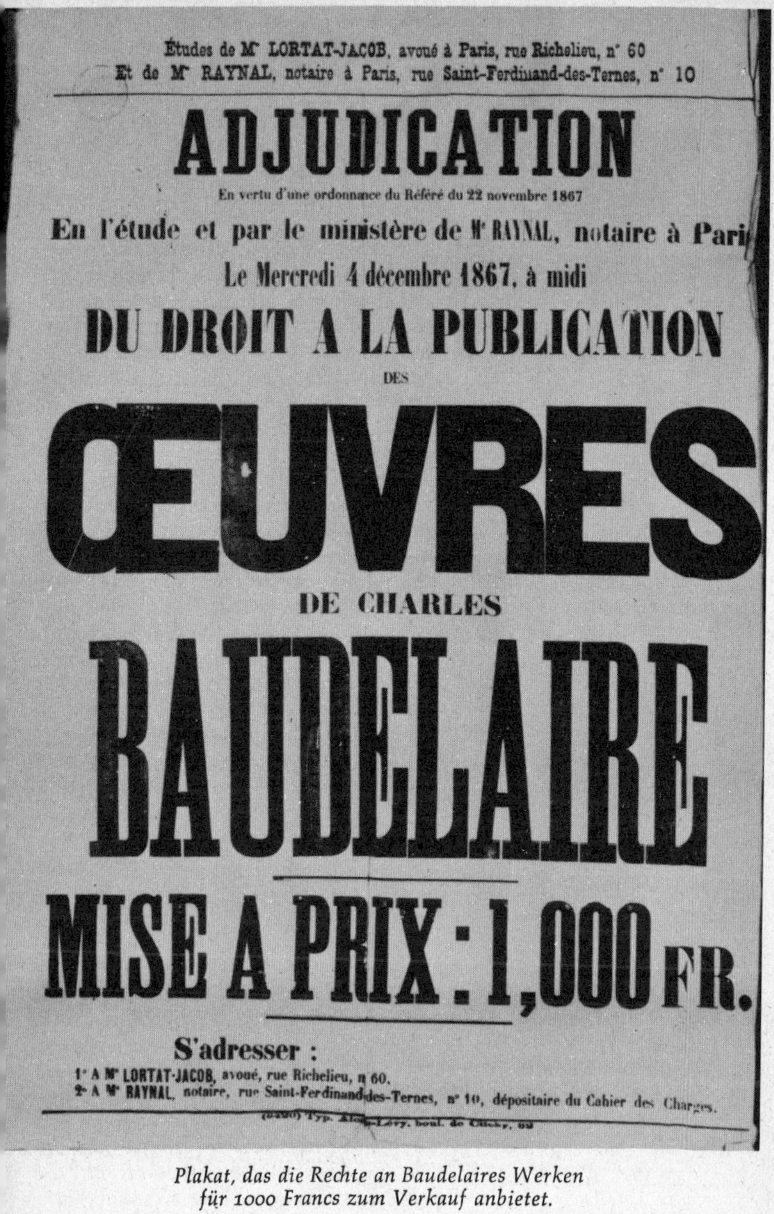

Plakat, das die Rechte an Baudelaires Werken für 1000 Francs zum Verkauf anbietet.

das Exzentrische nimmt bei ihm symmetrische Formen an. Er ist im gründlichen Besitz aller Reimtöne, aller antithetischen Hilfsmittel, aller Mogeleien mit der Apposition, und wendet sie kaltblütig an. Er ist ein Komponist der Dekadenz oder des Übergangs, der sich seines Handwerkszeuges mit einer wahrhaft bewunderungswürdigen und merkwürdigen Geschicklichkeit bedient.»

Diese Art, Hugo auf den Rang eines geschickten Machers herabzuwürdigen, kann überraschen. Es ist jedoch in Betracht zu ziehen, daß Hugo sich 1846 als sehr gemessener Schriftsteller zeigte, als vorsichtiger Verwalter seiner Gaben, von dem man hätte sagen können, daß seine Karriere ihm mehr am Herzen lag als die Bereicherung der französischen Poesie um bisher noch ungehörte Weisen. Er schien die Jugend nicht mehr für neue Kämpfe um *Hernani* mobilisieren zu wollen. Seit seinem Eintritt in die Akademie 1841 hatte er lediglich *Le Rhin* und *Les Bourgraves* veröffentlicht. Seit einem Jahr saß er in der Abgeordnetenkammer von Paris. Selbst seine Liebe nahm bürgerliche Formen an.

Zwischen 1846 und 1855 ist Baudelaire Hugo entschieden nicht näher gekommen. Sollte die Politik ihre Meinungsverschiedenheit verschärft haben? Doch die Politik wiegt bei den Sympathien und Antipathien Baudelaires recht wenig. Es ist ihm unwichtig, daß Hugo zum Sozialismus umgeschwenkt ist, während er selbst sich dem Standpunkt des *«untadeligen de Maistre»* verband. Im Mai 1860 schreibt er sogar, daß er, wenn er von den politischen Satiren Hugos sprechen soll, *«eher mit Hugo als mit Bonaparte beim Staatsstreich»* wäre, obgleich er die *«politische Schnauzerei als ein Zeichen von Dummheit»* ansieht. Viel mehr noch als ihr politisches oder soziales Verhalten ist es ihre Metaphysik, die Baudelaire und Hugo einander entfremdet.

1859 sieht man jedoch Baudelaire dem landesverwiesenen Dichter freundlich entgegengehen und sich von ihm in den *Petites Vieilles* inspirieren lassen, die ihm gewidmet werden. Und als er diese Verse nach Guernsey sandte, begleitete er sie mit schmeichelhaften Reden, an die er den Dichter nicht gewöhnt hatte.

«Die Verse, die ich diesem Brief beifüge, spuken seit langer Zeit in meinem Hirn. Das zweite Stück ist mit der Absicht, Sie zu imitieren, entstanden (lachen Sie über meine Selbstgefälligkeit, ich lache selbst darüber), nachdem ich einiges aus Ihren Sammlungen gelesen hatte, wo sich eine so herrliche Gutherzigkeit mit einer so rührenden Vertrautheit mischt. In den Bildergalerien habe ich manchmal elende Pfuscher gesehen, die die Werke von Meistern kopierten. Gut oder schlecht gemacht, brachten sie manchmal in diese Imitationen ohne ihr Wissen etwas von ihrer eigenen großen oder trivialen Art. Dort liegt vielleicht (vielleicht!) eine Entschuldigung für meine Kühnheit. Wenn die ‹Blumen des Bösen› um dreimal soviel Stoff angeschwollen, als die Justiz ausgemerzt hat, wieder erschei-

nen werden, dann werde ich die Freude haben, an den Anfang dieser Stücke den Namen des Dichters zu setzen, dessen Werke mich soviel gelehrt und die meiner Jugend soviel Genuß bereitet haben.» (27. September 1859)

Victor Hugo

Wahrscheinlich blühten diese Höflichkeiten auch in dem Brief, in dem Baudelaire bei Hugo um ein Vorwort für seine Studie über Gautier bittet, die er als Broschüre veröffentlichen will. Aber wieviel Diplomatie dieser Brief auch enthalten mag, man kann nicht daran zweifeln, daß Baudelaire aufrichtig war, als er Hugo dazu gratulierte, die Amnestie zurückgewiesen zu haben, die das Kaiserreich ihm angeboten hatte. Anderseits weiß man, daß er einen zu hohen Begriff von seiner Dichtung hatte, als daß er jemanden seinen Meister genannt hätte, um sich bei ihm einzuschmeicheln. Als er Hugo *Les Petites Vieilles* darbrachte, zögerte er übrigens nicht, seine eigene Besonderheit zu versichern:

«Ich erinnere mich, daß Sie mir bei der Verurteilung der ‹Blumen des Bösen› ein besonderes Kompliment über meine Brandmarkung sandten, die Sie als eine Auszeichnung bezeichneten. Ich verstand das nicht gut, denn ich war noch zu sehr die Beute des Zorns, der durch den Verlust an Zeit und Geld hervorgerufen worden war. Aber heute, mein Herr, verstehe ich sehr gut. Ich befinde mich sehr wohl unter meiner Brandmarkung, und ich weiß – in welcher literarischen Gattung ich mich auch verbreiten werde –, daß ich hinfort ein Ungeheuer und ein Werwolf bleiben werde.»

Ungefähr zu der Zeit, in der Hugo diesen Brief empfing, erschien der erste Band seiner *Légende des Siècles*, die Baudelaire seiner Mutter empfiehlt:

«Niemals war Hugo so pittoresk und so erstaunlich wie in dem Anfang von Ratbert (Le concile d'Ancône), Zim-Zizimi, Le Ma-

riage de Roland, La Rose de l'Infante; *es liegen dort Fähigkeiten, die nur er allein besitzt.» (Oktober 1859)*

Aber mit der Zeit fällt diese Begeisterung ein wenig auf ihn selbst zurück. Im Februar 1860 schrieb Baudelaire an den Kritiker Armand Fraisse aus Lyon, der sich gerade günstig über Hugo geäußert hatte:

«Sie haben die Quantität ewiger Schönheit nicht genügend unterschieden — bei Hugo ein komischer Aberglaube, der bei ihm infolge der Ereignisse eingedrungen ist, d. h. durch die Dummheit oder die moderne Weisheit, durch den Glauben an den Fortschritt, das Heil des Menschengeschlechtes durch Luftballons usw.»

Es ist gewiß, daß Baudelaire bei Hugo nichts mehr irritiert hat als das, was wir seine Demagogie nennen müssen, so aufrichtig auch Hugo darin gewesen sein mag. Baudelaire hielt die demokratischen Ansichten Hugos für Hirngespinste, aber sie stießen bei ihm nicht auf irgendwelche anderen politischen Meinungen. Er hätte sich dem Optimismus Hugos angepaßt, wie er sich dem Welt-Skeptizismus von Malassis angepaßt hat, wenn dieser Optimismus nicht den Ehrgeiz gehabt hätte, (Baudelaire sagte: die Dummheit) eine Art sozialisierender und utilitaristischer Religion inspirieren zu wollen: die Religion des Fortschritts. Die Ideen Hugos, wie weit er auch von ihnen entfernt sein mochte, schockierten ihn weniger als der Anstrich von Propaganda, mit dem er ihnen Ausdruck verlieh. Alle Briefe aus Guernsey hatten den Ton von Proklamationen. Der Brief, den Baudelaire als Vorwort für seine Broschüre über Gautier erhielt, schien an die Anklebezettel der Wahlkundgebungen zu erinnern: «Ich habe niemals gesagt: die Kunst für die Kunst», schreibt Hugo, «ich habe immer gesagt: die Kunst für den Fortschritt. Das ist im Grunde das gleiche ... Vorwärts! Das ist das Wort des Fortschritts; das ist auch der Schrei der Kunst. Jedes Wort der Dichtung gehört dort hin. I t e .»

Man stellt sich vor, daß Baudelaire im Angesicht einer derartigen Prosa je nach Laune hat lächeln oder zornig werden mögen. Aber seit seinem vierzigsten Lebensjahr ließen ihm sein beengtes Dasein, die Krankheit und vorzeitiges Altern immer weniger Kraft zum Lächeln.

Seine Bewunderung für den Dichter Hugo erlaubt ihm indessen, noch 1861 einen Artikel über ihn zu schreiben, um den Eugène Crépet ihn für eine Anthologie gebeten hatte. Der Artikel ist lobend und unter dem Eindruck der Lektüre von *La Légende des Siècles* verfaßt. Baudelaire beschwört fast mit Rührung den seit zehn Jahren aus Frankreich abwesenden Dichter und gefällt sich darin, die romantische Zeit in Erinnerung zu bringen. Nach dem, was ihm an der Dichtung Hugos zusagte, und nach dem, was er an ihr immer vorgezogen hat, gibt es zu denken, daß er sagt, er sei von den späten Gedichten *Toute la Lyre* nicht enttäuscht:

«Victor Hugo war von Anfang an der bestbegabte, der offensichtlich auserwählte Mann, um durch die Poesie das auszudrücken, was ich das Mysterium des Lebens nennen will. Die Natur, die sich vor uns erhebt, nach welcher Seite wir uns auch wenden mögen, und die uns umhüllt wie ein Mysterium, zeigt sich in mehreren gleichzeitigen Zuständen, deren jeder, je wahrnehmbarer, merklicher er für uns ist, desto lebhafter in unseren Herzen reflektiert: Form, Stellung und Bewegung, Licht und Farbe, Ton und Harmonie. Die Musik der Verse Victor Hugos entspricht den tiefen Harmonien der Natur; als Bildner hebt er in seinen Strophen die unvergeßliche Form der Dinge hervor; als Maler läßt er sie aufleuchten in ihrer eigenen Farbe. Und gleich, als kämen sie direkt aus der Natur, durchdringen die drei Impressionen zugleich das Hirn des Lesers. Dieser dreifachen Impression entspringt nun die Moral der Dinge. Kein Künstler ist universeller als er, keiner geeigneter, zu den Kräften des universellen Lebens sich in Beziehung zu setzen, keiner mehr dafür disponiert, in der Natur ohne Unterlaß zu baden. Nicht allein, daß er klar im Ausdruck ist; er übersetzt buchstäblich jedes klar erfaßliche Schriftzeichen (nämlich aus dem Buche der Natur); mit der unerläßlichen Dunkelheit drückt er dagegen das aus, was dunkel und wirr offenbart ist.»

In dieser Studie über Hugo finden wir keine Anspielung an das, wogegen sich Baudelaire im Werke Hugos sträubt. Wenn man ihn den Geist der Barmherzigkeit loben hört, der Hugo seine «Töne der Liebe für gefallene Frauen» eingibt, dann fragt man sich: sollten ihn diese Töne dergestalt gerührt haben, daß er darüber seinen Abscheu vor der *Marion Delorme* vergessen hat? Das ist nicht unmöglich. Der Charme der Poesie kann die größten Wunder vollbringen. Man kann sich jedoch eines Unbehagens nicht erwehren, wenn er am Ende seiner Lobrede Worte der Zuneigung für Hugo hat. Diese Worte verletzen uns, weil wir wissen, daß sie ihm nicht aus dem Herzen kommen. Wenn man es ohne Schwierigkeiten hinnimmt, daß Baudelaire in seiner Schätzung des Dichters Hugo die wilden Kritiken verhehlen will, mit denen er den Zukunftspropheten Hugo überhäuft hatte, so bedauert man doch für ihn, daß er glaubt, ihn als «geliebten und verehrten Dichter» behandeln zu können. Denn wenn es auch wahr ist, daß er den Dichter auf irgend eine Weise verehrt, dann ist es doch falsch, daß er ihn liebt.

Der Artikel, den er im April 1862 im *Boulevard* über *Les Misérables* veröffentlicht, deren erster Teil gerade erschienen war, betont und nimmt die von seiner Seite ungewöhnlichen Komplimente wieder auf, die er im vergangenen Jahr verteilt hatte. Allen seinen Prinzipien entgegen, und obwohl er obendrein den Begriff des Fortschritts für absurd hält, weil «der Mensch immer dem Menschen gleich bleibt, d.h. das vollkommenste Raubtier ist», stellt er *Les Misérables* als ein erbauliches und folglich nützliches Werk dar. Aber einen Monat später vertraut er seiner Mutter seine wahren Gefühle an, indem er ihr schreibt, daß er wahrscheinlich die Fortsetzung des Werkes gar nicht lesen wird: *«Die Familie Hugo und ihre Jünger verursachen mir Abscheu.»* (24. Mai 1862)

Am 10. August geht er noch weiter; er beichtet Madame Aupick, er habe mit *Les Misérables* gezeigt, daß er *«die Kunst des Lügens beherrscht»*, da er das Lob dieses *«unreinen und abgeschmackten Buches»* habe schreiben und unterzeichnen können.

Chateaubriand und die grosse Schule der Melancholie

Über den kürzlich verstorbenen Delacroix berichtend, schrieb Baudelaire 1863:

«Als dieser in der Geschichte der europäischen Kunst einzigartige Mensch von uns ging, haben wir alle etwas von der seelischen Niedergeschlagenheit gespürt, von diesem Gefühl wachsender Einsamkeit, das uns schon der Tod von Chateaubriand und Balzac hat empfinden lassen, ein Gefühl, das vor kurzem noch durch das Verschwinden von Alfred de Vigny hervorgerufen wurde. In einer großen Nationaltrauer liegt ein Absinken der allgemeinen Lebenskraft, eine Verdunkelung des Geistes, an eine Sonnenfinsternis erinnernd, die eine Augenblicksimitation des Weltuntergangs ist.»

Chateaubriand gehört zu den wenigen Schriftstellern, die Baudelaire für die Meister der Literatur hält. Er nennt ihn mit Victor Hugo und Balzac einen von denen, um die *«das Universum uns beneidet»*. Er zählt ihn zusammen mit La Bruyère und de Buffon zu *«den sichersten und seltensten Meistern der Sprache und des Stils»*. In seinem *Salon von 1859* zitiert er Stellen von Chateaubriand, die sich auf Bilder von Delacroix beziehen und denen er *«Fülle des Stils und des Gefühls»* zuerkennt.

In den Notizen, die er sich für einen Artikel über Laclos und seine *Liaisons dangereuses* gemacht hatte, findet sich ein aus *Natchez* entnommener Satz: «Ich war immer tugendhaft ohne Freude; ich wäre ohne Gewissensbisse kriminell gewesen», den Baudelaire gerne unterstrichen hätte und den er für seine *Blumen des Bösen* als Motto hätte verwenden können.

Die Stimme Chateaubriands scheint ihm *«der Stimme der großen Wasser»* vergleichbar, und in den *Künstlichen Paradiesen* präzisiert er, daß es der Ton dieser Stimme ist, die ihn bezaubert, wie ihn der Ton von *Suspiria de profundis* von De Quincey bezaubert, wovon er sagt:

«Es ist das, was ich auf eine allgemeine Weise gerne den Ton der ‹Geister› nennen würde; ein nicht übernatürlicher, aber der Menschheit beinahe fremder Akzent, halb irdisch, halb außerirdisch, den wir manchmal in den ‹Mémoires d'outre-tombe› finden, wenn der Zorn oder der verletzte Hochmut schweigen und die Verachtung für die Dinge der Erde in völlige Gleichgültigkeit übergeht.»

Baudelaire sieht in Chateaubriand den Schöpfer der *großen Schule der Melancholie,* der er selbst anzugehören sich schmeichelt, und sieht ihn von *seiner Hauptfähigkeit gezeichnet,* die darin besteht, *den schmerzensreichen Ruhm der Melancholie und des Überdrusses zu besingen.*

Wenn man noch hinzufügt, daß er ihn auch bewundert, *der Grand-Seigneur gewesen zu sein, groß genug, um zynisch zu sein,* d. h. der Grand-Seigneur, der Dandy sein will und ist, dann begreift man mühelos, daß er plante, die erbitterte Verteidigung gegen die Angriffe eines Villemain zu übernehmen, für die er die Elemente in einer Erwiderung zusammengetragen hatte:

«Villemain stellt wie Thersites die geschäftige und gehässige Nutzlosigkeit dar. Seine Sätze sind mit Unbrauchbarkeiten vollgestopft; er weiß nichts von der Kunst, einen Satz zu bilden, wie er nichts von der Kunst weiß, ein Buch zu schreiben.

Sein Haß gegen Chateaubriand. — Das ist der Grips eines Pädagogen, unfähig, den großen Ritter des Untergangs zu beurteilen, der zum wilden Leben zurückkehren möchte.

Er wirft Chateaubriand beim Eintritt ins Regiment seinen Hang zum Aufputzen vor. Er wirft ihm Inzest als Quelle seines Genies vor. Nun aber! Was geht mich die Quelle an, wenn ich das Genie genieße!

Später wirft er ihm den Tod seiner Schwester Lucile vor. Überall wirft er ihm seinen Mangel an Empfindsamkeit vor. Ein Chateaubriand hat nicht die gleiche Form der Empfindsamkeit wie ein Villemain.

Der seßhafte Schulmeister findet es absonderlich, daß sich der Reisende als verwilderter Trapper kleidet. Er wirft ihm sein Berühmtheitsduell mit Napoléon vor. Nun, war das nicht auch eine der Leidenschaften von Balzac? Napoléon ist ein Substantiv, das Herrschaft bedeutet, und man könnte durchaus die Regierung Chateaubriands der Napoléons vorziehen.

Die Villemains werden niemals begreifen, daß die Chateaubriands ein Recht auf Unverletzbarkeit und Schonung haben, auf das alle Villemains der Welt niemals werden hoffen können.»

Baudelaire. Stich nach einer Photographie mit dem Namenszug des Dichters

Balzac oder der leidenschaftliche Visionär

Baudelaire erwähnt Balzac unter seinen ersten *literarischen Beziehungen*, und es ist bekannt, daß einer der ersten Texte, die er veröffentlichte, ein anekdotischer Artikel war: *«Wie man seine Schulden bezahlt, wenn man Genie hat»*, in dem er sich etwas auf Kosten des Romanschriftstellers belustigt.

Balzac ist dort dargestellt, wie er traurig die Doppelpassage der Oper durchschreitet:

«Ja, er war es, er, der gewaltigste Händler- und Literatenkopf des neunzehnten Jahrhunderts; er, der das poetische Gehirn wie das Sprechzimmer eines Bankiers mit Zahlen tapeziert hat; er war es, der Mann mit dem mythologischen Bankerott, den hyperbolischen und phantasmagorischen Unternehmungen, deren Laterne er stets anzuzünden vergißt; der große Traumjäger, ohne Unterlaß auf der Suche nach dem Absoluten; *er, die merkwürdigste, die wunderlichste, die interessanteste und eitelste Persönlichkeit der* Menschlichen Komödie, *er, dieses Original, das im Leben so unerträglich wie köstlich in seinen Büchern ist, dieses dicke, von Genie und Eitelkeit strotzende Kind, das so viele Qualitäten und soviel Querköpfiges hat, daß man das eine einzuschränken zögert, aus Furcht das andere zu verlieren, und so diese unverbesserliche und unvermeidliche Ungeheuerlichkeit zu verderben!»*

Obgleich die Boshaftigkeit dieses Textes sowohl Sympathie für Balzac wie auch Bewunderung für sein Talent heraushören läßt, hat seine allgemeine Anordnung Eugène Crépet veranlaßt, ihn für eine Schmährede zu halten, ihn einen bösartigen Spott zu nennen und sogar daraus zu folgern, daß Baudelaire empört gewesen sein muß, daß der Gewinnköder seinen ungestümen Kollegen dahin gebracht hat, sich «Neger» zu halten und ihre schlechten Texte als seine eigenen auszugeben.

Wir sind weit davon entfernt, zu glauben, daß Baudelaire Balzac hat tadeln wollen, wir sind weit eher zu glauben geneigt, daß es ihm einfach Spaß gemacht hat, seinem Freund ein Bild vor die Nase zu halten, das das Zerrbild eines entstellenden Spiegels hätte sein können. Die Tatsache endlich, daß dieser Artikel zum ersten Mal am 24. November 1845 in einem kleinen Blatt, dem *Corsaire-satan,* ohne Unterschrift erschienen ist, scheint darauf hinzuweisen, daß sein Autor ihn nicht als Angriff, sondern als Mystifikation meinte, die weder Freundschaft noch Bewunderung ausschloß.

Baudelaire sollte weiterhin kaum etwas anderes als Lob für denjenigen haben, den er in den *Künstlichen Paradiesen «unseren lieben und großen Balzac»* nennt. Der einzige Vorbehalt, den er macht, betrifft seinen Stil, aber auch hier spricht er Balzac das Verdienst zu, sehr wohl um diese Schwäche zu wissen:

«Man sagt, Balzac überlade seine Abschrift und seine Korrekturen in phantastischer, regelloser Art. Ein Roman geht durch eine Reihe von Genesen, in der nicht allein die Einheit des Satzbaues, sondern auch die des Werkes sich versplittert. Zweifellos gibt diese schlechte Methode dem Stil oft jenes Zerteilte, Durcheinandergerüttelte, Schmierbuchhafte, das den einzigen Fehler dieses großen Erzählers bildet.»

«Nicht bloß einen Stil, sondern obendrein einen besonderen Stil zu haben, war einer der ehrgeizigsten Wünsche des Autors der ‹Peau de Chagrin› *und der* ‹Recherche de l'Absolu›; *wenn es nicht überhaupt*

Balzac. Karikatur von Nadar

sein höchster Ehrgeiz war. Trotz der Schwerfälligkeiten und Vertracktheiten seines Satzbaues ist er stets einer der feinsten und anspruchsvollsten Kenner gewesen.»

In dem Kapitel seines *Salon de 1846*, in dem er die moderne Schönheit und das Heldentum des modernen Lebens behandelt, ruft Baudelaire sogar aus:

«Die Helden der Ilias reichen euch nur bis zum Knöchel, o Vautrin, o Rastignac, o Birotteau – und du, o Fontanarès, der du es nicht gewagt hast, deine Schmerzen unter dem schauerlichen und krampfhaft zusammengezogenen Frack, der uns allen aufgebürdet ist, zu erzählen; – und du, o Honoré de Balzac, du bist die heldenhafteste, die einzigartigste, die romantischste und die poetischste aller Personen, die deinem Schoß entsprungen sind!»

In seinem Aufsatz über Théophile Gautier betont er die schöpferische Kraft Balzacs und sein Talent zur Läuterung, das ihm erlaubt hat, den Sittenroman zu heben, den die trockene Beobachtung zur Plattheit verurteilt hatte:

«Wenn Balzac aus diesem plumpen Genre ein wunderbares Ding gemacht hat, das immer interessant und oft erhaben ist, geschah's, weil er sein ganzes Wesen hineingab. Ich habe mich manches Mal gewundert, wenn Balzacs allgemeiner Ruhm in seiner Bedeutung als ‹Beobachter› gefunden ward; ist mir doch stets gewesen, als bestehe sein Hauptverdienst darin, daß er ein Visionär war, ein leidenschaftlicher Seher. Alle seine Personen sind mit der Lebensglut begabt, die ihn selber durchpulste. Alle seine Erfindungen sind von derselben tiefen Farbigkeit wie die Träume. Vom Gipfel der Aristokratie bis hinab in die Niederungen der Plebs sind sämtliche Schauspieler seiner ‹Komödie› schärfer vom Leben angepackt aktiver und gewitzter in seinem Kampfe, geduldiger im Mißgeschick, genußbegieriger in seiner Lust, engelgleicher in der Ergebung, als das Schauspiel der wirklichen Welt die Menschen uns zeigt. Kurzum, ein jeder bei Balzac, die Klatschbase sogar, hat Genie. Alle Seelen sind Waffen, mit Willenskraft geladen bis vorn an die Mündung. Das ist eben Balzac selber. Und da alle Wesen der Außenwelt sich dem Auge seines Geistes mit einem kraftvollen Relief und einer packenden Miene darboten, hat er seinen Gestalten etwas Krampfhaftes gegeben; ihre Schatten hat er überschattet und ihre Lichter überlichtet. Seine verschwenderische Liebe zum Detail – sie entsprang einem ungemäßigten Ehrgeiz, der alles sehen, alles sehen lassen, der alles ahnen, alles ahnen lassen wollte – zwang ihn übrigens auch, die Hauptlinien kräftiger zu betonen, um die Perspektive des gesamten Werkes zu bewahren. Er gemahnt mich zuweilen an jene Radierer, die mit dem ‹Riß› der Säure nie zufrieden sind und ihre Hauptangriffslinien in förmliche ‹Rinnen› verwandeln. Aus dieser erstaunlichen Veran-

Auguste Rodin: Baudelaire, imaginäres Bildnis, 1898

lagung sind wahre Wunder hervorgegangen. Aber diese Veranlagung definiert man im allgemeinen als: die Fehler Balzacs. Richtiger gesprochen liegen gerade darin seine Vorzüge. Freilich, wer kann sich rühmen, daß er so glücklich begabt und befähigt sei, eine Methode in Anwendung zu bringen, die ihm gestattet, die bare Alltäglichkeit unfehlbar sicher mit Licht und Purpur zu umkleiden? Nun, wer das nicht tut – sagen wir's nur gerade heraus –, der tut nichts Sonderliches.»

In demselben Aufsatz sagt Baudelaire: «*Balzac, groß, furchtbar und unermeßlich, zeigt uns ein Ungeheuer von Zivilisation in all seinen Kämpfen, seinem Ehrgeiz, seinem Ingrimm.*» Er erkühnt sich sogar, ihn «*einen wunderbaren Meteor*» zu nennen, «*der unser Land mit einer Wolke von Ruhm bedecken wird, wie eine seltene und seltsame Auferstehungsfeier des Lichtes, wie die Sonne, wenn sie am Pol sich erhebt und die vereiste Wüsten mit ihren Feenprächten überflutet.*»

ZEITTAFEL

1821 9. April. Charles Pierre Baudelaire in Paris, Rue Hautefeuille 13, geboren.

1827 10. Februar. Sein Vater stirbt im Alter von 67 Jahren. – Wohnungswechsel: seine Mutter, mit 33 Jahren Witwe, zieht zuerst in die Rue Saint-André-des-Arts 58, dann Place Saint-André-des-Arts 30. – Während des Sommers Aufenthalt in einem kleinen Landhaus Rue du Débarcadère 11 am Stadtrand von Ternes und Neuilly in der Nähe des Bois de Boulogne.

1828 8. November. Madame Baudelaire heiratet wieder, und zwar den 39jährigen Major Aupick.

1832 Baudelaire Zögling des Gymnasiums in Lyon, wo sich seine Familie befindet. Aupick ist zum Oberst-Leutnant befördert und zum Chef des Stabes der 7. Kriegsdivision ernannt.

1836 Rückkehr nach Paris, da der Oberst Aupick an die 1. Kriegsdivision versetzt ist. Baudelaire Zögling des Gymnasiums Louis le Grand.

1838 Reise durch die Pyrenäen.

1839 April. Wegen undisziplinierten Verhaltens wird Baudelaire von der Schule gewiesen; er bereitet sein Abitur in der Pension Lévêque et Bailly, Rue de l'Estrapade, vor.

12. August. Er besteht sein Abitur.

Bekanntschaft mit Gustave Le Vavasseur und Ernest Prarond, die ihn in das literarische Leben einführen.

1841 Freies Leben in Paris. Neue literarische Bindungen: Edouard Ourliac, Gérard de Nerval, Balzac.

9. Juni. Auf Beschluß eines von dem Ehepaar Aupick einberufenen Familienrates, der von dem regellosen Leben Baudelaires und seinem Wunsch, Schriftsteller zu werden, beunruhigt ist, schifft er sich zu einer langen Seereise ein.

September. Aufenthalt auf der Mauritius-Insel, wo er von dem Ehepaar Autard de Bragard aufgenommen wird, deren schöne Dienerin später als Dorothée in seine Dichtung eingehen wird.

Oktober. Aufenthalt auf der Bourbonen-Insel.

1842 Februar. Rückkehr nach Paris. Weitere literarische Bindungen: Théophile Gautier, Théodore de Banville.

Juni. Er mietet ein Zimmer auf der Insel Saint-Louis 10 (heute 22) Quai de Béthune. Er bindet sich an Jeanne Duval, eine Mulattin, die in einem kleinen Theater Statistin ist. Ihr danken die schönsten Liebesgedichte der *Blumen des Bösen* ihre Entstehung.

1843 Baudelaire arbeitet mit dem gleichaltrigen Ernest Prarond an einem Drama in Versen, *Idéolus*, das nicht zum Abschluß kommt. Die Gedichtsammlung *Vers* erscheint unter den Namen von G. Le Vavasseur, E. Prarond, A. Argonne. Anonyme Mitarbeit Baudelaires.

April. Neuer Wohnsitz Rue Vaneau.

September. Ein Artikel wird von *Tintamarre* abgelehnt, weil er zu frech ist.

Oktober. Er wohnt wieder auf der Insel Saint-Louis, wo er 17 Quai d'Anjou eine Wohnung im Hotel Pimodan, dem ehemaligen Wohnsitz von Lauzun, gemietet hat.

November-Dezember. *Tintamarre* und *La Démocratie pacifique* lehnen Artikel ab, weil sie zu unmoralisch sind. Etwa fünfzehn Gedichte, die später in die *Blumen des Bösen* aufgenommen werden, sind bereits geschrieben.

1844 März. Bei dem Buchhändler Cazel erscheint ein kleines Werk *Mystères galants des théâtres de Paris*, das Baudelaire mit vorbereitet hat.

Juli. Da ihr Sohn sich immer weiter verschuldet, leitet Madame Aupick ein Rechtsverfahren ein, das das Ziel hat, ihn mit einem Vormund zu versehen.

21. September. Das Zivilgericht teilt ihm den von seiner Familie gewünschten Vormund zu, Maître Ancelle, Notar in Neuilly.

1845 April. Baudelaire veröffentlicht seine erste von ihm gezeichnete Arbeit *Le Salon de 1845* (bei Labitte), eine 72 Seiten starke Broschüre in gelbem Einband.

25. Mai. Im *Artiste* Sonett *À une créole*, das sich in den *Blumen des Bösen* wiederfindet.

30. Juni. Selbstmordversuch (Messerstich) nach Abfassung eines Testamentes, in dem er alles, was er besitzt, seiner Mätresse Mlle Jeanne Lemer (auch Jeanne Duval genannt) vermacht.

Juli. Aufenthalt bei seiner Mutter im Hôtel de la Place, dem offiziellen Wohnsitz des Generals Aupick. Neues Zerwürfnis mit seiner Familie und neuer Bruch mit seinem Stiefvater. Er mietet ein Zimmer im Hôtel de Dunkerque, 32 Rue Laffitte.

24. November. Baudelaire veröffentlicht anonym im *Corsaire-Satan* eine Phantasie über Balzac: *Comment on paie ses dettes quand on a du génie*, die er einige Monate später unter seinem Namen in einer anderen Zeitung erscheinen läßt.

1846 Januar—April: Mitarbeit am *Corsaire-Satan* und am *Esprit public*. Baudelaires Adresse ist im Frühling 33 Rue Coquenard (heute Rue Lamartine) und etwas später 24 Rue de Provence.

Mai. Er veröffentlicht bei Michel Lévy *Le Salon de 1846*. Die Innenseite des Einbandes kündigt das baldige Erscheinen eines Gedichtbandes vom gleichen Autor an: *Les Lesbiennes* (die elf Jahre später die *Blumen des Bösen* werden).

6. September: Baudelaire veröffentlicht im *Artiste* das Gedicht *L'Impénitent (Don Juan aux Enfers)*. Er beginnt seine anonyme Mitarbeit an *Tintamarre*, die bis zum März 1847 dauert.

13. Dezember. Im *Artiste* das Gedicht *À une Indienne (À une Malabraise)*.

In Frankreich Beginn der Poe-Rezeption.

1847 Januar. Das *Bulletin de la Société des gens de Lettres* druckt seine Novelle *La Fanfarlo*. — Im Laufe des Jahres werden die Beziehungen zu seiner Mutter schlecht. Er wohnt gelegentlich bei Jeanne Duval, 6 Rue de la Femme-sans-tête. Eine andere Adresse, 15 Cité d'Orléans, gibt er in einem leidenschaftlichen Brief an die Komödiantin Marie Daubrun an, in die er verliebt ist und die er zu gewinnen sucht. *Le Salon de 1847* lehnt das Porträt ab, das Courbet von ihm gemacht hat: L'Homme à la pipe (heute im Museum von Montpellier).

14. November. Im Feuilleton des *Corsaire-Satan* bringt Champfleury ein Sonett von Baudelaire: *Les Chats*.

Dezember. Baudelaire bezieht 36 Rue de Babylone etwa im gleichen Moment, in dem General Aupick, der den Befehl über La Place mit dem über die École Polytechnique vertauscht hat, 66 Rue de Clichy einzieht.

1848 Januar. Mitarbeit am *Corsaire-Satan.*
Ende Februar. Baudelaire nimmt teil am Aufstand, tritt der von Blanqui gegründeten *Société Republicaine Centrale* bei und veröffentlicht mit seinen Freunden Champfleury und Toubin ein soziales Blatt, *Le Salut public*, das nur zweimal erscheint.
April—Juni. Redaktionssekretär der konservativen Zeitung *La Tribune Nationale.* Die Eltern Aupick gehen nach Konstantinopel, wo der General zum bevollmächtigten Gesandten ernannt worden ist. Einige Tage vor der Abreise macht der Stiefvater Baudelaire heftige Vorwürfe wegen seiner Liaison mit Jeanne Duval, die ihn ausbeutet und hintergeht. Totales Zerwürfnis zwischen dem Dichter und seiner Mutter.
22.—25. Juni. Baudelaire nimmt am Aufstand der Arbeiter teil.
15. Juli. Er veröffentlicht in *La Liberté de Penser* eine Übersetzung von Poe.
Oktober. Er begibt sich nach Châteauroux, um dort die Chefredaktion der neuen, zweimal wöchentlich erscheinenden und konservativ ausgerichteten Zeitung *Le Représentant de l'Indre* zu übernehmen. Nach einer Woche muß er abtreten und begibt sich wieder nach Paris.
November. Für Februar 1849 wird bei Michel Lévy das Erscheinen einer Sammlung in Versen von Baudelaire angekündigt: *Les Limbes* (es handelt sich um die Sammlung, die vorher *Les Lesbiennes* heißen sollte).
Dezember. Baudelaire veröffentlicht im *Echo des Marchands de Vins* sein Gedicht: *Le Vin de l'Assassin.*

1849 Aus diesem Jahr weiß man sehr wenig über das Leben Baudelaires. Er bekundet bereits seine Bewunderung für Wagner, dessen *Tannhäuser* die Pariser jedoch erst 1850 zu hören bekommen. Er betraut einen Schreiber am Place de la Bourse mit der Aufgabe, seine Gedichte kalligraphisch zu kopieren und sie in Chagrinleder binden zu lassen. Er schließt Freundschaft mit einem jungen Archivar, dem Sohn eines Druckers von Alençon, Auguste Poulet-Malassis, der erst kürzlich aus dem Ponton de Brest entlassen worden war, in den ihn seine Teilnahme am Juni-Aufstand 1848 gebracht hatte.
3. Dezember. Baudelaire fährt nach Dijon. Man weiß nicht den Zweck dieser Reise. Vielleicht hat ihn eine Zeitung dorthin berufen, wie es im Vorjahr in Châteauroux der Fall gewesen war. Es ist jedoch gewiß, daß er einen längeren Aufenthalt in Dijon plante, da er, im Hotel abgestiegen, eine kleine Wohnung zu mieten gedenkt, die er mit gemieteten Möbeln möblieren will.

1850 9. Januar. Jeanne Duval stößt in Dijon zu ihm. Während seines Aufenthaltes in Dijon Begleiterscheinungen einer einige Jahre vorher zum Stillstand gekommenen Syphilis. — Das Datum seiner Rückkehr nach Paris ist nicht genau bekannt. Asselineau sagt, daß er ihn 1850 in einer Wohnung in der Nähe des Boulevard Poissonnière besucht hat. Ohne Zweifel fällt dieser Besuch vor den Monat Mai, zu welcher Zeit Baudelaire seine Wohnung in Neuilly, 95 Avenue de la République hatte, wo er bis Juli 1851 blieb.
Juni. Er veröffentlicht in dem *Magasin des Familles* zwei Gedichte: *Châtiment de l'Orgueil* und *Le Vin des honnêtes gens* (später: *l'Âme du Vin*).

1851 März. Er gibt im *Messager de l'Assemblée* seine Studie *Du Vin et du Haschich* heraus.

9. April. Unter dem Titel *Les Limbes* werden dort elf Gedichte von ihm abgedruckt, die sich später in den *Blumen des Bösen* wiederfinden.

Anfang Juni. General und Madame Aupick, aus Konstantinopel zurückgekehrt, wohnen im Hôtel du Danube, Rue Richepanse, ehe sie zur französischen Gesandtschaft nach Madrid aufbrechen. Madame Aupick findet ihren Sohn in schmerzlicher Armut vor.

Juli. Madame Aupick begibt sich nach Madrid, wohin ihr Mann bereits aufgebrochen ist. Baudelaire verläßt Neuilly und wohnt 25 Rue des Marais-du-Temple. Mitarbeit an *La République du Peuple, almanach démocratique.* Er bietet der Zeitung *Le Pays* erfolglos Artikel über die Karikatur an, die erst sechs Jahre später Abnehmer finden.

August. Veröffentlichung seiner Studie über Pierre Dupont (20. Heft der *Chants et Chansons* von Pierre Dupont).

Oktober. Baudelaire läßt in London um die vollständigen Werke von Edgar Poe bitten.

27. November. Er veröffentlicht in *La Semaine théâtrale* einen Artikel über *Les Drames et les Romans honnêtes.*

2. Dezember. Staatsstreich. Baudelaire bemerkt später dazu: *Meine Wut beim Staatsstreich. Wie oft war ich Gewehrkugeln ausgesetzt. Noch ein Bonaparte! Welche Schande!* Man weiß nicht, was für Abenteuern er an jenem Tage begegnet ist.

1852 22. Januar. Baudelaires Artikel über *L'École Païenne* in *La Semaine théâtrale.*

1. Februar. Die letzte Nummer der *Semaine théâtrale,* die aus Mangel an Mitteln ihr Erscheinen einstellt, veröffentlicht zwei Gedichte von Baudelaire: *Les Deux Crépuscules.* Mit Charles Monselet, Champfleury, André Thomas und Armand Baschet plant Baudelaire die Herausgabe eines Wochenblattes *Le Hibou philosophe,* das die Nachfolgerschaft der *Semaine théâtrale* übernehmen soll; der Plan scheitert, der Kommanditär, auf den man gezählt hatte, hat sich zurückgezogen.

23. Februar. Baudelaire schickt dem *Bulletin de la Société des Gens de Lettres* eine Novelle ein, die das Komitee der Société ablehnt und die wir nicht kennen.

März—April. Er veröffentlicht in der *Revue de Paris,* wo Théophile Gautier ihn eingeführt hat, die erste größere französische Studie über Edgar Poe.

7. April. Baudelaire verläßt seine Wohnung in der Rue des Marais-du-Temple und trennt sich von Jeanne Duval, indem er sich vornimmt, ihr noch behilflich zu sein, aber sie niemals wiederzusehen.

Mai. Er wohnt 11 Boulevard Bonne-Nouvelle.

Oktober. Wohnung im Hotel 60 Rue Pigalle. Die Schulden, die er bei seinem Zimmervermieter hat, halten ihn hier bis Mai 1854 zurück. Er veröffentlicht in der *Revue de Paris* zwei Gedichte (*Le reniement de Saint-Pierre* und *L'Homme libre et la Mer*) und eine Übersetzung von Poe; im *Magasin des Familles* erscheint eine andere Übersetzung von Poe (*Philosophie d'Ameublement*).

9. Dezember. Widmet Madame Sabatier anonym das Gedicht *A une femme trop gai.* (Dieses Gedicht gehört später unter dem Titel: *A celle qui est trop gaie* zu den sechs verurteilten Gedichten der *Blumen des Bösen.*)

1853 10. Januar. Um die Klauseln eines vor einigen Monaten abgeschlossenen Vertrages einzuhalten, liefert Baudelaire dem Verleger Victor Lecou das Manuskript einer Übersetzung der *Extraordinary tales* von Edgar Allan Poe und erhält den vereinbarten Preis. Aber der Text ist so wenig durchgearbeitet, daß Baudelaire, von Skrupeln erfaßt, von sich aus bald die Veröffentlichung unterbricht und seine Schuldnerschaft für die Kosten des bereits begonnenen Drucks anerkennt.

4. Februar. Die Zeitung *Paris* veröffentlicht eine seiner Übersetzungen von Poe (*Le cœur révélateur*).

1. März. Andere Übersetzungen von Poe im *Artiste* (*Le Corbeau*). Sein materielles und moralisches Elend hindert Baudelaire, auf die Bitten des Operndirektors Roqueplan einzugehen, der ein Libretto von ihm geschrieben haben möchte, wie auch auf die Bitten eines Boulevardtheaters, das ihn um ein Drama bittet. Jeanne Duval, erkrankt, steht ebenfalls ohne Mittel da.

8. März. General Aupick wird zum Senator ernannt; das Ehepaar Aupick kehrt einige Wochen später nach Paris zurück und zieht 91 Rue du Cherche-Midi.

17. April. *Le Monde littéraire* veröffentlicht eine größere Studie von Baudelaire: *Moral du Joujou.*

Mai. Aufenthalt in Versailles und neue anonyme Gedichtsendung an Madame Sabatier.

13.—15. November. Übersetzungen von Baudelaire in der Zeitung *Paris* (*Le chat noir* und *Morella* von Poe).

16. November. Jeanne Duval verliert ihre Mutter. Trotz seiner Armut bezahlt Baudelaire die Bestattungskosten.

1854 Januar. Szenario eines Dramas in fünf Akten, *L'Ivrogne*, das, für das Odéon bestimmt, aber nicht zustande kommt.

Februar. Erneute anonyme Gedichtsendungen an Madame Sabatier. Um seinen Gläubigern zu entgehen, flieht er für 10 bis 14 Tage in das Hôtel d'York, 61 Rue Sainte-Anne. Dem *Moniteur* legt er vergeblich die Übersetzungen der Erzählungen von Poe vor.

Mai. Baudelaire sendet, noch immer anonym, Verse an Madame Sabatier. Er läßt sein Hotelzimmer, das er seit siebzehn Monaten Rue Pigalle inne hatte, im Stich und mietet ein anderes im Hôtel du Maroc, 57 Rue de Seine.

25. Juli. *Le Pays* beginnt mit der Veröffentlichung seiner Übersetzung der *Extraordinary tales* von Poe, welche, mehrere Male unterbrochen, bis zum April 1855 fortgesetzt wird. Er träumt davon, daß sein Drama, oder besser sein Entwurf, vom Théâtre de la Gaîté angenommen wird. Dort spielt Marie Daubrun, die ihn stark beschäftigt und die, nach einem seiner Biographen, es übernommen zu haben scheint, ihn zu ‹trösten›.

Dezember. Baudelaire ist es müde, ewig Scherereien mit seinen Vermietern zu haben, bei denen er beständig im Rückstand ist, und teilt seiner Mutter mit, daß er daran denkt, *bald wieder ein Konkubinat einzugehen*, sei es, indem er zu Jeanne Duval zurückkehrt, sei es, indem er sich *bei der anderen* niederläßt. (Man weiß nicht mit Bestimmtheit, wer *die andere* ist: Marie Daubrun oder die geheimnisvolle J. G. F., der *Les Paradis artificiels* gewidmet sind.) Um dieselbe Zeit befreundet er sich mit Barbey d'Aurevilly.

1855 März—April. Sechs Hotelwechsel in einem Monat. General Aupick kauft ein kleines Haus in Honfleur dem Meer gegenüber.

26. Mai. *Le Pays* beginnt mit der Veröffentlichung einer Studie von Baudelaire über die Weltausstellung, die seit einigen Tagen im Nouveau Palais des Beaux-Arts, Avenue Montaigne, eröffnet ist. Der zweite Teil wird im gleichen Journal in der Nummer vom 3. Juni veröffentlicht, während der letzte Artikel (über Ingres) hier abgelehnt wird; *Le Portefeuille* druckt ihn jedoch in der Nummer vom 12. August.

1. Juni. Die *Revue des Deux-Mondes* nimmt unter dem noch unveröffentlichten Titel *Fleurs du Mal* achtzehn Gedichte auf. Der Dichter wohnte zu jener Zeit im Hotel de Normandie, 13 Rue Neuve-des-Bons-Enfants.

8. Juli. *Le Portefeuille* veröffentlicht die Studie *De l'essence du Rire.*

Von Juli bis Dezember wohnt Baudelaire möbliert 27 Rue de Seine.

3. August. Verhandlungen mit Michel Lévy über die Herausgabe in zwei Bänden seiner Übersetzung der *Histoires* und der *Nouvelles Histoires extraordinaires* von Poe.

4. November. *Le Figaro*, der die in der *Revue des Deux-Mondes* erschienenen Gedichte *Fleurs du Mal* kommentiert, versichert, daß «der Ruf und das Talent» des [1]Autors «in tausend Stücke zersprungen» seien und daß Baudelaire, «seines Renommees der Überraschung verlustig, hinfort nur noch unter den tauben Früchten der zeitgenössischen Dichtung genannt sein wird».

Dezember. Baudelaire veröffentlicht in der *Nouvelle Galerie des Artistes dramatiques vivants* eine lobende Notiz über den Schauspieler Rouvière.

Ende Dezember. Er bezieht 18 Rue d'Angoulême-du-Temple, eine diesmal ganz leere Behausung, die er sich zu möblieren bemüht.

1856 März. Die *Histoires extraordinaires* von Poe kommen in der Kollektion Michel Lévy für einen Franken zum Verkauf.

Mai. Baudelaire gibt seine Behausung in der Rue d'Angoulême auf, um in ein Hotel zurückzukehren. Er bezieht das Hotel Voltaire, 19 Quai Voltaire, wo er mehr als zwei Jahre bleibt.

August oder Anfang September. Neuer Bruch mit Jeanne Duval.

21. Oktober. Er verhandelt mit Michel Lévy über eine weitere Veröffentlichung einer Übersetzung der *Aventures of Arthur Gordon Pym.*

30. Dezember. Vertrag mit Poulet-Malassis über die Veröffentlichung der *Blumen des Bösen.*

1857 Anfang Februar. Poulet-Malassis erhält das Manuskript der *Blumen des Bösen.*

25. Februar. *Le Moniteur* beginnt mit der Veröffentlichung der *Relation d'Arthur Gordon Pym.*

März. *Nouvelles Histoires extraordinaires* erscheinen bei Michel Lévy.

20. April. Die *Revue Française* veröffentlicht mehrere Gedichte aus den *Blumen des Bösen* im Vorabdruck.

28. April. General Aupick stirbt in seiner Wohnung 91 Rue du Cherche-Midi; der Name Baudelaire tritt weder in seinem Testament noch in den Todesanzeigen auf.

10. Mai. *L'Artiste* druckt Gedichte aus den *Blumen des Bösen* ab, die bald erscheinen sollen.

Ende Mai. Madame Aupick zieht sich nach Honfleur zurück.

16. Juni. Der Minister für öffentliches Unterrichtswesen verleiht Baudelaire, der um seine Hilfe gebeten hatte, eine ‹Entschädigung›

von 200 Franken für seine Übersetzung der *Histoires extraordinaires*.
25. Juni. *Die Blumen des Bösen* kommen für 3 Franken zum Verkauf; die Auflage umfaßt 1300 Exemplare.
5. Juli. Der *Figaro* fällt über das Buch und seinen Autor her und schließt, nachdem er die Gedichte, die ihm am verdammungswürdigsten erscheinen, gekennzeichnet hat: «Nichts kann einen mehr als dreißig Jahre alten Menschen rechtfertigen, ein Buch mit derartigen Ungeheuerlichkeiten der Öffentlichkeit übergeben zu haben.»
16. Juli. Die Staatsanwaltschaft läßt das Werk beschlagnahmen, Autor und Verleger werden verfolgt.
18. August. Zum ersten Mal schreibt Baudelaire an Madame Sabatier, ohne seine Schrift zu verstellen, und unterzeichnet seinen Brief *Alle Verse zwischen der 84. und 105. Seite (des verfolgten Buches) gehören Ihnen.*
20. August. Die Strafkammer verurteilt Baudelaire zu 300 Franken Geldstrafe, seine Verleger Poulet-Malassis und de Broise zu je 100 Franken und verbietet sechs Gedichte aus den *Blumen des Bösen.*
24. August. *Le Présent* veröffentlicht unter dem Titel *Poèmes nocturnes* sechs *Kleine Gedichte in Prosa* von Baudelaire.
31. August. Baudelaire verzichtet in einem Brief an Madame Sabatier, in dem er das ‹Du› mit dem ‹Sie› vermischt, auf die Liaison, die er so lange ersehnt hatte, am Morgen des Tages, an dem Madame Sabatier auf seine Liebe geantwortet hatte. Seine Beziehungen zu ihr sind hinfort nur freundschaftliche.
1. bis 15. Oktober. *Le Présent* nimmt die Essays von Baudelaire an, die er über einige französische und ausländische Karikaturisten geschrieben hat.
18. Oktober. Im *Artiste* Studie von Baudelaire über Flaubert.
6. November. Baudelaire schreibt an die Kaiserin, um den Erlaß der Strafe zu erbitten, die ihm sein Gedichtband eingetragen hatte.
15. November. Im *Présent* neue Gedichte von Baudelaire, die später in die zweite und dritte Auflage der *Blumen des Bösen* aufgenommen werden.
31. Dezember. Baudelaire bittet den Minister für öffentliches Unterrichtswesen erneut um Unterstützung.

1858 Januar. Schmerzen in den Beinen, behindertes Gehen, Atemnot, Leib- und Magenschmerzen: Äther, Opium. Baudelaire faßt den Plan, sich in Honfleur bei seiner Mutter niederzulassen, die ihn dazu auffordert.
18. Januar. Der Minister für öffentliches Unterrichtswesen bewilligt ihm für seine *Nouvelles Histoires extraordinaires* eine Entschädigung von 100 Franken.
20. Januar. Der Siegelbewahrer setzt die Baudelaire für die *Blumen des Bösen* auferlegte Strafe auf 50 Franken herab.
Ende Februar. Baudelaire braust gegen seinen Vormund und alten Freund von Madame Aupick, Maître Ancelle, auf, dessen ungeschickte Überwachung ihn grausam verletzt hat. Er spricht davon, daß er ihn zu Hause ohrfeigen will.
3. März. Madame Aupick läßt einen ihrer Freunde, Jacquotot, eingreifen, der Baudelaire beruhigt.
20. März bis 4. oder 5. April. Baudelaire hält sich zur Korrekturlesung seiner dritten Poe-Bandes in Corbeil auf, wo Michel Lévy den Band drucken läßt.

Ende April. Die *Aventures d'Arthur Gordon Pym* gelangen zum Verkauf.
19. September. *L'Artiste* veröffentlicht das Sonett: *Duellum.*
30. September. In der *Revue Contemporaine* Studie Baudelaires über den Haschisch.
21. Oktober. Kurzer Besuch bei seiner Mutter in Honfleur.
Ende Oktober. Er verläßt das Hotel Voltaire mit der Absicht, sich bald in Honfleur einzurichten.
November. Keine eigene Wohnung in Paris, wo er vor allem 22 Rue Beautreillis bei Jeanne Duval zu wohnen scheint, von der er sich, obgleich er sich zahllose Male für den Bruch entschieden hat, niemals lösen wird. Als Gast von Poulet-Malassis verbringt er zwölf Tage in Alençon.
31. Dezember. Er kehrt für achtundvierzig Stunden nach Alençon zu Poulet-Malassis zurück, dessen Angelegenheiten stark mit den seinen verquickt sind; Autor und Verleger, beide ohne Geld, tauschen ständig Gefälligkeitswechsel miteinander.

1859 9. Januar. Baudelaire veröffentlicht im *Artiste* eine Studie über die Novellensammlung von Charles Asselineau *La double Vie.*
20. Januar. In der *Revue Française* zwei Gedichte: *Le Possédé* und *Le Goût du néant.* Im Laufe der zweiten Januarhälfte fährt er wieder nach Honfleur. Der Minister für öffentlichen Unterricht bewilligt ihm eine Entschädigung über 300 Franken für seine Übersetzung der *Nouvelles Histoires extraordinaires.*
23. Februar. Von Honfleur schickt er das Gedicht *Le Voyage* mit einer Widmung an Maxime Du Camp.
Anfang März. Er kehrt nach Paris zurück und wohnt bei Jeanne Duval.
10. und 20. März. In der *Revue Française* Übersetzung von Poe: *Eléonora* und *Un événement à Jérusalem.*
13. März. *L'Artiste* veröffentlicht seine Studie über Théophile Gautier.
15. März. *La Revue Contemporaine* veröffentlicht sein Gedicht *Danse macabre.*
5. April. Jeanne Duval, von einer Lähmung heimgesucht, wird in die Heilanstalt Dubois, 200 Faubourg Saint-Denis übergeführt, wo sie bis zum 19. Mai bleibt.
10. April. Baudelaire veröffentlicht drei Gedichte (*Sisina, Le Voyage, L'Albatros*) in der *Revue Française.* Er kehrt nach Honfleur zurück.
20. April. In der *Revue Française* Übersetzung von Poe.
20. Mai. In der gleichen Revue das Gedicht *La Chevelure.*
Vom 10. Juni bis 20. Juli. In der gleichen Zeitschrift *Lettre sur le Salon de 1859.*
Zweite Junihälfte. Baudelaire kehrt nach Paris zurück.
Anfang August oder vielleicht schon eher mietet er ein Zimmer im Hotel de Dieppe, 22 Rue d'Amsterdam. Er wohnt jedoch oft Rue Beautreillis bei Jeanne Duval.
15. September. Er veröffentlicht in der *Revue Contemporaine* zwei Gedichte unter dem Titel: *Fantômes parisiens* (*Les sept Vieillards* und *Les Petites Vieilles*).
Oktober. *La Revue Internationale,* die einmal monatlich in Genf erscheint, beginnt mit der Veröffentlichung seiner Übersetzung von

Poes *Eureka;* die Fortsetzungen folgen in den Nummern vom November und Dezember 1859 und Januar 1860 und werden dann unterbrochen.

November. Die Studie über Théophile Gautier erscheint als kleine, von einem Brief Victor Hugos eingeleitete Broschüre (Verlag Poulet-Malassis und de Broise, Preis 1 Franc).

30. November. In der *Revue Contemporaine* drei Gedichte (*Le Masque, Chant d'Automne* und *Sonnet d'Automne*).

Anfang Dezember. Trotz seiner Notlage kauft Baudelaire Guys Zeichnungen ab.

17. Dezember. Kurzer Besuch bei seiner Mutter in Honfleur.

1860 1. Januar. Baudelaire und Poulet-Malassis schließen einen Vertrag über vier Bände: die zweite Auflage der *Blumen des Bösen, Les Paradis artificiels, Curiosités esthétiques* und einen Band literarischer Notizen; jeder Band soll in 1500 Exemplaren aufgelegt werden und mit 300 Franken an den Autor bezahlt werden: die Hälfte bei der Abgabe seines Manuskriptes, die andere Hälfte bei der letzten Druckfertigkeitserklärung.

13. Januar. Vorübergehende Gehirnkrise ohne Bewußtseinsverlust.

15. und 31. Januar. Die *Revue Contemporaine* veröffentlicht den Essay *Un mangeur d'opium.*

22. Januar. In der *Causerie* drei Gedichte: *A une Madone, Le Cygne, Le Squelette laboureur.*

Ende Januar und Anfang Februar. Baudelaire empfindet tiefe Freude bei den Wagner-Konzerten, die in der Salle des Italiens aufgeführt werden.

7. Februar. Bewilligung einer neuen offiziellen Entschädigung über 300 Franken für seine Artikel über die Kunst.

17. Februar. In *La Presse* Übersetzung von Poe (*L'Ange du bizarre*).

Mai. Die *Paradis artificiels,* die Poulet-Malassis nur in 1200 Exemplaren, anstatt, wie im Vertrag vom 1. Januar vorgesehen, in 1500 aufgelegt hat, kommen in den Handel.

15. Mai. *La Revue Contemporaine* veröffentlicht fünf Gedichte: *Rêve parisien, L'Amour du mensonge, Le Rêve d'un curieux, Semper eadem* und *Obsession.*

Juli. Baudelaire mietet eine kleine Wohnung in Neuilly, 4 Rue Louis-Philippe und läßt seine «Trümmer», d. h. die wenigen Möbel und Gegenstände, die er noch hat, dorthin schaffen. Er plant in dieser Wohnung zu wohnen, wenn er nicht bei seiner Mutter in Honfleur ist. In Wirklichkeit bleibt er im Hotel de Dieppe, Rue d'Amsterdam bis zum Dezember, aber Jeanne Duval, halbgelähmt, bewohnt seit August oder September die Wohnung in Neuilly.

15. Oktober. *L'Artiste* druckt acht Gedichte: *Alchimie de la douleur, Horreur sympathique, L'Horloge, Les Aveugles, A une passante, Un fantôme, Chanson d'après-midi* und *Hymne à la beauté.*

Vom 15.—20. Oktober. Aufenthalt in Honfleur.

15. November. Der Minister für öffentlichen Unterricht bewilligt Baudelaire eine «literarische Entschädigung» über 200 Franken.

15. Dezember. Er zieht in seine Wohnung in Neuilly zu Jeanne Duval.

1861 10. Januar. Nach fünfundzwanzig Tagen flieht Baudelaire aus Neuilly, aufs äußerste erbittert über die ständige Gegenwart eines Bruders in Jeannes Zimmer, der dort auf die Kosten der Gelähmten zu leben scheint. Er nimmt sich wieder ein Zimmer im Hotel de Dieppe, Rue d'Amsterdam.

Anfang Februar. Die zweite Auflage der *Blumen des Bösen*, um fünfunddreißig Gedichte vermehrt und in 1500 Exemplaren aufgelegt, kommt auf den Markt und wird für drei Franken verkauft.

28. Februar. *La Revue Contemporaine* veröffentlicht zwei Gedichte (*La Voix und Le Calumet de la Paix*).

März. Jeanne Duval kommt ins Krankenhaus, währenddessen verkauft ihr Bruder einen Teil der Möbel der Wohnung in Neuilly.

1. April. Die *Revue Européenne* druckt eine Studie von Baudelaire über Richard Wagner, die Dentu, der Verleger der Zeitschrift, als Broschüre unter dem Titel *Richard Wagner und Tannhäuser* herausgibt.

3. April. Das Staatsministerium bewilligt Baudelaire eine «Entschädigung» über 300 Franken.

April-Mai. Erneut syphilitische Symptome: Ausschläge, Gelenkrheumatismus. Seine materielle Lage ist ausweglos, sein seelischer Zustand entsetzlich; er denkt erneut an Selbstmord.

15. Mai. Die *Revue Fantaisiste* veröffentlicht das Gedicht: *Madrigal triste.*

15. Juni. In der gleichen Zeitschrift beginnt eine Serie kritischer Notizen unter dem Titel: *Réflexions sur quelques-uns de mes contemporains* zu erscheinen, die für eine Dichter-Anthologie bestimmt sind; die Serie wird mit der Notiz über Victor Hugo eingeleitet. In den nächsten vier Nummern (1. 7.; 15. 7.; 1. 8.; 15. 8.) folgen die Aufsätze über Marceline Desbordes-Valmore, Auguste Barbier, Théophile Gautier, Petrus Borel, Gustave Le Vavasseur, Théodore Banville, Pierre Dupont und Leconte de Lisle.

Juli. Baudelaire geht mit dem Gedanken um, seine Kandidatur bei der Académie Française einzureichen.

15. September. Die *Revue Européenne* druckt vier Gedichte: *La Prière d'un Paien, Le Rebelle, L'Avertisseur, Epigraphe pour un livre condamné.* In der *Revue Fantaisiste* Artikel über die Wandmalereien von Delacroix in Saint-Sulpice.

15. Oktober. In der *Revue Fantaisiste* Studie (die 1862 als Vorwort des Werkes dient) über *Les Martyrs ridicules* von Léon Cladel.

1. November. In der *Revue Européenne* das Sonett *Le Recueillement;* in der *Revue Fantaisiste* neun Gedichte in Prosa.

11. Dezember. Baudelaire bittet den Sekretär der Akademie, für die Kandidatur auf einen der freien Stühle (von Scribe und Lacordaire) eingetragen zu werden. Er macht sich sogleich an die üblichen Besuche und hat vor dem Jahresende Vigny, Lamartine, Viennet, Villemain und Patin aufgesucht.

1862 12. Januar. In *Le Boulevard* Sonette (wovon zwei unveröffentlichte: *Le Coucher du Soleil romantique* und *Le Couvercle*).

Zweite Januarhälfte. Anonymer Artikel von Baudelaire in der *Revue Anecdotique: Une réforme à l'Académie.*

Im Laufe des Januar entdeckt er eine «*ungeheuerliche Tatsache*», über die er nicht sprechen will. Sein bester Biograph, Jacques Crépet, hat die sehr wahrscheinliche Hypothese aufgestellt, daß Baudelaire sich darüber klar geworden ist, daß der sogenannte Bruder, der Jeanne Duval ausgebeutet hat, in Wirklichkeit ihr Geliebter war.

10. Februar. Auf den Rat von Sainte-Beuve zieht Baudelaire seine Kandidatur an der Akademie zurück.
1. März. In *L'Artiste* Gedichte von Baudelaire (darunter *Le Gouffre, La Lune offensée*).
Zweite Märzhälfte. Baudelaires anonymer Nekrolog auf seinen Freund, den Romanschriftsteller Paul de Molènes, dessen Erzählung *Les Souffrances d'un Houzard* er für die Bühne bearbeiten wollte, in der *Revue Anecdotique.*
2. April. Nicht signierter Artikel in der *Revue Anecdotique*: *L'Eau-forte est à la mode.* — Das Staatsministerium bewilligt Baudelaire eine Entschädigung von 300 Franken.
14. April. Claude-Alphonse Baudelaire, Halbbruder des Dichters und pensionierter Verwaltungsbeamter, erliegt mit 57 Jahren den Folgen eines Schlaganfalls. Der Dichter hatte ihn seit etwa zwanzig Jahren nicht gesehen.
20. April. Im *Boulevard* Artikel von Baudelaire über *Les Misérables.*
12., 19., 26. Juli und 2. August. *Le Monde illustré* bringt die Übersetzung des *Joueur d'échecs de Maelzel* von Poe.
26., 27. August und 24. September. *La Presse* veröffentlicht zwanzig kleine Gedichte in Prosa.
14. September. Im *Boulevard* Artikel über die *Peintres et aquafortistes;* Baudelaire lobt hier Manet, Jongkind, Méryon und Whistler.
12. November. Poulet-Malassis ist zahlungsunfähig und wird auf die Klage eines Druckers in das Gefängnis von Clichy gesperrt.
Dezember. Malassis wird in das Gefängnis des Madelonnettes, 12 Rue des Fontaines-du-Temple übergeführt. Baudelaire träumt von der Leitung eines subventionierten Theaters: er denkt an das Odéon . . .
28. Dezember. *Le Boulevard* veröffentlicht sein Gedicht *Les Plaintes d'un Icare.*

1863 13. Januar. Baudelaire überträgt dem Verleger Hetzel für fünf Jahre das ausschließliche Recht an einem Gedichtband (eine dritte, vermehrte Auflage der *Blumen des Bösen*) und einen Band Prosagedichte (*Le Spleen de Paris*). Der Vertrag sieht vor, daß der erste Abdruck dieser beiden Bände je 2000 Exemplare umfassen und 600 Franken Urheberrecht pro Werk einbringen soll, die Baudelaire sofort in Empfang nimmt. (Aber Hetzel hat niemals die versprochene Kopie erhalten.)
25. Januar. *Le Boulevard* veröffentlicht ein neues Gedicht *L'Imprévu.*
1. Februar. Im *Boulevard* wieder ein bisher unveröffentlichtes Gedicht: *L'Examen de minuit.* Der Bankrott von Poulet-Malassis trifft auch die Werke Baudelaires: die zweite Auflage der *Blumen des Bösen* und *Les Paradis artificiels* werden für einen Franken, die Broschüre über Gautier für 50 Centimes verkauft.
22. April. Nach fünf Monaten Präventivhaft wird Malassis von der 8. Kammer verurteilt; da die Gerichtsarchive von 1863 während der Kommune verbrannt worden sind, weiß man nicht die Dauer der Gefängnishaft.
13. Mai. Baudelaire interessiert sich lebhaft für das Debut — ohne Zukunft — einer jungen, blonden Schauspielerin, Mme Louise Deschamps, die auf der Bühne des Odéon die Andromache spielt.
10. Juni. In der *Revue Nationale et Etrangère* zwei kleine Prosagedichte: *Les Tentations* und *La Belle Dorothée.*

14. Juni. Im *Boulevard* zwei andere Gedichte in Prosa: *Les Bienfaits de la Lune* und *Laquelle est la vraie?*
12. Juli. Malassis, der seine Beweisgründe für eine Berufung erschöpft hat und dessen Gnadengesuch abgelehnt wird, wird aufgefordert, die Gefängnishaft anzutreten.
August. Baudelaire plant, nach Belgien zu gehen, um dort eine bezahlte Vortragsreise zu unternehmen, an der *Indépendance belge* mitzuarbeiten, die angefangenen Werke zu vollenden und den Verlegern Lacroix und Verboeckhoven in Brüssel seine kritischen Werke und die Neuauflage seiner *Paradis artificiels* vorzulegen.
2. und 14. September und 22. November. Er veröffentlicht in *L'Opinion nationale* eine größere Studie über das Werk und das Leben von Eugène Delacroix.
10. September. Madame Aupick verbringt einige Tage in Paris.
Mitte September. Poulet-Malassis geht ins Exil nach Brüssel.
10. Oktober. In der *Revue Nationale* neue Prosagedichte: *Une mort héroïque* und *Le Désir de peindre.*
1. November. Baudelaire verkauft für die Pauschalsumme von 2000 Franken das vollständige Besitzrecht an seinen Übersetzungen von Poe an den Verleger Michel Lévy (drei bereits erschienene Bände und zwei Bände in Vorbereitung: *Eureka* und *Histoires grotesques et sérieuses*).
Ende November. Verkauf der Übersetzung von *Eureka.*
26. und 28. November und 3. Dezember. Baudelaire veröffentlicht im *Figaro* seine Studie über Constantin Guys: *Le Peintre de la Vie moderne.* Sie wurde dort mit einer kurzen Notiz angekündigt, die mit G. B. unterzeichnet ist. Es handelt sich um Gustave Bourdin, dem die Ehre zufällt, 1857 die Verfolgungen des Autors der *Blumen des Bösen* angeregt zu haben.
10. Dezember. Neue Prosagedichte in der *Revue Nationale: Le Thyrse, Les Fenêtres, Déjà.*

1864 7. und 14. Februar. *Le Figaro* beginnt mit der Veröffentlichung des *Spleen de Paris (Kleine Gedichte in Prosa).* Nachdem sechs Teile gedruckt worden sind, wird der Abdruck unterbrochen. Der Direktor erklärt Baudelaire, daß seine Prosagedichte «alle langweilen».
1. März. *La Revue Nouvelle* veröffentlicht vier Gedichte, darunter: *Sur le Tasse en prison, Bien loin d'ici, Les Yeux de Berthe.*
Zweite Märzhälfte. Der Maler Fantin-Latour stellt im Salon die *Huldigung an Delacroix* aus, auf der sich Baudelaire unter den Personen im Vordergrund befindet.
14. April. *Le Figaro* veröffentlicht einen Brief ohne Unterschrift von Baudelaire zur 300. Wiederkehr von Shakespeares Geburtstag, in dem er eine publizistische Aktion zugunsten Hugos ankündigt.
24. April. Baudelaire fährt nach Brüssel und steigt im Hotel du Grand Miroir, Rue de la Montagne, ab.
Vom 2.—23. Mai hält er ohne nennenswerten Erfolg im Cercle Artistique et Littéraire fünf Vorträge (über Delacroix, über Gautier, drei über Rauschgifte), von denen nur die ersten beiden bezahlt werden (50 belgische Franken pro Vortrag). Baudelaire plant um den 15. Juni nach Paris zurückzukehren, nachdem er sein Glück bei den Verlegern Lacroix und Verboeckhoven versucht hat.
Ende Mai. Kurze Reise nach Namur, um Rops zu besuchen.

Juni. Er plant, für den *Figaro* eine für das Land und seine Bewohner sehr harte Briefserie über Belgien zu schreiben.
13. Juni. M. Prosper Crabbe, Wechselmakler in Brüssel, stellt ihm seine Räumlichkeiten für einen neuen Vortrag zur Verfügung. Etwa dreißig Einladungen haben nur zehn «sehr traurige» Personen in die für diesen Abend hergerichteten drei großen Räume geführt; totale Niederlage. — Baudelaire leidet an einer wachsenden Verzweiflung, die seine Herzbeschwerden und sein ständiges Magenleiden verschlimmert.
23. Juni. Lacroix und Verboeckhoven lehnen die ihnen von ihm vorgelegten Werke ab. — Baudelaire beschließt, einen ganzen Band über Belgien zu schreiben: *Pauvre Belgique.* Er will nach Abschluß des Werkes gegen den 15. August nach Frankreich zurückkehren.
August. Er beauftragt einen literarischen Agenten aus Paris, für ihn über die Abtretung seiner *Paradis artificiels,* seiner kritischen Sammlungen und des *Pauvre Belgique* an einen Verleger zu verhandeln.
13. August. *La Vie Parisienne* nimmt eines seiner Prosagedichte an: *Les Projets.*
Oktober. Nächtelange Fieberanfälle. Obgleich Belgien ihm verhaßt ist, zögert er in Brüssel, wie es scheint, aus Furcht, seinen Gläubigern zu begegnen, wenn er nach Frankreich zurückkehrt.
1. November. Drei Prosagedichte im *Artiste,* von denen nur eins neu ist: *La Fausse Monnaie.*
Erste Dezemberhälfte. Aufenthalt bei Rops in Namur.
25. Dezember. Die *Revue de Paris* veröffentlicht sechs Prosagedichte, darunter *Les Yeux des pauvres, Le Port, Le Miroir.*

1865 Januar. Der einzige Mensch, den Baudelaire in Brüssel mit Freuden wiedersieht, ist, wie er sagt, Poulet-Malassis, der leider außerhalb der Stadt wohnt (Rue de Mercélis in Ixelles). Im Laufe des Jahres wird er jedoch recht häufig der Gast von Madame Hugo sein, die offenbar gerne sein Lob über Sainte-Beuve hört. — 7., 14., 21. und 28. Januar. *Le Monde illustré* veröffentlicht seine Übersetzung von *Système du Docteur Goudron et du professeur Plume* von Poe.
Mitte März. Michel Lévy bringt den fünften, von Baudelaire übersetzten Band von Poe auf den Markt: *Histoires grotesques et sérieuses.*
29. April. *La Petite Revue* zitiert in einem nicht gezeichneten Artikel von Malassis Gelegenheitsverse, von Baudelaire in Belgien geschrieben.
13. Mai. Immer noch von Malassis unterhalten, veröffentlicht dieselbe Zeitschrift das Sonett: *Sur les débuts d'Amina Boschetti.*
21. Juni. Im Brüsseler Tagesblatt *L'Indépendance belge* das Prosagedicht *Les Bons Chiens.*
24. Juni. Übersetzung von Poe in *La Vie Parisienne.*
Vom 4. bis 15. Juli. Reise nach Paris und Honfleur und Rückkehr nach Brüssel. Baudelaire war überstürzt nach Frankreich zurückgekehrt, um das nötige Geld für die Regelung eines Schuldscheins aufzutreiben, den Malassis von ihm hat. Madame Aupick borgt ihrem Sohn 2000 Franken, die ihm erlauben sollen, einen Teil seiner Schuld bei Malassis abzutragen, dem er 5000 Franken schuldet, und seine Werke dem Zugriff zu entziehen, den er fürchtet.
8. Juli. *La Petite Revue* veröffentlicht das Gedicht *Le Jet d'Eau.*

Oktober. Baudelaire klagt über seinen «schläfrigen» Zustand, der ihn an seinen Fähigkeiten zweifeln läßt. Sein Arbeitsvermögen ist tatsächlich sehr geschwächt. Seit seiner Ankunft in Belgien hat er nicht eines von den Werken, die er sich vorgenommen hatte, zum Abschluß bringen (kritische Sammlung und Sammlung von Prosagedichten), noch auch *Pauvre Belgique* zu Ende führen können, dessen Titel sich ziemlich häufig verändert (im August: *Une capitale ridicule;* im Dezember: *La Belgique déshabillée*).
28. Oktober. *La Petite Revue* bringt seinen Nekrolog auf den Schauspieler Rouvière.
Dezember. Heftige Neuralgien; Opium, Digitalis, Belladonna, Chinin.

1866 Januar. Schwindel, Neuralgien, Ekelgefühle. Da die Schritte des Pariser literarischen Agenten keinerlei Erfolg hatten, wendet sich Baudelaire an seinen Vormund Maître Ancelle mit der Bitte, für ihn bei verschiedenen Verlegern zu vermitteln: bei den Gebrüdern Garnier, Dentu usw.
5. März. Junge Dichter, die er nie gesehen hat und die noch nicht einmal eine Broschüre veröffentlicht haben, grüßen in Baudelaire einen Meister, den fast alle seine eigentlichen Zeitgenossen verkannt haben. In Brüssel erfährt Baudelaire nachträglich von den Huldigungen, die ein gewisser Stéphane Mallarmé (23 Jahre) im *Artiste* an ihn richtet, und von der warmen Studie, die ihm ein gewisser Paul Verlaine (21 Jahre) in einer neuen Wochenzeitschrift *L'Art* widmet. Der kranke Baudelaire schreibt an Troubat, den Sekretär von Sainte-Beuve: *Diese jungen Leute machen mir eine Heidenangst. Ich möchte nichts so sehr als alleine sein.* Im Laufe des März erleidet Baudelaire in Namur einen Schwindelanfall, als er die Kirche St-Loup in Begleitung von Rops und Poulet-Malassis besichtigt. Am nächsten Tag stellen sich Gehirnstörungen ein. Freunde bringen ihn nach Brüssel zurück; seine rechte Seite bleibt gelähmt, das Sprechen fällt ihm schwer und ist verworren.
29. und 30. März. Baudelaire kann noch kurze Briefe diktieren.
31. März. Unter dem von Catulle Mendès gewählten Titel *Nouvelles Fleurs du Mal* gibt der *Parnasse contemporain* sechzehn nach der zweiten Auflage der *Blumen des Bösen* entstandene Gedichte von Baudelaire wieder, die der Autor für die zweite Auflage vielleicht übersehen hatte.
Vom 3. bis 19. April. Der Verlust der Sprache schreitet fort. Baudelaire, der nur noch das eine Wort *Crénom* hervorstößt, ist in einer Brüsseler Heilanstalt, dem Institut Saint-Jean et Sainte Elisabeth (Rue des Cendres), untergebracht, das von katholischen Schwestern versorgt wird. Maître Ancelle ist nach Brüssel gekommen, um ihn zu besuchen; auch die zweiundsiebzigjährige Madame Aupick, von ihrer Dienerin begleitet, erscheint dort bald.
Ende April — Mai — Juni. Baudelaire, in das Hotel du Grand Miroir zurücktransportiert, empfängt häufig Besuch von seinen Freunden Stevens und Poulet-Malassis. In Begleitung seiner Freunde und seiner Mutter macht der stumme und zur Hälfte gelähmte Dichter einige Spazierfahrten im Wagen in die Umgegend von Brüssel. Im April veröffentlicht Poulet-Malassis unter dem Titel *Les Épaves* eine Broschüre in 260 Exemplaren, für die Baudelaire noch Korrektur gelesen hatte und die dreiundzwanzig Gedichte enthält, unter denen

sich auch die sechs verurteilten Gedichte aus den *Blumen des Bösen* befinden; ein Titelbild von Rops ziert diese Ausgabe, die Baudelaire mit der «Freude eines Kindes erscheinen sah».
1. Juni. Unter dem Titel *Petits Poèmes lycanthropes* veröffentlicht *La Revue du XIXe Siècle* zwei Gedichte in Prosa.
2. Juli. Baudelaire verläßt Brüssel, um in Begleitung seiner Mutter, deren Dienerin und Arthur Stevens' nach Paris zurückzukehren.
4. Juli. Nach zwei im Hotel verbrachten Tagen wird er in die Wasserheilklinik des Doktor Émile Dumas, Rue du Dôme, im Stadtviertel de Chaillot gebracht. — Auf eine Bittschrift hin, deren Initator Asselineau ist und die Banville, Champfleury, Leconte de Lisle, Mérimée, Sainte-Beuve und Sandeau unterzeichnen, erklärt sich der Minister für öffentliches Unterrichtswesen bereit, sich an den Kosten zu beteiligen, die durch die Einlieferung Baudelaires in die Klinik Dumas entstehen. Um den Kranken zu erfreuen, spielen Madame Paul Meurice und Madame Edouard Manet Fragmente des *Tannhäuser* auf dem Klavier der Anstalt.
27. Oktober. *La Petite Revue* bringt das Gedicht in Prosa *Les bons Chiens.*

1867 31. August. Baudelaire stirbt am Vormittag um 11 Uhr.
2. September. Nach einer religiösen Feier in der Kirche Saint-Honoré, Place l'Hippodrome, Beisetzung auf dem Friedhof Montparnasse. Seine Freunde Banville und Asselineau sprechen am Grab.
31. August bis 11. Oktober. *La Revue Nationale* veröffentlicht sechs Prosagedichte, von denen drei bisher unveröffentlicht waren.
22. November. Da Baudelaire ohne Testament gestorben ist und ein Erbe der väterlichen Linie Ansprüche erhebt, werden Baudelaires sämtliche Werke öffentlich zum Verkauf angeboten. Bei einem Taxwert von 1000 Franken werden sie für 1750 Franken Michel Lévy zugesprochen, der bereits der Besitzer der Übersetzungen von Poe ist.

1868 6. Mai. Das Polizeigericht in Lille verurteilt Poulet-Malassis, den Verleger der *Épaves,* wegen Nichterscheinens zu einem Jahr Gefängnis und 500 Franken Geldstrafe und befiehlt die Vernichtung aller beschlagnahmten Exemplare der vor zwei Jahren in Belgien erschienenen Broschüre.

1870 Nadar, ein alter Freund von Baudelaire, sieht zum letzten Mal Jeanne Duval auf dem Boulevard. Sie schleppt sich auf Krücken durch die Straße.

1871 16. August. Madame Aupick stirbt in Honfleur an einem Schlaganfall.

ZEUGNISSE

Brüder Goncourt

Baudelaire soupiert heute an unserer Seite. Er ist ohne Krawatte, mit offenem Kragen, geschorenem Kopf, in der Tat in einem Aufzuge, als wollte man ihn gerade zur Guillotine führen. Im Grunde eine gewollte Geziertheit, kleine Hände, sauber manikürt und gepflegt wie die einer Frau — und dazu der Kopf eines Wahnwitzigen, eine schneidende, stählerne Stimme und eine Beredsamkeit, die auf die Eleganz und Präzision eines Saint-Just abzielt und sie noch übertrifft.

Er verteidigt sich dickköpfig mit einem gewissen abstoßenden Zorn gegen den Vorwurf, die guten Sitten in seinen Gedichten verletzt zu haben. *Tagebuch, Oktober 1857*

Paul Verlaine

Er, der Übersetzer der *Ungewöhnlichen Geschichten* und der Autor der *Fleurs du Mal*, war ein hervorragender Schriftsteller und ein großer Dichter. Man kann das nicht genug betonen. Die wunderbare Reinheit seines Stils, sein brillanter Vers, streng und geschmeidig zugleich, seine starke und scharfsinnige Phantasie und, mehr als alles vielleicht, seine immer besonders erlesene, oft tiefe und manchmal grausame Sensibilität, die selbst in seinen weniger wichtigen Werken mitschwingt, räumen Charles Baudelaire einen Platz unter den reinsten Dichtergrößen unserer Zeit ein — sieht man einmal von Balzac und Hugo ab. Diese Grundideen, deren Wahrheit sich bald alle zu eigen gemacht haben werden, hat der große Meister Théodore de Banville, dem es zukommt, ihn zu würdigen, in einer gerührten Rede wundervoll zum Ausdruck gebracht. Charles Asselineau, der Freund des berühmten Toten, erinnerte in einigen beredten Worten, von Schluchzen unterbrochen, an die menschlichen Eigenschaften, den Mut, die Hingabe, die Feinheit dieses «großen Herzens, das auch ein gutes Herz war». Dann, kurz seiner letzten Augenblicke gedenkend, verteidigte er das teure Bild Baudelaires gegen die Anschuldigungen, die Dummheit und Vulgarität, bisher von der ironischen Mißachtung und der irritierenden Kaltblütigkeit des Dichters in Schach gehalten und gegeißelt, nun gewiß gegen ihn vorbringen werden. *Beisetzung von Ch. Baudelaire, 1867*

Richard Dehmel

Die Übertragungen nach Baudelaire [von Stefan George in den Blättern für die Kunst] sind, soweit ich las, sehr tüchtig; ich bewundere schon, daß einer solche Quantitäten Baudelaire verdauen kann, ohne an Brechreiz zu sterben. Diese hysterischen Kammerpoeten müssen Nerven haben wie die Nilpferde. Gott straf mich, aber d i e Art Künstler wünsch' ich von Herzen und mit Hochachtung zum Teufel!

An Arno Holz, 24. 8. 1895

Stefan George

Diese Verdeutschung der *Fleurs du mal* verdankt ihre Entstehung nicht dem Wunsche, einen fremdländischen Verfasser einzuführen, sondern der ursprünglichen reinen Freude am Formen . . . Es bedarf wohl kaum noch eines Hinweises, daß nicht die abschreckenden und widrigen Bilder, die den Meister eine Zeitlang verlockten, ihm die große Verehrung des ganzen jüngeren Geschlechtes eingetragen haben, sondern der Eifer, mit dem er der Dichtung neue Gebiete eroberte, und die glühende Geistigkeit, mit der er auch die sprödesten Stoffe durchdrang. *Vorwort 1900*

Rainer Maria Rilke

Und in der Nacht stand ich auf und suchte meinen Lieblingsband Baudelaire, die *Petits poèmes en prose*, und las laut das schönste Gedicht, das überschrieben ist *A une heure du matin* . . . es endet groß; steht auf, steht und geht aus wie ein Gebet. Ein Gebet Baudelaires; ein wirkliches, schlichtes Gebet, mit den Händen gemacht, ungeschickt und schön wie das Gebet eines russischen Menschen. – Er hatte einen weiten Weg dazu hin, Baudelaire, und er ist ihn kniend und kriechend gegangen. Wie war er mir fern in allem, meiner Fremdesten einer; oft kann ich ihn kaum verstehen und doch, manchmal tief in der Nacht, wenn ich seine Worte nachsprach wie ein Kind, da war er mein Nächster und wohnte neben mir und stand bleich hinter der dünnen Wand und hörte meiner Stimme zu, die fiel. Was für eine seltsame Gemeinsamkeit war da zwischen uns, ein Teilen von allem, dieselbe Armut und vielleicht dieselbe Angst.

An Lou Andreas-Salomé, 18. 7. 1903

Rainer Maria Rilke über Auguste Rodin

Und von Dante kam er zu Baudelaire. Hier war kein Gericht, kein Dichter, der an der Hand eines Schattens zu den Himmeln stieg, ein Mensch, einer von den Leidenden hatte seine Stimme erhoben und hielt sie hoch über die Häupter der anderen empor, wie um sie zu retten vor einem Untergang. Und in diesen Versen gab es Stellen, die heraustraten aus der Schrift, die nicht geschrieben, sondern geformt schienen, Worte und Gruppen von Worten, die geschmolzen waren in den heißen Händen des Dichters, Zeilen, die sich wie Reliefs anfühlten, und Sonette, die wie Säulen mit verworrenen Kapitälen die Last eines bangen Gedankens trugen. Er fühlte dunkel, daß diese Kunst, wo sie jäh aufhörte, an den Anfang einer anderen stieß, und daß sie sich nach dieser anderen gesehnt hatte; er fühlte in Baudelaire einen, der ihm vorangegangen war, einen, der sich nicht von den Gesichtern hatte beirren lassen und der nach den Leibern suchte, in denen das Leben größer war, grausamer und ruheloser.

Auguste Rodin. 1903

François Mauriac

Gleich abfahrenden Schiffen berauschen seine Gedichte die Unrast der irrenden Herzen. Sie verlocken uns zu einer Flucht in unmögliche Klimata und zwingen uns, den Tod zu lieben wie ein letztes Streichen der Segel. Aus ihnen allen tönt uns jener Schrei entgegen (aber wer von uns hätte ihn nicht in seiner Jugend einen Augenblick lang ausgestoßen?): «anywhere out of the world» (irgendwohin aus der Welt hinaus) — der Schrei nicht eines versöhnten Christen, sondern eines Sünders, der sich der Sünde nicht ergibt. Was Baudelaire, seinesgleichen und seinen Brüdern aus Barmherzigkeit verweigert wurde, ist die Gewöhnung an die Sünde, die Annahme der Sünde...

Bis in seine Blasphemien hinein ist dieses Werk die Wanderung eines Herzens, das, um zu Gott zu gelangen, den längsten Umweg einschlägt. Alles hält den Dichter zurück, weil er sieht, was die andern nicht sehen: die Einsamkeit, das Schweigen, «die unvergleichliche Keuschheit des Azurblau» verhindern ihn lange, seinen Blick über die Welt hinaus zu richten. «Die stumme Sprache» der Blumen, der Himmel, der untergehenden Sonnen übertönt die innere Stimme Gottes. *Von unruhigen Herzen. 1919*

Émile Verhaeren

Kein Dichter fühlt schärfer als er mit erregteren Nerven; er treibt alles bis zum Äußersten; er scheint besondere Sinne zu haben, um das Morbide, die Melancholie, die Betrübnis und die Verzweiflung zu spüren. Er lebt in einem Alptraum, er glaubt sich verflucht, er stöhnt und lästert Gott. Alles nimmt in seinen Augen makabre Züge an, sein Vers zeigt Verrenkungen, wie man sie bei Epileptikern kennt, die Grausamkeit gefällt ihm, das Monströse reizt ihn, das raffinierte Laster verstrickt ihn, das bewußt Böse zieht ihn an. Von Anfang bis zu Ende herrscht Satan in seinem Werk, Satan, der schönste der Engel. *Von Baudelaire zu Mallarmé. 1919*

Paul Valéry

Baudelaire steht auf dem Gipfel des Ruhmes. Dieser kleine Band der *Fleurs du Mal,* der nicht ganz dreihundert Seiten umfaßt, wiegt in der Achtung der Gebildeten die berühmtesten und umfangreichsten Werke auf. Er ist in die meisten europäischen Sprachen übersetzt... Mit Baudelaire geht die französische Poesie endlich über die Grenzen der Nation hinaus. Sie erreicht es, in der ganzen Welt gelesen zu werden; sie drängt sich auf als die Poesie der neuen Zeit selbst; sie weckt Nachahmung, sie befruchtet zahlreiche Geister... Dieses große posthume Glück, diese geistige Fruchtbarkeit, dieser Ruhm, der den höchsten Gipfel erreicht hat, dies alles kann nicht nur von seinem eigenen Wert als Dichter herrühren, sondern noch von außergewöhnlichen Umständen. Kritische Urteilskraft mit der Gabe der Poesie vereint, ist ein außergewönlicher Umstand. Diesem seltenen Zusammentreffen verdankt Baudelaire eine bedeutsame Entdeckung. Er war als präziser Sinnenmensch geboren, war von einer Eindrucksfähigkeit, deren Ansprüche ihn auf die Suche nach den kostbarsten Formen trieb; aber alle diese Gaben hätten ohne Zweifel höchstens aus ihm einen Nachfahren Gautiers gemacht oder einen ausgezeichneten Artisten des Parnaß, wenn es ihm nicht durch die Ruhelosigkeit seines Geistes geglückt wäre, in den Werken Edgar Allan Poes eine neue geistige Welt zu entdecken . . .

Wir werden nicht verwundert sein, das Werk Baudelaires in außerordentlicher Übereinstimmung mit den Lehren Poes zu finden und eben dadurch sehr merklich verschieden von den Produkten der Romantik. Die *Fleurs du Mal* enthalten weder historische Gedichte noch Legenden, nichts, was auf einer Erzählung beruht. Man trifft darin keinerlei philosophische Tiraden. Auch die Politik tritt nicht auf. Beschreibungen sind selten und immer bedeutungsvoll. Aber alles darin ist Zauber, Musik, mächtige und abstrakte Sinnlichkeit –, Luxus, Form und Wollust.

In Baudelaires besten Versen findet sich eine Vereinigung von Fleisch und Geist, eine Mischung von Feierlichkeit, Glut und Bitternis, von Ewigkeit und Irdischem, eine höchst seltene Verbindung der Willenskraft mit der Harmonie, was diese Verse deutlich von den romantischen Versen unterscheidet, wie es sie auch von den Versen des Parnaß deutlich trennt. Der Parnaß war nicht übermäßig zärtlich zu Baudelaire. Leconte de Lisle warf ihm seine Unfruchtbarkeit vor. Er vergaß, daß die wahrhafte Fruchtbarkeit eines Dichters nicht in der Anzahl seiner Verse besteht, sondern vielmehr in der Tragweite ihrer Wirkungen. Darüber kann man erst im Laufe der Zeiten urteilen. Heute sehen wir, daß nach mehr als sechzig Jahren die Resonanz des einzigen und sehr wenig umfangreichen Werkes Baudelaires noch die ganze Welt der Dichtung erfüllt, daß es den Geistern gegenwärtig, unmöglich wegzudenken ist und noch von einer bemerkenswerten Anzahl von Werken verstärkt wird, die aus ihm entsprungen sind, nicht als Nachahmungen, sondern als Folgen, und die man also aus Billigkeit zu dem dünnen Band der *Fleurs du Mal* hinzutun müßte, Werke ersten Ranges und eine Anzahl der tiefsten und feinsten, die jemals die Dichtkunst unternommen hat.

Charles Baudelaire. 1924

Thomas Stearns Eliot

Aus den Gedichten allein, so möchte ich denken, werden wir schwerlich das begreifen, was mir als der wahre Sinn und die Bedeutung von Baudelaires Geistigkeit erscheint. Die Vortrefflichkeit ihrer Form, die Vollkommenheit ihres Ausdrucks und ihr äußerlich hervortretender Zusammenhang mögen ihnen den Anschein geben, einen bestimmten und endgültigen Geisteszustand darzustellen. In Wirklichkeit scheinen sie mir die äußere, aber nicht die innere Form klassischer Kunst zu besitzen. Man möchte sogar die Vermutung wagen, die Sorge um die Vollkommenheit der Form sei bei einigen romantischen Dichtern des 19. Jahrhunderts ein Bestreben, innere Unordnung erträglich zu machen oder sie dem Blick zu entziehen. Nun liegt der wahre Anspruch Baudelaires als Künstler nicht darin, daß er nach außen hin eine Form fand, sondern daß er auf der Suche nach einer Form des Lebens war. In kleineren Formen kam er tatsächlich nie an Théophile Gautier heran ... Er hatte eine größere technische Geschicklichkeit als Gautier, und doch läßt der Gefühlsinhalt ständig das Gefäß zerbrechen. Sein Arbeitsgerät, worunter ich nicht seine Beherrschung von Worten und Rhythmen verstehe, sondern seinen Vorrat an Bildern ... ist nicht durchaus dauerhaft und angemessen. Seine Prostituierten, Mulattinnen, Jüdinnen, Schlangen, Katzen, Leichen bilden eine Maschinerie, die sich nicht sehr gut gehalten hat; sein Dichter oder sein Don Juan hat einen romantischen Stammbaum, der nur zu deutlich aufzeigbar ist. Man vergleiche mit Baudelaires Kostümvorrat die Bildersprache der Vita Nuova oder Cavalcantis, und man wird finden, daß er nicht so haltbar ist wie der um etliche Jahrhunderte frühere; man vergleiche ihn mit Dante oder Shakespeare, soweit ein solcher Vergleich sinnvoll ist, und er stellt sich nicht nur als ein viel geringerer Dichter dar, sondern auch als einer, in dessen Werk viel mehr Vergängliches Eingang gefunden hat.

Damit ist nichts weiter gesagt, als daß Baudelaire an einen bestimmten zeitlichen Standort gehört. Unvermeidlicherweise Abkomme der Romantik und vermöge seiner Natur der erste Antiromantiker der Poesie, konnte er wie jedermann nur mit dem vorhandenen Material arbeiten ... Bei solchen Dichtern dürfen wir oft wesentliche Hilfe vom Lesen ihrer Prosaschriften, auch von Aufzeichnungen und Tagebüchern erwarten; Hilfe beim Enträtseln der Unausgeglichenheit zwischen Kopf und Herz, Mitteln und Ziel, Stoff und Idealen.

Baudelaire. 1932

FRIEDHELM KEMP

Als Dichter, abgesehen von der Tatsache, daß von seiner Lyrik die gesamte moderne französische, ja die abendländische Dichtung neue entscheidende Impulse empfangen hat — als Dichter gehört er zu den seltenen Vollendeten, die über ihre Sprache und Zeit hinaus weltgültig geworden sind. Als kritischer Geist war er mit einer fast unfehlbaren Witterung für echte, dauernde Werte begabt, so daß die Nachwelt bisher noch keinen Anlaß gefunden hat, seine Urteile zu widerrufen. Die Entdeckung Edgar Poes, die Würdigung Delacroix', Manets und Daumiers, die Verteidigung Richard Wagners bezeugen, daß er die wahrhaft hohe und zukunftsweisende Leistung mit unbestechlichem Gefühl für Qualität augenblicklich zu erfassen und sich anzueignen vermochte. Als Mensch schließlich bietet er noch im

Scheitern seiner Existenz ein ergreifendes Gleichnis unserer höheren Abkunft, die sich in Zerbrechung und schuldhafter Verstrickung um so einleuchtender offenbart. *Vorwort. 1946*

JEAN-PAUL SARTRE

Die Urwahl, die Baudelaire für sich selbst getroffen hat: Er hat gewählt, für sich selbst zu existieren, wie er für die anderen war; er wollte, daß seine Freiheit ihm wie eine «Natur» erscheine, und daß die «Natur», welche die anderen in ihm entdeckten, diesen wie eine Emanation seiner Freiheit vorkomme. Von da aus klärt sich alles auf: jenes elende Leben, das uns wie ein einziges Scheitern vorkam, hat er sich selbst mit Bedacht gebaut. Er hat es so angelegt, daß es nur noch ein Überleben war ...

Vergebens suchen wir nach einem einzigen Umstand, für den er nicht voll und klar verantwortlich wäre. In jedem Ereignis spiegelt sich jene unzerlegbare Ganzheit, die er vom ersten bis zum letzten Tage war. Er hat es abgelehnt, Erfahrungen zu machen. Nichts trat von außen her an ihn heran, um ihn zu ändern, und er hat nichts gelernt ... So, wie er mit zwanzig Jahren war, finden wir ihn in der Todesstunde: er ist nur düsterer, nervöser, unbeweglicher. Von seiner Begabung, von seiner bewunderungswürdigen Intelligenz bleiben nur noch Erinnerungen. Und zweifellos ist dies seine Einzigartigkeit, jene «Besonderheit», nach der er bis zu seinem Tode gesucht hat, und die nur den Augen der anderen offenbar werden konnte: er war ein Experiment in der Retorte, ähnlich dem Homunculus des Faust im Zweiten Teil. Und die sozusagen abstrakten Begleitumstände dieses Experimentes ließen ihn mit unvergleichlicher Deutlichkeit für jene Wahrheit zeugen, die besagt, daß die freie Wahl, die der Mensch in sich selbst trifft, genau zusammenfällt mit dem, was wir Schicksal nennen. *Baudelaire. 1947*

BIBLIOGRAPHIE

Die Bibliographie möchte einen Überblick über die umfangreiche Baudelaire-Literatur geben. Zeitschriftenaufsätze wurden nur in kleiner Auswahl verzeichnet. Zur weiteren Ergänzung sind die Bibliographien zur französischen Literatur (Talvart-Place; H. P. Thieme mit ihren Fortsetzungen von Dreher, Rolli und Drevet) heranzuziehen.

1. *Wissenschaftliche Hilfsmittel*

Peyre, Henri: Connaissance de Baudelaire. Paris 1951

2. *Werkausgaben und Übersetzungen*

Im folgenden werden nur die grundlegenden Baudelaire-Ausgaben genannt. Sie enthalten neben den wenigen Buchpublikationen zu Baudelaires Lebzeiten (Salon de 1845. — Salon de 1846. — Les fleurs du mal. 1857; 1861. — Les paradis artificiels. 1860. — Les épaves. 1866) und den zahlreichen verstreut erschienenen kleineren Veröffentlichungen den umfangreichen Nachlaß. Ein großer Teil des Werkes wurde so posthum erstmalig oder vervollständigt durch diese Gesamtausgaben oder auch durch ergänzende Nachlaßeditionen bekannt, so z. B. die Curiosités esthétiques; L'art romantique; Le Spleen de Paris (auch u. d. T.: Petits poèmes en prose); Journaux intimes (Fusées, Mon cœur mis à nu). Vgl. dazu die Bibliographie der Erstveröffentlichungen und Originalausgaben in der Edition von Y. G. Le Dantec. 1954. S. 1339—1366.

Œuvres complètes. 7 Bde. [Mit einer Einleitung von Théophile Gautier.] Paris 1868—1870

Œuvres complètes. Ed. critique par F. F. Gautier et Y. G. Le Dantec. 14 Bde. Paris 1918—1937

Œuvres complètes. Notices, notes et éclaircissements de Jacques Crépet. 5 Bde. Paris 1922—1928

Œuvres complètes. Variantes, notes et commentaires de Jacques Crépet et Claude Pichois. 19 Bde. Paris 1926 ff. — Enthält auch die Sammlung der Briefe

Œuvres. Texte établi et annoté par Yves-Gérard Le Dantec. Paris 1954. (Bibliothèque de la Pléiade.)

Werke in deutscher Ausgabe. Von Max Bruns. 5 Bde. [nebst] Ergänzungsbd. Minden 1901—1905

Ausgewählte Werke. Hg. von Franz Blei. 3 Bde. München 1925

Gedichte. Übertr. und eingel. von Paul Wiegler. Berlin 1900

Blumen des Bösen. Umdichtungen von Stefan George. Berlin 1901. — Endgültige Fassung in der Gesamtausgabe. Bde. 13/14. Berlin 1930

Gedichte in Vers und Prosa. Übers. von Camill Hoffmann und Stefan Zweig. Leipzig 1902

Blumen des Bösen. In deutsche Verse übertr. von Wolf Graf von Kalckreuth. Leipzig 1907

Raketen. Die beiden Tagebücher nebst autobiographischem Entwurf. Hg. und eingel. von Erich Oesterheld. Berlin 1909
Gedichte und Skizzen. In Übertragungen hg. und eingel. von Fritz Gundlach. Leipzig 1909. (Reclams UB. 5076.)
Die Vorhölle. Eine lyrische Nachlese. Übertr. von Erich Oesterheld und Heinrich Horvat. Berlin 1911
Gedichte in Prosa. Übertr. von Camill Hoffmann. Leipzig 1914. (Insel-Bücherei. 135.)
Kleine Gedichte in Prosa. Übertr. von Dieter Bassermann. Berlin 1920. — Neu übertr. Berlin 1947
Pariser Spleen. Einführung von Hans Rütter. Zürich 1945
Ausgewählte Gedichte. Deutsch von Wilhelm Hausenstein mit einem biographischen Essay des Übersetzers. [Französisch und deutsch.] Freiburg 1946. — 2. Aufl. 1954
Mein entblößtes Herz. Die beiden Tagebücher nebst Bildnissen und Zeichnungen. Übers. und eingel. von Friedhelm Kemp. München 1946
Die Blumen des Bösen. Übertr. von Carlo Schmid. Tübingen, Stuttgart 1947
Prosadichtungen. Übertr. von Walther Küchler. Heidelberg 1947. — Neuaufl. 1955
Die Blumen der Verworfenheit. Nachdichtungen von Carl Fischer. Söcking 1949.
Die Blumen des Bösen. Übertr. von Carl Fischer. Nachwort von Herbert Cysarz. Berlin 1955
Mein entblößtes Herz. Tagebücher. Frankfurt a. M. 1966. (Insel-Bücherei. 854.)

3. Gesamtdarstellungen

Fizelière, A. de la et Georges Decaux, Essais de bibliographie contemporaine. Charles Baudelaire. Paris 1868
Asselineau, Charles, Charles Baudelaire, sa vie et son œuvre. Paris 1869. — Neuausgabe. 1953
Gautier, Félix, Charles Baudelaire. Bruxelles 1904
Crépet, Eugène, Charles Baudelaire. Etude biographique revue et mise à jour par Jacques Crépet, suivie des Baudelairiana d'Asselineau. Paris 1906
Syffert, Gaston, Baudelaire. Paris 1909
Séché, Alphonse et Jules Bertaut, Charles Baudelaire. Paris 1910. — 2. éd. 1925
Nadar, Félix, Charles Baudelaire intime. Paris 1911
Mauclair, Camille, Charles Baudelaire. Vie, art, légende. Paris 1917
Reynold, Gonzague de, Charles Baudelaire. Paris 1920
Symons, Arthur, Charles Baudelaire. A study. London 1920
Flottes, Pierre, Baudelaire. L'homme et le poète. Paris 1922
Raynaud, Ernest, Charles Baudelaire. Étude biographique et critique. Paris 1922. — Erweiterte Ausgabe. 1923
Porché, François, La vie douloureuse de Charles Baudelaire. Paris 1926. — Dt. Der Leidensweg des Dichters Baudelaire. Berlin 1930
Royère, Jean, Baudelaire, mystique de l'amour. Paris 1927
Rimestad, Christian, Baudelaire. Kopenhagen 1927
Kahn, Gustave, Charles Baudelaire, son œuvre. Paris 1928
Bonfantini, Mario, Baudelaire. Novara 1928
Shanks, Lewis P., Baudelaire. Flesh and spirit. London 1930
Seillière, Ernest, Baudelaire. Paris 1931

SOUPAULT, PHILIPPE, Baudelaire. Paris 1931
MAUCLAIR, CAMILLE, Le Génie de Baudelaire. Poète, penseur, esthéticien. Paris 1933
STARKIE, ENID, Baudelaire. New York 1933
CASNATI, FRANCESCO, Baudelaire. Brescia 1936
CHARPENTIER, JOHN, Baudelaire. Paris 1937
PELLEGRINI, ALESSANDRO, Baudelaire. Milano 1938
BLIN, GEORGES, Baudelaire. Préface de Jacques Crépet. Paris 1939
MORGAN, EDWIN, A flower of evil. A life of Charles Baudelaire. London and New York 1943
MASSIN, JEAN, Baudelaire entre Dieu et Satan. Paris 1946
PORCHÉ, FRANÇOIS, Baudelaire. Histoire d'une âme. Paris 1945
LÉVY, OTAKAR, Baudelaire. Brno 1947
PRÉVOST, JEAN, Baudelaire. Paris 1953
RUFF, MARCEL A., Baudelaire. L'homme et l'œuvre. Paris 1955

4. Würdigungen, Essays, Reden

PRAROND, ERNEST, De quelques écrivains nouveaux. Paris 1852
ZIESING, THEODOR, Charles Baudelaire. Ein Essay. Zürich 1879
BOURGET, PAUL, Essais de psychologie contemporaine. Paris 1885. — Dt. Minden 1903
BRUNETIÈRE, FERDINAND, Charles Baudelaire. In: Revue des Deux-Mondes 81 (1887), S. 695—707. — Wiederabdruck in: Brunetière, Questions de critique. Paris 1889. S. 252—273
BARBEY D'AUREVILLY, Les œuvres et les hommes — les poètes. Paris 1889
DU CAMP, MAXIME, Souvenirs littéraires. Paris 1892
Le Tombeau de Charles Baudelaire. Ouvrage collectif . . . Paris 1896
CORDIER, HENRI, Notules sur Baudelaire. Paris 1900
LARCHEY, LORÉDAN, Fragments de souvenirs — le boa de Baudelaire. Paris 1901
TROUBAT, JULES, Charles Baudelaire. Discours. Paris 1903
GOURMONT, RÉMY DE, Promenades littéraires, 2me série. Paris 1906
RIVIÈRE, JACQUES, Études. Paris 1911
MICHELET, VICTOR-ÉMILE, Figures d'évocateurs. Paris 1913
APOLLINAIRE, GUILLAUME, Préface. In: Baudelaire, Œuvre poétique. Paris 1917. (Bibliothèque des Curieux.)
GIDE, ANDRÉ, Introduction. In: Baudelaire, Fleurs du mal. Paris 1917. — Wiederabdruck in: Gide, Œuvres complètes. Vol. 7. Paris 1947
Le cinquantenaire de Charles Baudelaire. Préface d'ERNEST RAYNAUD. Paris 1917
DÉRIEUX, HENRI, Baudelaire. Trois essais. Bâle 1917
MAURIAC, FRANÇOIS, De quelques cœurs inquients. Paris 1919. — Deutsch: Religiöse Porträts. Düsseldorf 1953
VERHAEREN, ÉMILE, Impressions. 3me série: De Baudelaire à Mallarmé. Paris 1919
CARRÈRE, JEAN, Les mauvais maîtres. Paris 1922
THIBAUDET, ALBERT, Intérieurs. Baudelaire, Fromentin, Amiel. Paris 1924
VALÉRY, PAUL, Situation de Baudelaire. Monaco 1924. — Deutsch in: Die Neue Rundschau 41, II (1930), S. 244—260
KAHN, GUSTAVE, Silhouettes littéraires. Paris 1925
FUMET, STANISLAS, Notre Baudelaire. Paris 1926

Vivier, Robert, L'originalité de Baudelaire. Paris 1927. — 2. éd. Bruxelles 1952
Daudet, Léon, Flambeaux. Paris 1929
La Muse Française. 10. 12. 1929. — 30 Essays in der Baudelaire gewidmeten Ausgabe
Du Bos. Charles, Approximations. 5e série. Paris 1932
Eliot, T. S., Baudelaire. In: Eliot, Selected Essays. London 1932. — Deutsch in: Eliot, Ausgewählte Essays. Frankfurt a. M. 1950
Royère, Jean, Frontons. 1er série. Paris 1932
Cassou, Jean, Pour la poésie. Paris 1935
Suarès, André, Trois grands vivants. Cervantes, Baudelaire, Tolstoi. Paris 1937
Séguin, Marc, Génie des Fleurs du Mal. Paris 1939
Pommier, Jean, Dans les chemins de Baudelaire. Paris 1945
Bennett, Joseph, Baudelaire. A criticism. Princeton 1946
Sartre, Jean-Paul, Baudelaire. Paris 1947. — Deutsch. Hamburg 1953
Jones, Percy M., Baudelaire. Cambridge 1952 (Studies in modern European literature and thought.)

5. Untersuchungen

Thomas, Louis, Curiosités sur Baudelaire. Paris 1912
Barthou, Louis, Autour de Baudelaire. Le procès des Fleurs du mal. Victor Hugo et Baudelaire. Paris 1917
Lemonnier, Léon, Enquêtes sur Baudelaire. Paris 1929
Dufay, Pierre, Autour de Baudelaire. Paris 1931

Feuillerat, Albert, Baudelaire et sa mère. Paris 1947
Valeynes, René, Baudelaire et les femmes. Paris 1932
Clapton, G. T., Baudelaire and Catherine Crowe. In: Modern Language Review 25 (1930), S. 286—306
Porché, François, Baudelaire et la Présidente, A. Sabatier. Genève 1941
Mouquet, Jules et W. T. Bandy, Baudelaire en 1848. Paris 1946
Allard, Roger, Baudelaire et «L'Esprit nouveau». Paris 1918
Hamelin, J., Baudelaire, le Procès des Fleurs du mal. Discours. Paris 1929
Brosset, Georges, Le procès des Fleurs du mal. Genève 1947
Hamelin, Jacques, La réhabilitation judiciaire de Baudelaire. Paris 1952
Jouanne, René, Baudelaire et Poulet-Malassis. le procès des Fleurs du mal. Alençon 1952
Aressy, Lucien, Les derniers années de Baudelaire. 1861—1867. Paris 1947
Kunel, Maurice, Baudelaire en Belgique. Paris 1912
Jean-Aubry, G., Un paysage littéraire, Baudelaire et Honfleur. Paris 1917
Hughes, Randolph, Baudelaire et Balzac. In: Mercure de France 255 (1934), S. 476—518
Cladel, Judith, Maître et disciple. Charles Baudelaire et Léon Cladel. Paris 1951
Miller, Gustave Flaubert and Charles Baudelaire. In: PMLA. 49 (1934), S. 630—644
Crépet, Jacques et Claude Pichois, Baudelaire et Asselineau. Paris 1953
Clapton, G. T., Baudelaire et de Quincey. Paris 1931
Vandérem, Fernand, Baudelaire et Sainte-Beuve. Paris 1914. — 2. éd. 1917
Jouve, Pierre Jean, Le tombeau de Baudelaire. Neuchâtel 1942

TRIAL, RAYMOND, La maladie de Baudelaire. Étude médico-psychologique. Paris 1927
CASTELLON, PAUL-VICTOR, Baudelaire, malade. Thèse. Bordeaux 1929
CAUBET, LOUIS, Le névrose de Baudelaire. Essai de critique médico-psychologique. Thèse. Bordeaux 1930
LAFORGUE, RENÉ, Charles Baudelaire ou le génie devant la barrière névrotique. Paris 1931
LAFORGUE, RENÉ, L'échec de Baudelaire. Étude psychoanalytique. Paris 1931 — Deutsch: Der gefesselte Baudelaire. Wien 1933
CRÉPET, JACQUES, Une colère de Baudelaire. Paris 1926
ROUGEMONT, EDOUARD DE, Commentaires graphologiques sur Charles Baudelaire. Paris 1922
SCOURAS, PHOTIS, Baudelaire toxicomane. Paris 1930
WITSCHEL, GÜNTER, Rausch und Rauschgift bei Baudelaire, Huxley, Benn, Burroughs. Bonn 1969
PATTERSON, ARTHUR S., L'influence d'Edgar Poe sur Charles Baudelaire. Thèse. Grenoble 1903
RAYNAUD, ERNEST, Baudelaire et la religion du dandysme. Paris 1918
SEYLAZ, LOUIS, Edgar Poe et les premiers symbolistes français. Lausanne 1923
LEMONNIER, LÉON: Les traductions d'Edgar Poe en France de 1845 à 1875. Thèse. Paris 1928
RHODES, SALOMON ALHADAF, The cult of beauty in Charles Baudelaire. 2 Vols. New York 1929
WRIGHT, MALCOLM GILMORE, The role of the auditive sense in Baudelaire's works. Philadelphia 1929
CLAPTON, G. T., Baudelaire, Senèque et Saint Jean Chrysostome. In: Revue de l'histoire littéraire de la France 38 (1931), S. 235—261
KLASSEN, PETER, Baudelaire. Welt und Gegenwelt. Weimar 1931
SCHINZEL, E., Natur und Natursymbolik bei Poe, Baudelaire und den französischen Symbolisten. Bonn 1931
POMMIER, JEAN, La mystique de Baudelaire. Paris 1932
CHAPELAN, MAURICE, Baudelaire et Pascal. In: Revue de France 6 (1933), S. 71—100
FERRAN, ANDRÉ: L'esthétique de Baudelaire. Paris 1933
BÉNOUVILLE, GUILLAIN DE, Baudelaire le trop chrétien. Paris 1936
GUEX, ANDRÉ, Art baudelairien. Lausanne 1936
ANHEGGER, GERDA, Der Spleen bei Charles Baudelaire. Zürich 1937
KEMP, FRIEDHELM, Baudelaire und das Christentum. Marburg 1939 (Marburger Beiträge zur romanischen Philologie. 27.)
MACCHIA, GIOVANNI, Baudelaire critico. Firenze 1939
BERNARD, ÉMILE, Charles Baudelaire critique d'art. Bruxelles 1943
GILMAN, MARGARET, Baudelaire the critic. New York 1943
LÉON-DAUDET, FRANÇOIS, Charles Baudelaire et l'esprit classique. Paris 1946
ARNOLD, PAUL, Le Dieu de Baudelaire. Paris 1947
FONDANE, BENJAMIN, Baudelaire et l'expérience du gouffre. Paris 1947
BLIN, GEORGES, Le sadisme de Baudelaire. Paris 1948
AJELLO, LINA, La poétique de Baudelaire. Palermo 1949
EIGELDINGER, MARC, Le platonisme de Baudelaire. Neuchâtel 1952
RUFF, MARCEL, L'esprit du mal et l'esthétique baudelairienne. Paris 1955
AUSTIN, LLOYD JAMES, L'univers poétique de Baudelaire. Symbolique et symbolisme. Paris 1956

CASAGNE, ALBERT, Versification et métrique de Charles Baudelaire. Thèse. Paris 1906
REGNIER, HENRI DE, Baudelaire et les Fleurs du mal. Paris 1925
FREUND, C., Der Vers Baudelaires. Diss. München 1927
ROYÈRE, JEAN, Poèmes d'amour de Baudelaire. Paris 1927
STREIT, GERTRUD, Die Doppelmotive in Baudelaires Fleurs du mal und Petits poèmes en prose. Diss. Zürich 1929
FERRAN, ANDRÉ, Le salon de 1845 de Charles Baudelaire. Thèse. Toulouse 1933
CRÉPET, JACQUES, Notes sur le Complément aux Fleurs du mal. Paris 1934
CHOQUETTE, CHARLES-AUGUSTE, A study and dictionnary of the figurative imagery of Baudelaire's Fleurs du mal. New York 1935
SCHRÖER, CHARLOTTE, Les petits poèmes en prose von Baudelaire. Eine Gedankendichtung als Zeit- und Charakterdokument. Leipzig 1935 (Leipziger romanistische Studien. 2, 3.)
FEUILLERAT, ALBERT, L'architecture des Fleurs du mal. New Haven 1941
CHÉRIX, ROBERT-BENOÎT, Commentaire des Fleurs du mal. Genève 1949
PEYRE, HENRI, Les Pensées de Baudelaire. Paris 1951
HESS, GERHARD, Die Landschaft in Baudelaires Fleurs du mal. Heidelberg 1953 (Sitzungsberichte der Heidelberger Akademie der Wissenschaften. Phil.-hist. Kl. 1953, 1.)
HUBERT, J. D., L'esthétique des Fleurs du mal. Genève 1953
SCHON, PETER M., Das Zeiterlebnis Baudelaires. Zur Interpretation der Fleurs du mal. In: Studia romanica. Gedenkschrift für Eugen Lerch. Stuttgart 1955. S. 353—383

6. Wirkungsgeschichte

BANDY, W. T., Baudelaire judged by his contemporaries. 1845—1867. New York 1933
STIRNBERG, HILDA, Baudelaire im Urteil der Mit- und Nachwelt. Diss. Münster 1935
QUENNELL, PETER, Baudelaire and the symbolists. London 1929
RAYMOND, MARCEL, De Baudelaire au surréalisme. Essai sur le mouvement poétique contemporain. Paris 1933. — 2. éd. 1940
MENDÈS, CATULLE, Le mouvement poétique français de 1867 à 1900. Paris 1903
TURQUET-MILNES, GLADYS, The influence of Charles Baudelaire in France and England. London 1913
SCHWACHENBERG, WALTER, Verlaine und Baudelaire. Bochum 1935 (Arbeiten zur romanischen Philologie. 33.)
NICOLSON, HAROLD, Swinburne and Baudelaire. Oxford 1930
RAUHUT, FRANZ, Baudelaire in der deutschen Dichtung. In: Deutsch-französische Rundschau 4 (1931), S. 282—287
BRUNNEMANN, ANNA, Charles Baudelaire und sein Übersetzer Stefan George. In: Die neueren Sprachen 26 (1919/20), S. 338—357
ADRIANI, BRUNO, Baudelaire und George. Berlin 1939

QUELLENNACHWEIS DER ABBILDUNGEN

Die Baudelaire-Photographien auf den Seiten 79 und 107 und das Porträt von Poulet-Malassis auf Seite 92 stammen von Nadar.

Das Selbstbildnis Baudelaires auf Seite 56, in Feder und Rötel ausgeführt, wird von Jacques Crépet auf das Jahr 1860 datiert. Die Bleistiftzeichnung auf Seite 10, die Baudelaire im Alter von 20 Jahren darstellt, ist die Arbeit eines unbekannten Künstlers.

Die Erstausgabe der *Fleurs du Mal* auf Seite 9 sowie des *Salon von 1846* auf Seite 69 wurden in der Bibliothèque Jacques Doucet aufgenommen.

Der öffentliche Anschlag auf Seite 127 und der Umschlag-Rückseite befindet sich in der Sammlung Ronald Davis.

Weitere Hinweise: Giraudon: 51, 100, 115 / Bulloz: 91, 101 / Archives Photographiques d'art et historie: 118, 136 / Ullstein: 72, 73, 120 / Historia-Photo: 72, 73 / Alle übrigen Bildvorlagen stammen aus dem Archiv des Verlages Éditions du Seuil.

NAMENREGISTER

Die kursiv gesetzten Zahlen bezeichnen die Abbildungen, die hochgestellten Ziffern verweisen auf die Fußnoten

rowohlts monographien

GROSSE PERSÖNLICHKEITEN
DARGESTELLT IN SELBSTZEUGNISSEN UND 70 BILDDOKUMENTEN
HERAUSGEGEBEN VON KURT KUSENBERG

LITERATUR

ANDERSEN / Erling Nielsen [5]

APOLLINAIRE / Pascal Pia [54]

BAUDELAIRE / Pascal Pia [7]

BENN / Walter Lennig [71]

BERNANOS / Albert Béguin [10]

WOLFGANG BORCHERT / Peter Rühmkorf [58]

BRECHT / Marianne Kesting [37]

BROCH / Manfred Durzak [118]

BÜCHNER / Ernst Johann [18]

WILHELM BUSCH / Joseph Kraus [163]

CAMUS / Morvan Lebesque [50]

CLAUDEL / Paul-André Lesort [95]

COLETTE / Germaine Beaumont und André Parinaud [11]

DOSTOJEVSKIJ / Janko Lavrin [88]

DROSTE-HÜLSHOFF / Peter Berglar [130]

EICHENDORFF / Paul Stöcklein [84]

THOMAS STEARNS ELIOT / Johannes Kleinstück [119]

FLAUBERT / Jean de La Varende [20]

FONTANE / Helmuth Nürnberger [145]

GIDE / Claude Martin [89]

GOETHE / Peter Boerner [100]

HAUPTMANN / Kurt Lothar Tank [27]

HEBBEL / Hayo Matthiesen [160]

HEINE / Ludwig Marcuse [41]

HEMINGWAY / G.-A. Astre [73]

HERMANN HESSE / Bernhard Zeller [85]

HÖLDERLIN / Ulrich Häussermann [53]

E. T. A. HOFFMANN / Gabrielle Wittkop-Ménardeau [113]

HOFMANNSTHAL / Werner Volke [127]

JOYCE / Jean Paris [40]

ERICH KÄSTNER / Luiselotte Enderle [120]

KAFKA / Klaus Wagenbach [91]

KELLER / Bernd Breitenbruch [136]

KLEIST / Curt Hohoff [1]

KARL KRAUS / Paul Schick [111]

LESSING / Wolfgang Drews [75]

MAJAKOWSKI / Hugo Huppert [102]

HEINRICH MANN / Klaus Schröter [125]

THOMAS MANN / Klaus Schröter [93]

HENRY MILLER / Walter Schmiele [61]

CHRISTIAN MORGENSTERN / Martin Beheim-Schwarzbach [97]

ROBERT MUSIL / Wilfried Berghahn [81]

NESTROY / Otto Basil [132]

NOVALIS / Gerhard Schulz [154]

POE / Walter Lennig [32]

PROUST / Claude Mauriac [15]

RILKE / Hans Egon Holthusen [22]

ERNST ROWOHLT / Paul Mayer [139]

DE SADE / Walter Lennig [108]

SAINT-EXUPÉRY / Luc Estang [4]

SARTRE / Walter Biemel [87]

SCHILLER / Friedrich Burschell [14]

FRIEDRICH SCHLEGEL / Ernst Behler [123]

SHAKESPEARE / Jean Paris [2]

G. B. SHAW / Hermann Stresau [59]

STIFTER / Urban Roedl [86]

DYLAN THOMAS / Bill Read [143]

TRAKL / Otto Basil [106]

TUCHOLSKY / Klaus-Peter Schulz [31]

KARL VALENTIN / Michael Schulte [144]

OSCAR WILDE / Peter Funke [148]